옐로스톤의 오후

-미국, 그 삶의 광장에서

옐로스톤의 오후
-미국, 그 삶의 광장에서

1판 1쇄 찍은날 2013년 5월 20일
1판 1쇄 펴낸날 2013년 5월 25일

지은이 | 이경숙
펴낸이 | 조현주
펴낸곳 | 도서출판 하늘재

표지와 그림 | 엄유진
본문 디자인 | 김경수

등록 | 1999년 2월 5일 제20-140호
주소 | 서울시 마포구 망원1동 384-15 301호
전화 | (02)324-2864
팩스 | (02)325-2864

이메일 | haneuljae@hanmail.net
ISBN 978-89-90229-37-3   03810

값 | 12,000원
© 2013, 이경숙

이 도서의 국립중앙도서관 출판시도서목록(CIP)은 서지정보유통지원시스템 홈페이지(http://seoji.nl.go.kr)와
국가자료공동목록시스템(http://www.nl.go.kr/kolisnet)에서 이용하실 수 있습니다.
(CIP제어번호: CIP2013005696)

옐로스톤의 오후

-미국, 그 삶의 광장에서

이경숙 소설집

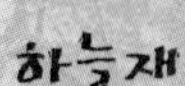

작가의 말

　스물다섯 살에 한국을 떠나 39년째 미국에서 살고 있는 나는 여기서 산 세월이 부모 밑에서 산 세월보다 훨씬 길다. 그러나 나는 여전히 영어가 서툴고 이곳 사람들의 정서가 낯설다. 그렇다고 해서 완전히 한국 사람의 사고방식으로 생활하는가 하면 그것도 아니다. 그래서 때로 이도 저도 아닌 상태에서 그냥 이렇게 살아도 되는 건가 염려가 되기도 한다. 특히 어휘력이 떨어져 간다는 생각이 들 때는 더 그렇다. 한국에서 방문 온 사람들은 여기 사는 사람들의 정서가 한국을 떠나올 때의 상태로 머물러 있다고 한다. 그만큼 순수하다는 뜻이 아닐까 스스로 위로를 삼는다.

　내가 사는 곳은 오하이오 북쪽의 작은 도시다. 한국 식품점 둘, 한국 교회 둘, 한국 식당 하나, 자장면 집 하나……. 한국 사람이 많지 않다는 뜻이다. 요즈음은 인터넷을 통해 거의 실시간으로 한국 뉴스를 볼 수 있고 드라마도 볼 수 있어 그쪽 돌아가는 사정을 잘 알지만 얼마 전까지만 해도 한국은 그야말로 태평양 건너의 그리운 곳이었다. 어쩌다 드라마 비디오를 빌려 보면 젊은이들의 말투가 낯설어 무슨 뜻인지 이해하는 데 시간이 걸리곤 했다.

지난 겨울, LA에 사는 외손녀의 돌잔치를 우리 집에서 했다. 12월 25일 새벽에 태어난 아이라 돌잔치 날짜를 정하는 게 쉽지 않았다. 우리가 추석이나 구정에 고향으로 가듯 미국 사람들은 크리스마스를 가족과 지내기 위해 고향으로 돌아간다. 그때는 비행기표 구하기가 쉽지 않고 값도 비싸다. 우리는 돌잔치를 24일 저녁에 하기로 했는데 여기서 태어나고 자란 딸은 사람들이 몇 명이나 올 수 있을지 걱정했다.

"엄마, 크리스마스이브에는 모두들 자기 가족들이랑 시간을 보낼 텐데 누가 여기 오겠어?"

나는 주저 없이 대답했다.

"걱정 마. 우리한테는 여기 사는 한국 사람들이 가족이야. 모두 올 거다. 두고 보렴."

그날 저녁, 초청받은 사람들은 빠짐없이 모두 와서 하마터면 외롭게 크리스마스이브를 지낼 뻔했다며 즐거워했다.

창세기에 보면 야곱이 "네 나이가 얼마냐?"라고 묻는 이집트 왕 바로에게 "내 나그네 길의 세월이 백삼십 년이니이다."라고 대답한다. 내가 나그네 세월 동안 깨달은 게 있다면 어느 나라 사람이든, 어디에 살든, 근본적으로 생각하는 게 거의 비슷하다는 것이다. 외로움을 타고, 사랑을 갈구하고, 인정받고 싶어 하고…….

그렇기는 하지만 아들이 감옥에 있다거나 딸이 카페에서 춤추는 직업을 갖고 있다는 말을 서슴없이 하는 사람들을 보면 여전히 적응이 안 된다. 우리 같으면 남이 알세라 쉬쉬할 얘기를 처음 보는 사람 앞에서 아무렇지도 않게 하는 사람들. 우리보다 솔직해서일까, 아니면 문화 차이인 걸까. 그러다 문득, 이것이 어쩌면 치유의 한 방법일지도 모르겠다는 생각이 들었다. 차가운 웃음을 띤 채 엄마가 창녀라고 말하던 제니도 어떻게든 조금이라도 치유가 되면 좋으련만…….

그동안 발표했던 단편들을 모아 책으로 묶으면서 삶에 지친 사람들에게 잠시나마 즐거움을 줄 수 있으면 좋겠다는 생각을 했다. 미국 중서부의 작은 도시에서 살고 있는 사람들과 독자들이 공감할 수 있는 부분이 많았으면 좋겠다는 생각도 했다. 이런저런 일을 겪으며 힘겹게 살아가고 있는 사람들에게 작은 위로가 될 수 있다면 더 큰 바람이 없을 것 같다.

기꺼이 출판을 맡아 수고를 아끼지 않은 하늘재 조현주 님에게 감사의 마음을 전한다.

2013년 5월
오하이오에서
이경숙

다니엘의
발소리

"오늘 월요일 맞죠?"

우체국 주차장에 차를 세우고 급히 내리는데 후줄근한 밤색 점퍼 차림의 백인 여자가 불쑥 다가와 말을 걸었다.

"아니요, 화요일인데요."

"아 유 슈어? 틀림없냐구요?"

여자가 얼마나 심각하게 묻는지 재빨리 머리를 굴려 날짜를 다시 따져봤다. 교회 갔던 날은 그저께, 어제는 학교 버스를 운전했으니 오늘이 화요일인 게 틀림없다. 다섯 살짜리 마이클이 버스에서 안 내리겠다고 버티는 바람에 교장 선생님까지 달려 나온 날인데 그걸 어찌 잊으랴.

"확실해요. 오늘 화요일이에요."

입 주위에 주름이 많은 걸로 보아 환갑도 넘었을 것 같은 여자는 당황한 표정으로 고개를 설레설레 저었다. 그 모습이 얼마나 절

11

망적인지 오늘이 월요일이었으면 좋겠다는 생각이 잠시 들었다. 여자는 휑한 눈길로 나를 잠시 바라보다 천천히 몸을 돌려 휘적휘적 멀어져갔다. 어깨에 걸쳐 있던 핸드백이 툭 떨어져 내려 손끝에서 덜렁거렸다.

나는 서둘러 우체국을 향해 걸어갔다. 리사에게 한시라도 빨리 돈을 보내주고 싶었지만 이제야 시간이 나 급하게 달려온 길이다. 어제 은행에 들러 잔고를 닥닥 긁어 만든 게 250불. 거기에 부엌 찬장에 넣어놓았던 비상금과 동전 통까지 털어내고야 간신히 300불을 만들 수 있었다. 조금이라도 더 보내고 싶어 미시즈 정한테 돈을 좀 빌려볼까 했지만 애를 그렇게 길들이면 안 된다는 둥 충고를 하려 들 게 뻔해 그 생각은 접었다. 미스터 정이라면 말하기가 쉬우련만 하필 이때 애틀랜타에 가고 없을 게 뭐람. 아침저녁으로 두 군데 직장에서 뛰는데 어쩌면 이렇게 여유가 없는지, 한숨이 절로 나왔다.

그나마 300불이라도 있는 게 다행이다 싶어 우선 그거라도 보내야겠다는 생각에 학교 버스를 차고에 넣자마자 뒤도 안 돌아보고 달려왔건만 벌써 네 시가 되어가고 있었다. 오늘 안으로 부쳐야 늦어도 금요일까지는 도착할 수 있을 것 같아 마음이 급했다. 그 여자 말대로 오늘이 월요일이면 좋겠다는 생각이 들었다.

리사가 이리로 이사 오겠다는 마음을 먹기까지 얼마나 많은 시간을 설득과 협박으로 보냈던가, 마침내 결정을 하고도 망설인 이유가 이사 비용이 부족해서라는 말을 듣고 엄마가 있는데 돈 걱정을 왜 하냐며 큰소리부터 쳤었다. 돈이 부족하다는 말은 못 꺼내고 혼자 애태운 리사를 생각하면 돌아가신 어머니 말마따나 딸라 변을 얻어서라도 돈을 넉넉히 마련하고 싶었다.

리사 생각을 하면 늘 가슴 한쪽이 아리다. 다른 한쪽은 전 남편 스티브에 대한 미움으로 시퍼렇게 날이 선다. 내가 미쳤지 어쩌자고 고등학교 다니는 애를 집에서 내보냈을꼬. 그 어린 것이 자기 때문에 새아버지와 엄마가 불화하는 걸 알고 돈 한 푼 없으면서 집을 나가겠다고 했을 때 말리지 못한 것이 이렇게 가슴에 못이 될 줄이야. 생활비를 벌려면 일을 해야 하고, 그러려면 학교 다니는 게 쉽지 않다는 걸 뻔히 알면서도 한쪽 눈을 슬쩍 감았던 걸 생각하면 지금 그 눈을 찌르고 싶은 심정이다.

딸이냐 남편이냐 둘 중 하나를 택하라며 성질을 부리는 스티브 앞에서 나는 돈 벌어다 주는 남편을 택할 수밖에 없었다. 변명을 더 하자면 차라리 리사를 내보낸 후에 몰래 도와주는 편이 낫지 않을까 싶은 생각도 있었다. 리사가 못마땅해 사사건건 눈을 부라리며 트집을 잡는 스티브를 더 두고 볼 수가 없던 차이기도 했다.

그렇게 몰아간 스티브가 아직도 용서 안 된다. 척추 수술받은 후 꼼짝 못하고 누워 있는 아내를 팽개치고 퇴원 다음 날 짐 싸 들고 집을 나갔던 인간을 6개월 후에 다시 받아들였던 등신 같은 나지만, 어린 리사를 집에서 몰아낸 사실은 지금 생각해도 이가 갈린다.

15년을 같이 사는 동안 그 인간이 집을 나갔던 건 무려 일곱 번이나 된다. 자기가 돈을 더 많이 번다는 이유로 거들먹거리며 조금만 비위가 틀리면 짐부터 쌌다. 내가 담낭 절제 수술받으러 병원으로 가는 날도 그랬고, 친구들이랑 사냥 여행 가고 싶을 때도 일부러 싸움을 걸고 화가 나 못 견디겠다는 듯이 짐을 쌌다. 그렇게 나가서는 무슨 짓을 했는지 후줄근해져서 짧게는 일주일, 길게는 몇 달 만에 들어왔다. 그를 받아들일 때마다 친구들은 나를 등신이라고 비웃었다. 그러나 내가 혼자 버는 돈으로는 매달 집값 제하고 나면 전기세, 전화비 내기도 벅차니 어쩔 수가 없었다.

스티브가 일곱 번째 나가던 날, 나는 굶어 죽는 한이 있어도 다시는 안 받아들이겠다고 마음을 굳게 다졌다. 리사 아빠와 같이 장만했던 집을 자기와 공동 명의로 해야 한다고 조르다 못해 짐을 싸며 던진 말이 비수가 되어 꽂혔던 것이다.

"어디, 나 없이 너 혼자 먹고살 수 있는지 두고 보자. 이 집을 공동 명의로 하기 전에는 절대로 안 들어올 테니까. 죽은 남편한테 돈 좀 보내라 그래서 리사 년 데려다 잘 살아봐라."

일 년쯤 후 그쪽에서 연락이 왔다. 같이 저녁이나 먹자는 것이었다. 나는 이를 악물고 안 나갔다. 콩 한 쪽 먹던 거 반쪽으로 줄여도 살 수 있다는 걸 알고 난 후이기도 했지만, 혼자 사는 자유로움이 썩 괜찮다는 걸 문득문득 느끼기 시작하던 참이었다.

비록 매를 맞고 살지는 않았어도 그동안 받아온 고통이 컸던 모양이었다. 영어 못한다 비웃고 눈이 작다 놀리고 하녀처럼 부려먹는 것도 싫었지만, 집에 들어오는 길로 틀어놓는 컨트리 뮤직은 정말 견디기 힘들었다. 방방이 다니며 라디오를 같은 채널에 맞춰놓았기 때문에 어디로 피할 수도 없이 그 지겨운 노래를 저녁 내내 들어야 하는 건 고문이었다. 그동안은 어떻게 견뎠는지 몰라도 다시 그런 소리를 주야장천 들을 생각을 하니 끔찍했다. 이혼 도장

찍는 게 그래서 쉬웠다고 말하면 사람들이 웃겠지만 실제로 나에게는 그것도 심각한 문제였다.

나를 닮았는지 공부에 별로 관심이 없던 리사는 맥도날드에서 일하며 푼돈 버는 재미에 학교 빠지기를 밥 먹듯 했다. 남편 몰래 리사 아파트에 드나드는 게 쉽지 않아 찾아가지는 못 하고 전화로 물을 때마다 언제나 명랑한 척 아무 문제없다는 말만 했기에 학교에 잘 다니는 줄 알았다. 졸업 못 하게 됐다는 사실을 나중에 알고 망연자실한 나를 오히려 위로하려 들었다. 고등학교 졸업장이 무에 그리 중요하냐, 나중에 졸업자격 시험만 보면 대학 가는 거나 직장 얻는 데 아무 문제없다더라. 그러나 그게 말처럼 그렇게 쉽지 않다는 것은 경험자인 내가 누구보다 잘 알고 있지 않은가.

그 후로 10년, 리사는 다섯 살짜리 사내아이의 엄마로 두 번째 남편과 별거 중이다. 그 사이 나 역시 스티브와 이혼하고 혼자 살고 있기 때문에 이제는 리사를 내 집으로 받아들일 수 있게 되었다.

그렇다고 해서 리사가 지금 기꺼이 이사 올 결심을 한 것 같지는 않다. 스무 살도 되기 전, 맥도날드에서 같이 일하던 녀석과 결혼한 지 3년 만에 녀석이 정신 분열 증세를 보여 도망쳐 나왔을 때도 친구 집에 얹혀살지언정 집에는 오지 않던 리사다. 지금도 상황이 이렇게까지 나빠지지 않았다면 절대로 이사 올 생각을 안 했을 것이다. 별거 중인 두 번째 남편이 유치원에서 다니엘을 데려갔다는 말을 듣고 겁이 나지 않았다면 아직도 소 죽은 귀신 씐 것처럼 위스콘신 구석에 처박혀 이사 올 결심을 못 했을 게 뻔하다.

미시즈 정은 어린 나이에 집에서 내쫓겼던 기억을 지우기가 쉽지 않아 이사 오기 싫어하는 거라고 하지만 나는 그렇게 생각하고 싶지 않다.

　우체국에서 나와 보니 그 여자는 여전히 주차장에서 서성이고 있었다. 차에서 내리는 사람마다 붙잡고 오늘이 월요일이냐 묻는 걸 보면 온전한 정신이 아닌 게 분명하다. 아직도 얼굴선이 고운 걸로 봐 젊어서는 꽤 미인이었을 저 여자는 어쩌다 저렇게 된 걸까? 제정신으로 감당하기 힘든 일을 겪은 모양인데 까짓것 눈 한번 질끈 감고 말지 저 지경까지 될 건 뭐람. 이 세상에 어려운 일 당하지 않은 사람이 몇이나 되겠다고, 쯧쯧. 나 같은 사람도 살고 있구먼.
　지나가던 남자가 힐끗 돌아보는 걸 보니 나도 모르게 또 큰 소리로 중얼거린 모양이다. 나는 얼른 차 문을 열고 올라탔다. 자동차 시계가 네 시 오 분을 가리키고 있었다. 여기서 가게까지 적어도 오 분은 걸릴 텐데 또 미시즈 정이 잔소리깨나 하겠군.
　가게 앞에 차를 댄 후, 나는 흐트러진 머리카락을 손으로 쓸어내리며 걸음을 빨리해 가게 안으로 들어갔다. 매장 안쪽에서 미시즈 정이 손목시계를 들여다보는 모습이 눈에 들어왔다.
　"죄송합니다. 아이구, 숨차라. 우체국에 잠시 들르느라…… 게다가 오는 길에 차 사고가 났지 뭐예요. 간단한 접촉 사고인가 보던데 왜들 그렇게 길을 막고 난리인지 원."
　"차 사고? 이번에는 기찻길에 막힌 게 아니구? 난 그 길을 그렇게 많이 다녔건만 한 번도 기차를 만나본 적이 없는데 리사 엄마는 참 자주 만나더라구."

"그거야, 내가 다니는 시간이 늘 정해져 있으니까 그렇죠. 미시즈 정도 기차 한번 만나봐요, 얼마나 속 터지는지. 차 안에 앉아서 발을 동동 구른다니까. 그나저나 사장님은 언제 오세요?"

나이가 나보다 한 살 어리면서도 꼬박 반말을 하는 그녀보다 말을 놓지 못하는 내가 더 한심하지만 오늘은 그걸 따지고 있을 때가 아니라는 생각에 상냥하게 물었다.

"다음 주에. 그런데 그건 왜? 뭐 따로 할 말이라도 있어?"

파란 아이섀도를 칠한 미시즈 정의 눈이 치켜 올라가며 입이 한쪽으로 씰그러졌다. 어떻게 된 여자가 같이 산 지 10년이 넘었다면서 누구든 자기 남편에게 관심만 보인다 싶으면 살쾡이처럼 손톱을 세운다. 전에는 젊은 여자들에게만 그러더니 내가 남편과 갈라선 후로는 나에게까지 의심의 눈길을 보내는 통에 껄끄러운 기분 드는 게 한두 번이 아니다.

"웬걸 그렇게 오래 걸려요? 이번 상품 쇼는 여러 날 하나 봐? 보통 한 이틀 하지 않나?"

"애틀랜타에 사는 친구가 장사를 크게 하는데 이번에 내부 시설을 고치고 싶다고 저이더러 와서 좀 도와달래나 봐. 쇼 끝나고 거기 들러서 며칠 봐주고 오겠대. 우리 정 사장 실내 장치 솜씨 알아주잖아. 접때 그 친구가 우리 가게 와서 보구는 부러워서 난리더라구. 우리 그이 맘 약한 걸 이용해 먹는 거지 뭐."

"아아, 그래서 사장님 혼자 가셨구나. 난 또 웬일로 이번에는 안 따라갔나 했네."

다섯 살 연하에 멀끔하게 생긴 남편이 뭇 여자들에게 친절하게 굴면 불안하기도 하겠지만 아이를 둘씩이나 낳았으면서도 저렇게 남편이 못 미더울까? 허긴 자기가 세 번째 부인인데다 이 여자 저 여자에게서 낳아놓은 자식이 대추나무 연 걸리듯 산지사방에 있다니 그럴 만도 하겠다 싶어 가끔은 안쓰럽기도 하다.

스티브는 적어도 여자 문제로 속을 썩인 적은 없었다. 가끔 술 먹고 주사를 부리기는 했어도 트럭 운전으로 수입도 제법 괜찮았다. 리사 아빠와도 7년을 같이 사는 동안 싸웠던 기억이 별로 없다. 처음에는 말을 못 알아들으니 싸울 수가 없었다는 말이 더 맞을지도 모르겠다. 말을 좀 알아들을 만하자 덜컥 병에 걸렸고 2년을 시름시름 앓다가 갔다. 나중에야 그게 월남에 갔다 온 후유증으로 생긴 고엽증이었다는 걸 알았는데 의사가 사망 신고서를 잘못 작성하는 바람에 보상금조차 받지 못했다.

"나 이번 주말에는 일 못 해요."

아무래도 돈 빌리자는 얘기는 포기해야 할 것 같아 나도 모르게 소리가 퉁명스럽게 나왔다.

"왜 또?"

"위스콘신 가서 리사하고 다니엘 데려오려구요."

"이사 오기로 했나 보지? 잘됐네. 그런데 왜 당신이 거기까지 가야 해? 친구들한테 트럭에 짐 싣는 것 도와달라 그래서 리사가 운전해 오면 되겠구만."

"거기서 여기까지 오려면 적어도 여덟 시간은 걸릴 텐데 혼자 운전해 오기 힘들잖아요."

"그럼 혼자 여덟 시간 걸려서 거기까지 갈 생각은 안 해? 갔다가 그 자리에서 돌쳐 와도 이팔은 십육, 열여섯 시간인데 자기는 뭐 무쇠로 만든 인간이냐? 도무지 생각이 부족하다니까, 머리를 써요, 머리를."

자기나 나나 가방 끈 짧기는 마찬가지면서 툭하면 머리를 쓰라고 하는데 정나미가 떨어져 아무 말도 안 하고 있으니 계속 신이 나서 떠들어댄다.

"게다가 그 나이에 몸도 시원치 않으면서 이삿짐 싣고 어쩌고 하느라 스무 시간 이상 고생하고 아프기라도 하면 어쩌려고? 학교에서도 자꾸 빠진다고 경고 먹었다면서."

"리사 차도 가져와야 하는데 은경 씨더러 같이 가자 그래야 하나 어쩌나……."

나는 못 들은 척 혼자 중얼거렸다.

"그거 당신이 십 년 이상 타다 물려준 고물 차 아냐? 계속 말썽 부린다면서 그냥 버리지 뭐하러 여기까지 끌고 와? 그리고, 은경이가 주말에 가게에서 일해야지 거길 가면 어떡해? 암만 우리가 만보산 드렁칡처럼 얽혀 산다군 하지만 공과 사는 구분할 줄 알아야지?"

"만보산 드렁칡?"

"만보산 드렁칡도 몰라? 그 왜 정몽주가 선죽교에서 읊다가 맞아 죽었다는 시조 있잖아. 이런들 어떠리, 저런들 어떠리, 만보산 드렁칡처럼 얽혀 살자 그러는 거 말야. 학교 다닐 때 통 공부 안 했구만."

"아아, 그거? 그런데 어째 좀 이상하네."

"만보산이 아니라 만수산이겠죠. 그리고 정몽주가 읊은 게 아니라 이방원이 정몽주한테 한 거구요."

마침 헤어스프레이를 한 아름 안고 지나가던 은경 씨가 불쑥 끼어들었다.

"그래 맞아. 만수산 드렁칡이었어. 어쩐지 이상하더라니."

"만보산이나 만수산이나…… 아니, 만보산이라구 드렁칡 없겠어? 어쨌든 이번 주말이 월초라 바쁠 거니까 알아서 하라구."

나는 그래도 서울 근교에 있는 학교 다녔지만 자기는 시골에서 살았다면서 무슨 공부를 제대로 했겠다고 툭하면 잘난 척하더니 쌤통이다 싶어 나는 은경 씨에게 눈을 찡긋하고 앞치마를 찾아 입었다.

"저녁 먹었니? 돈 아까 부쳤다. 늦어도 금요일에는 받을 거야."

여덟 시에 가게 문 닫고 곧장 집으로 온 나는 핸드백을 내려놓자마자 전화기부터 집어 들었다.

"고마워요, 엄마."

"고맙긴, 이제 슬슬 짐 싸야지? 일 고만둔다는 얘기는 했니?"

"이제 해야지."

"그런데 왜 그렇게 기운이 없어? 아직 밥 안 먹은 게야?"

"……엄마, 나 아무래도 병원에 한번 가봐야 할래나 봐. 가슴에 멍울이 잡힌 지 꽤 됐는데 점점 커지는 거 같아. 어떡하지?"

갑자기 머릿속이 멍해졌다.

"멍울? 언제부터? 얼마만 한 크긴데? 왜 그걸 이제 얘기해? 의사한테 전화했니?"

"나 의료보험 없잖아"

리사의 목소리가 작기도 하지만 머릿속에서 윙 소리가 나 잘 들리지 않았다.

"보험 없다고 마냥 그러고 있으면 어떡해? 우선 진찰이라도 받아봐야지."

"나 이 직장으로 옮긴 지 이제 넉 달밖에 안 됐잖아. 육 개월이 지나야 보험 커버가 된다고 해서 기다리고 있는 중이었는데…… 그리로 이사 가면 그것마저 없어질 거 아냐."

"이 답답한 것아, 기다릴게 따로 있지, 얼른 짐 싸갖고 와. 여기 와서 검사받자. 메모그램 하는 건 돈 별로 안 들어. 가난한 사람은 그냥도 해준다더라."

"메모그램이 문제가 아니라 그거 해서 이상이 발견되면 그때부터 치료비가 많이 들 거 아냐……."

"울지 마, 울지 마. 우선 사람이 살고 봐야지, 돈이 문제냐? 그리고 별거 아닐 거야. 접때 들으니까 미시즈 정 동생도 멍울이 있어서 병원에 갔는데 종양 아니라고 그냥 놔두라 그랬다더라. 미리 걱정할 필요 없어, 그냥 검사만 한번 받아보자."

말을 하다 보니 정말 아무것도 아닐 거라는 생각이 들기 시작했다.

"그래도 두 달 더 기다렸다 검사받을까 봐. 보험 커버되기 전에 이미 병이 있었다는 거 알려지면 안 되거든."

"그럼 이리로 이사 오는 건 어떡하구? 래리가 다니엘 데려가겠다고 계속 협박한다며? 너 다니엘 뺏기고 혼자 살 수 있어?"

"아, 골치 아파. 엄마, 나중에 얘기해."

울먹울먹하던 리사가 파르르 성질을 내며 전화를 끊었다. 어려운 일이 생기면 무조건 도피하고 싶은 것도 나를 닮은 모양이다.

잠이 올 것 같지 않아 열두 시도 넘어 자리에 들었건만 눈이 벌떡 떠져 시계를 보니 세 시였다. 짙은 안개가 낀 것처럼 답답하고 가슴속 깊은 곳에 서글픈 기운이 이끼처럼 덮여 있는 기분이었다. 리사 저 불쌍한 것, 불쌍한 내 새끼 다니엘. 이 노릇을 어쩌면 좋단 말인가.

일어나야 할 시간보다 두 시간이나 이르지만 더 누워 있어봤자 다시 잠이 올 것 같지 않았다. 침대에서 일어나려니 허리 통증이 심해 비명이 절로 나왔다. 5년 전에 받은 척추 수술이 잘못됐는지 어느 하루 안 아픈 날이 없는데 기분이 우울할 때는 더 심해지는 것 같다. 나는 몸을 옆으로 굴리며 간신히 일어나 앉았다. 여기저기 주무르고 두드리면서 천천히 몸을 움직이니 조금씩 풀렸다. 자는 동안 나도 모르게 온몸에 힘을 준 모양이었다. 물 젖은 이불처럼 무겁게 내리누르던 걱정거리들을 밀치며 침대에서 일어나 화장실로 향했다.

불을 켜자 세면대 위에 놓인 부분가발이 먼저 눈에 들어왔다. 이혼한 후 가장 시원한 것이 잘 때 가발을 벗을 수 있다는 점이었다. 스티브랑 같이 살 적에는 밤에 잘 때도 가발을 벗지 않았다. 샤워를 한 후에도 제일 먼저 하는 일이 머리 손질이었다. 몇 오라기 남지 않은 머리카락을 부풀리기 위해 밑에서부터 거꾸로 빗질을 해 올리고 꼭대기에 부분가발을 얹은 후 돌아가며 핀으로 고정시키고 밑머리를 빗어 올려 뒤통수를 덮고 스프레이를 뿌리고 하노라면 암만 빨리 해도 삼십 분 이상 걸린다.

유전 탓인지 이십 대 후반부터 머리카락이 빠지기 시작해 근 이십 년 동안 매일 그 짓을 해오고 있는 내 앞에서 아침에 늦게 일어나 눈곱만 떼고 나왔다는 말을 하는 인간을 보면 속이 뒤집어진다. 삼십 분 더 자고 가발 대신 모자를 쓰고 나갈까 하는 생각도 안 해본 건 아니다. 그러나 직업이 학교 버스 운전기사라 호기심 많은 아이들이 무슨 짓을 할지 몰라 엄두가 안 난다.

누가 내 머리 쪽에 시선을 오래 두기만 해도 가발 쓴 거 들킬까봐 마음이 조마조마한데 아이들이 장난삼아 잡아당기다 벗겨지기라도 하면 어쩌나 상상만으로도 끔찍하다. 게다가 이번 학기부터는 발달 장애 아이들과 신체 부자유 아이들까지 맡았기 때문에 더 신경이 쓰인다.

한때는 머리숱 많게 해달라고 기도도 열심히 했지만 리사의 머리 꼭대기도 훤히 들여다보이는 걸 보고는 그만두었다. 하나님이 내 머리보다 리사 머리에 더 신경 써주시기 바라는 마음에서였다.

기운이 없어 천천히 머리 손질을 했건만 여전히 시간이 많이 남았다. 나는 커피를 끓이고 토스트를 구워 안 먹히는 걸 억지로 입속으로 밀어 넣었다. 천식 약, 혈압 약을 비롯해 먹어야 할 약이 한두 가지가 아닌데 빈속에 집어넣을 수가 없어 싫어도 먹어야 한다는 사실이 오늘따라 구차스럽게 느껴졌다. 만약 리사가 잘못되기라도 하면 그날로 약을 몽땅 끊어버리겠다는, 누구에게 향하는지도 모르는 오기가 치솟았다.

2월의 아침 여섯 시는 한밤중처럼 어둡다. 히터를 높여도 학교에 도착할 때쯤 되어야 겨우 몸이 녹을 정도로 매섭게 춥다. 그런데도 거리에 차가 많은 걸 보면 나처럼 힘들게 사는 사람들이 많구나 싶다. 학교 운동장에 차를 대고 버스 차고로 들어가는데 하늘 저쪽이 조금씩 밝아지고 있었다.

"하이, 애슐리. 하우 아 유? 새 코트 입었네. 참 이쁘구나."

갈색 머리카락을 귀 뒤로 빗어 넘기고 분홍색 머리핀을 양쪽에 꽂은 애슐리는 수줍은 미소를 띤 채 세 번째 좌석에 들어가 앉았다. 그 자리는 애슐리 지정석이다. 이 아이는 언제나 화씨 65도 정도의 기온을 유지해주어야 한다. 그거보다 약간 추운 건 괜찮지만 조그만 더워지면 구토를 하고 심하면 발작을 일으키기까지 한다. 애슐리의 병명은 알코올 휘탈 신드롬이다. 알코올 중독자 엄마에게서 태어나 여덟 살이 된 지금까지 여러 가지 증상을 그대로 갖고 있는 것이다. 애슐리는 여름이 시작되면 학교에 가지 않는다. 학교 버스에 에어컨 시설이 갖추어져 있지 않아서다.

애슐리 엄마는 지난 연말, 만취한 상태에서 고속도로를 거꾸로 타고 달리다 충돌사고를 일으켜 감옥에 들어가 있다. 상대방 차에 탔던 일가족 다섯 명이 몰살했던 그 사건은 신문에 대문짝만하게 실리면서 많은 사람들의 분노를 샀다. 애슐리는 그 후 위탁 가정에 보내졌는데 옷이랑 머리 모양이 전보다 훨씬 말끔해졌다. 수선화처럼 맑고 예쁘게 생기긴 했지만 지능이 네 살 정도밖에 되지 않으며 말도 또렷하게 하지 못한다. 온실 속에서 사는 연약한 화초 같은 애슐리가 앞으로 세상을 어떻게 살지 생각하면 애처롭기 짝이 없다.

다음 골목으로 들어서자 나무 밑동에 가방을 내려놓고 장갑 낀 두 손을 탁탁 마주치며 서 있는 제이슨이 보였다. 그 옆으로 버스를 바짝 갖다 댔다. 부엌 창에서 내다보고 있던 제이슨 엄마가 손을 흔들었다.

열 살짜리 제이슨은 보통 똑똑한 게 아니다. 한 번 읽은 것은 다 머릿속에 입력이 되는지 뭐든 물으면 백과사전처럼 줄줄이 대답한다. 예를 들어 공룡 이름을 하나 대면 학명부터 시작해서 몸무게, 크기, 멸종 시기까지 완벽하게 알고 있다. 그러나 내가 가지고 다니는 차트에 의하면 제이슨에게도 이상한 병명이 적혀 있다. 애스퍼거 신드롬이라는데 이 아이는 감정을 컨트롤할 수 있는 능력이 없다. 멀쩡하게 잘 있다가도 무슨 이유에서인지 갑자기 울부짖기도 하고, 불같이 화를 내기도 한다. 자폐증의 일종인데 이 병의 원인도 아직 밝혀지지 않았다고 한다. 지난주에도 사건이 있었다.

"우리 선생님은 바보인가 봐요."

방과 후 버스에 올라타며 제이슨이 투덜거렸다. 교실에서 무슨 일이 있었던 모양이다. 그러자 운전석 바로 뒤에 앉아 있던 장난꾸러기 녀석이 대뜸 한마디 했다.

"오오, 너 선생님한테 이른다."

순간 제이슨은 얼굴이 하얗게 질려 말없이 뒤로 가 앉았다. 나는 얼른 그 말을 한 아이를 야단쳤지만 이미 물은 엎질러졌다. 자기 집 앞에 다다를 때까지 고개를 처박고 아무 말이 없던 제이슨은 내리면서 절망적으로 외쳤다.

"나는 정말이지 자살하고 싶어요."

정상적인 열 살짜리가 그런 말을 했다면 웃어넘길 일이지만 제이슨의 경우는 그게 아니기 때문에 나는 교장 선생님에게 보고를 하고 제이슨 엄마에게도 전화로 알려주었다. 다음 날 아침 나에게 다가온 그녀는 밤새 제이슨이 잠을 못 자는 통에 자기도 말갛게 샜노라고 창백한 얼굴로 말했다.

이렇게 괴상망측한 병들이 도대체 왜 자꾸 생기는 걸까. 보통들 말하듯이 공해나 약의 남용 때문인가, 아니면 전에도 이런 병이 있었지만 그때는 따로 분류하는 대신 뭉뚱그려서 무조건 다 정신병자 취급했던 건가. 그런 것까지 알 길은 없지만 어쨌든 제이슨 엄마를 보면 돈 없고 여기저기 아픈 내 문제는 아무것도 아닌 것 같다. 들리는 말에 의하면 제이슨 부모는 아들 때문에 이혼했다는데 그래서인지 그녀의 미소에는 어딘지 울음기가 묻어 있다.

다음에는 오 분쯤 달려서 오스틴네 집으로 갔다.

지난해 특수 아동들을 태우는 버스를 운전하라는 과제가 떨어졌을 때 나는 이 직장을 그만두려는 생각을 잠시 했었다. 정상적인 아이들도 말썽을 부리기 시작하면 정신이 쑥 빠지는데 정신적, 신체적으로 핸디캡이 있는 아이들을 열 명씩이나 어떻게 혼자 핸들하라는 말이냐, 거기에다 휠체어 타는 아이까지 있는데 자칫 사고라도 나면 나더러 책임지라는 말이냐고 한참 따졌었다. 그러나 목구멍이 포도청이라 그만둘 형편이 아니었다. 먹는 거야 좀 덜 먹으면 된다 쳐도 학교를 그만두면 당장 의료보험이 떨어지기 때문에 어쩔 수가 없었다.

그러다 첫날 오스틴을 보고 나는 그만 아이에게 반해버렸다. 다섯 살짜리 오스틴은 태어나면서부터 중증 장애인인데 웃는 얼굴이 그렇게 맑고 귀여울 수가 없다. 팔다리를 뜻대로 움직이지 못하고 말도 '어어' 소리밖에 못 하지만 지능은 정상이다. 휠체어에서 안아 올리면 팔이 안으로 오그라든 채 마치 천으로 만든 인형처럼 작은 다리가 힘없이 흔들거린다. 그래도 천사처럼 환하게 웃는다.

오스틴의 휠체어는 특수 제작된 것이다. 컴퓨터에 연결이 되어 있어 눈동자의 움직임으로 조정할 수 있다. 그 덕에 오스틴도 학교에 다닐 수 있게 된 것이다. 나는 휠체어를 제자리에 고정시킨 후 아이에게 선글라스를 씌웠다. 창밖으로 나무 그림자가 휙휙 지나가는 것을 계속 쳐다보면 구토를 하기 때문이다.

선글라스를 씌우고 일어서는데 목이 턱 걸렸다. 오스틴의 작은 손이 내 목걸이를 움켜쥐고 있었던 것이다. 녀석의 눈동자에 장난기가 실려 있었다.

"헤이, 오스틴. 내 목걸이 맘에 들어? 그래도 이러면 안 되지. 자 그만 놓자."

"어어어."

아이는 '어어'거리기만 할 뿐 손을 풀지 않았다. 아니 풀고 싶어도 풀 수가 없었다. 그럴 능력이 없는 것이다. 나는 학교에서 배운 대로 아이의 손을 조금 펴서 안쪽의 한 지점을 지그시 눌렀다. 아이의 손이 맥없이 풀렸다. 녀석은 여전히 웃는 얼굴이었다.

그런 식으로밖에 장난을 걸 수 없는 아이가 안쓰러워 가슴이 아팠지만 나는 아무렇지도 않은 척 오스틴의 어깨를 톡톡 치고 운전석으로 가서 앉았다.

학교 버스를 운전하기 전까지 나는 이런 아이들이 주위에 이렇게 많다는 걸 상상도 못 했다. 관심조차 없었다. 키가 크고 작고, 뚱뚱하고 마르고, 공부를 잘하고 못하고, 부잣집 아이고 가난한 집 아이고, 그런 정도의 차이만 있는 줄 알았다. 아니 그런 생각조차 하지 않고 그저 아이들은 아이들이려니 하고 살았다는 말이 옳겠 다. 그런데 어쩌면 이렇게 가정마다 사연도 많고 아픔도 많은지, 그 야말로 가지각색 사람들이 드렁칡처럼 얽혀 살아가고 있는 것이다.

아이들을 학교에 내려놓고 가게로 가니 열 시였다. 미시즈 정이 물건을 주문하며 전화에 대고 신경질을 부리고 있었다. 나는 얼른 걸레를 찾아 들고 선반 위를 닦기 시작했다. 오늘은 미시즈 정의 변 덕을 받아줄 기운이 없다. 아이들을 집에 데려다 주기 위해 다시 학 교로 갈 때까지의 시간이 다른 날보다 길 것 같은 예감이 들었다.

"은경 씨, 오늘 미시즈 정 왜 저렇게 저기압이야? 무슨 일 있어?"

"나도 잘 모르겠어요. 가게 문 열 때부터 지금까지 내내 저렇게 짜증만 내고 계세요. 어젯밤에 사장님한테서 전화가 안 와서 저러 시나?"

"전화 안 왔대?"

"그야 모르죠. 그냥 아까 토니가 그런 모양이라 그래서 아줌마 도 웃으라고 한 소리예요."

뒷방에서 나오던 토니가 씩 웃었다. 한국말은 못 알아들어도 눈 치가 백단이라 우리가 무슨 소리 하는지 알아챈 모양이었다. 과테 말라에서 태어나 멕시코에서 몇 년 살다 국경을 넘어온 토니는 몸 이 재빠르고 명랑해서 모두의 귀여움을 받고 있다. 열심히 돈을 모 아 부모님과 동생들을 데려오겠다는데 자기도 불법 체류자이면서

28

어떻게 하겠다는 거냐고 물으면 걱정 말라며 가슴을 툭툭 친다.

일 년에 두어 차례씩 국경을 넘나들며 몰래 사람들을 데려온다는 멕시칸 친구의 연락처를 보물처럼 지갑 깊숙이 넣어놓고 있다는 소리를 은경 씨한테 듣고 어느 날 물어봤다.

"네가 타잔이냐? 왜 가슴은 툭툭 치구 야단이야? 넝쿨 줄기 타고 아아아 소리 지르면서 국경을 넘을 거냐구?"

그 말이 그렇게 우스운지 한참을 웃더니 나를 끌고 구석으로 가서 보물을 보여주었다. 사방을 둘러보며 조심스럽게 꺼낸 종이는 착착 접혀서 납작해진 작은 메모지였다. 무슨 부호 같은 것이 적혀 있었다. 내가 암만 스페인어를 모른다고 하지만 그것은 단연코 글자가 아니었다. 비록 정식 학교는 못 다녔어도 똑똑한 아이라 글을 못 익혔을 것 같지는 않고 만약의 경우에 대비해서 일부러 그런 식으로 적어놓은 게 아닌가 싶다.

그래도 가끔 식구들한테서 보내주는 돈 잘 받았다는 편지가 오는 걸 보면 멕시칸 친구가 믿을 만한 사람인 것 같기는 하다. 혹시 그게 나중에 큰돈을 챙기기 위한 미끼일 수도 있지 않을까 의심하는 내가 틀리기만 바랄 뿐이다.

"거기 모여서 뭣들 하는 거야? 손님 들어오는 거 안 보여?"

우리끼리 모여 서 있기만 하면 자기 흉을 본다고 생각하는지 미시즈 정이 소리를 꽥 질렀다. 우리는 기름 위에 떨어진 물방울처럼 세 방향으로 좌악 흩어졌다.

금발머리의 멜리사가 유리문을 밀치며 들어오는 게 보였다. 머리카락을 새 둥지처럼 아무렇게나 삐죽삐죽 자르고 그 위에 기다란 금발의 가발을 쓰는 여자다. 매주 한 번, 어떤 때는 두 번도 오는데 애가 둘씩이나 있으면서 바에서 춤을 추는 스트립 댄서. 옷을 벗고 야한 춤을 춘다는데도 끈적이는 들큰함이 없고 오히려 말괄량이 여학생 같은 느낌 주는 이십 대 초반의 아가씨다. 키는 자그마하면서 목소리가 걸걸하고 큰 소리로 웃기 잘하는 멜리사가 나는 이웃집 동생같이 친밀하고 좋다.

유방 확대 수술을 해서 멜론처럼 커진 가슴이 스웨터 위로 삐져나온 채 어기적거리며 걸어오는 멜리사를 향해 반가운 미소를 던졌다.

"굿모닝, 멜리사. 너 어디 아프니? 걷는 게 왜 그래?"

"내가 무슨 짓 했는지 알아? 너는 아마 상상도 못 할걸."

멜리사가 내 팔을 잡아끌며 귀에 대고 속삭였다.

"이번에는 또 무슨 짓을 했는데?"

"피어싱을 했어. 여기하고 여기."

멜리사가 한 손으로는 배꼽, 다른 손으로는 다리 사이를 가리켰다.

"뭐? 어디다 피어싱을 해? 아프지 않던?"

"아프지. 얼마나 아픈지 죽을 것 같더라니까. 조금 전에 하고 이리로 곧장 오는 길이야. 전에 혀에 했을 때도 그렇게 아프더니 그건 여기에 비하면 아무것도 아니야."

"그러게 그런 짓을 도대체 왜 하냐고?"

"돈 벌려고. 히히. 아니 아니, 이번에는 그런 게 아니고, 남동생이랑 내기를 한 거야. 나더러 여기하구 여기에 피어싱을 하면 천 불을 주겠다잖아. 사흘 동안 생각하다가 까짓것 좋다! 하고 한 거야."

"그래서 돈은 받았냐?"

"물론 받았지."

멜리사는 히히 웃으며 머리를 숙이고 가발을 썼다. 다른 사람들은 의자에 앉아서 가발을 쓰는데 멜리사는 언제나 서서 허리를 앞으로 꺾고 고개를 숙인 채 쓴다. 기둥을 붙잡고 춤을 추다 머리를 숙이면 목덜미가 그대로 드러나기 때문에 그 모양이 예뻐야 돈을 많이 벌 수 있다는 것이다. 툭하면 신장염으로 병원을 들락거리면서 또 염증이 생기면 어쩌려고 거기다 피어싱을 했는지 도무지 이해할 수가 없다. 저렇게 함부로 몸을 굴리는 걸 보면 아직 젊어서 무서운 걸 모르는 모양이다.

아들들이 무척이나 귀엽게 생겼더구먼, 애 엄마가 저러다 덜컥 몹쓸 병이라도 걸리면 어쩌나 하는 생각을 하는데 머릿속 뒤쪽에 밀어두었던 리사와 다니엘이 툭 튀어나왔다.

내가 리사를 집으로 데려오고 싶은 이유는 무엇보다 다니엘 때문이다. 서너 달 전, 다니엘에게 과잉 행동 신드롬이 있는 것 같으니 약을 먹여야 한다는 유치원 선생 말을 전하는 리사의 전화를 받았을 때 나는 걱정보다 분노가 일었다. 사내아이가 좀 부잡스럽기로 약을 먹이라니. 그 약이라는 게 아이를 멍하게 만들어 수업 시간에 고분고분 말 잘 듣게 하자는 건데 장기적으로 그걸 복용하면 어떻게 되는지 아느냐, 아이를 바보로 만들 생각이냐, 절대로 먹여서는 안 된다고 리사에게 신신당부했다. 그때처럼 학교 버스 운전기사라는 직업이 고마운 적이 없었다. 그런 아이들을 많이 봤기 때문에 약의 부작용을 피부로 느낄 수 있었지, 아니었으면 나 역시 선생님 말이라면 무조건 옳은 줄 알았을 테니까. 다니엘이 다른 아이들보다 집중력이 부족한 건 사실이지만 자라나면서 차츰 나아질 텐데 섣불리 진단을 내려 약으로 해결하려는 어른들의 태도를 용납할 수가 없었다.

선생님을 비롯하여 그 방면의 전문가와 몇 번의 상담을 거쳐 간신히 그 결정을 미루어놓은 모양인데 최근에 다시 일이 터진 것이다. 다니엘이 학교에서 불안 증세를 보이며 안절부절못하고 가끔씩 난폭한 행동까지 한다는 말을 듣자 정신이 아뜩했다. 그렇지만 한편 다니엘이 그런 행동을 하는 건 너무나 당연하다는 생각이 들었다. 따로 사는 아빠가 툭하면 찾아와서 엄마랑 다투지, 학교에서 돌아오면 곧장 베이비시터한테 가야지, 그런 상황에서 다섯 살짜리 아이가 천하태평이라면 그게 오히려 이상한 거 아니냐며 리사를 달랬다. 그것이 이리로 이사 오겠다는 결정을 내리는데 한몫을 한 것이다. 그렇게 되면 우선 부모가 싸우는 모습은 안 보게 될 것이고 베이비시터한테 가는 시간도 많이 줄일 수 있으니까. 고등학교 졸업장이 없는 리사가 여기에 와서 쉽게 일자리를 찾을 수 있을지 걱정이긴 하지만 그건 2차 문제였다. 집 안에 콩콩 울릴 다니엘의 발소리를 생각하면 저절로 웃음이 나왔다. 그런 판에 리사의 건강 문제가 불거졌으니 어떻게 된 게 내 인생에는 이다지도 복병이 많단 말인가.

다리를 엉거주춤 벌리고 서서 가발을 쓰며 키들거리는 멜리사를 바라보는 마음이 착잡하다. 이십 대 후반의 이 여자는 천성이

낙천적인지, 암에 걸렸다가 치료받고 나았다는 말도 지나가는 투로 쉽게 해버렸기 때문에 그 말을 믿어야 좋을지 말아야 좋을지 모를 정도다. 두 아이의 아빠가 각각 다르고 지금은 다른 보이프렌드랑 살고 있다는 말도 아무 거리낌 없이 했다. 그래도 밉지가 않다. 둘째 아이의 아빠가 때리려고 달려들었을 때 식칼을 들고 휘둘렀다니 리사한테 없는 배짱이 부럽기까지 하다.

나도 이혼하기 전까지는 배짱은커녕 남의 눈치 보기 급급했었다. 누가 화를 내면 나 때문인가 싶어 미리 비위를 맞추려 들기 일쑤였다. 오죽하면 집을 일곱 번이나 나갔던 남편을 받아들였을까. 그때마다 펄펄 뛴 건 미시즈 정이었다. 등신같이 이번에도 그 인간을 집에 들일 거냐고 야단이었다. 그러니까 그 인간이 너를 만만하게 보고 그따위 짓을 하는 거다, 현관 바닥에 깔린 신발 깔개 취급 받는 게 좋으냐고 마구 퍼부었다. 그때도 듣기 싫었지만 참았다. 주인한테 대들었다가 기분 나빠 해고라도 하면 큰일이다 싶어 열심히 듣는 척했다. 그러다 세월이 지나며 미시즈 정이랑 점점 가까워졌고 말대꾸도 슬슬하면서 나도 모르게 점점 오기가 생겼다. 오기와 배짱이 어떻게 다른지는 모르지만 이제는 남이 하는 말에 그다지 신경 쓰지 않는다. 사는 데 지쳐 비위 맞출 기력이 없어진 것 같기도 하고…… 어쨌든 그런 면에서는 미시즈 정에게 고마워해야 할 것 같다.

멜리사를 보내놓고 나자 미시즈 정이 손짓으로 불렀다.

"자기 미스 양 잘 알지? 그 왜 한국 그로서리에서 일하는 여우 같은 년 말이야. 혹시 그년 어디 갔는지 몰라?"

잠을 못 잤는지 눈 밑이 거무스름해진 미시즈 정이 불안한 표정으로 물었다.

"최근에 안 만나서 모르는데. 그건 왜요?"

"아무래도 느낌이 좀 이상해. 어제 집에 가다 한국 식품점에 들렀는데 미스 양이 안 보이더라구. 그래서 주인아줌마한테 물었더니 라스베이거스 갔다는 거야."

"그게 어때서요? 날도 춥고 하니까 따뜻한 데로 휴가 갔나 보지."

"그게 아냐. 마침 배달 갔다 돌아오던 김 군이 대뜸, 아닌데. 애틀랜타 간다고 했는데. 그러더라구."

"그럼 뭐야? 주인아줌마한테는 라스베이거스 간다 그러고 김 군한테는 애틀랜타 간다고 했단 말이에요? 그거 어째 수상하네."

"내 말이. 그러니까 미스 양한테 전화 좀 해봐."

내가 전화 거는 동안 미시즈 정은 열심히 손톱을 물어뜯었다.

"안 받는대요. 좀 있다 다시 걸어야겠어요."

"아니, 그럴 필요 없어. 안 받을 거야. 받을 리가 없지. 여우같은 년. 여기서 일할 때 그렇게 꼬리를 쳐서 잘랐는데 안 떨어지고 여태껏 우리 그이한테 붙어 있었던 거야."

미시즈 정은 확신에 찬 듯 부르짖었다.

"아무리 그랬을까? 애인도 있는 것 같던데. 차라리 사장님한테 직접 물어보지 그래요?"

"어제 밤늦게 통화가 됐는데 어딘지 느낌이 좋지 않았어. 뭘 숨기는 것같이 우물우물하면서 자꾸 전화를 끊으려 들더라구."

"그래요? 그럼 이제 어떡할 건데요?"

암만 아닐 거라고 말해봤자 그 귀에 들어갈 것 같지 않아 단도직입적으로 물었다.

"아무래도 내가 애틀랜타에 갔다 와야겠어. 현장을 잡아야 꼼짝을 못하지. 그래서 말인데 당신이 주말에 가게를 좀 맡아주면 안 될까?"

"리사 이사 오는 건 어떡하구?"

"그럼 기어이 애들을 데리러 거기까지 운전해서 가겠단 말이야? 그냥 오게 하라니까, 리사가 젊은데 그깟 여덟 시간 운전하는 게 무슨 문제라고. 사람이 어쩜 그렇게 야박할 수가 있어? 내가 지금 어떤 심정인지 몰라서 그래?"

이 여자가 떼를 쓰기 시작하면 당할 수가 없기도 하지만 눈이 휘둥그레져서 동동거리는 모습을 보니 안됐다는 생각이 들었다. 매일 얼굴 맞대고 살아온 세월이 십 년쯤 되다 보니 미운 정 고운 정 다 든 모양이다.

"까짓것, 그럽시다. 그렇지 않아도 리사가 이번 주말에 못 올지도 모르는데 얼른 가서 비행기 표나 사요. 가서 직접 봐야 속이 풀리지."

"못 와? 왜? 무슨 일 생겼대? 다니엘 애비가 또 나타나서 훼방 놓는 거야?"

"그런 건 아니구…… 그건 나중에 얘기해줄 테니까 어서 여행사에 전화나 걸라구요."

미시즈 정 동생도 가슴에 멍울이 있었지만 별게 아니었다니 미시즈 정에게 잘해주면 리사에게도 좋은 일이 생기지 않을까 싶은 생각이 문득 들었다. 나는 미시즈 정의 팔짱을 끼고 전화가 있는 카운터 쪽으로 걸어갔다.

오후에 학교로 가서 애들을 태워 집에 데려다 주는 동안 내내 리사의 울먹이던 목소리가 머리를 떠나지 않았다. 아이들을 하나씩 내려놓고 마지막으로 오스틴네 집을 향해 가는 길에 인터폰이 울렸다. 학교 사무실의 비서였다. 조금 전에 내려놓은 제이슨이 과제물 가방을 버스에 놓고 내린 것 같다는 것이었다. 다른 아이 같으면 내일 줘도 상관이 없겠지만 제이슨의 경우 그게 없으면 무슨 짓을 할지 모르니 찾아보라는 비서의 말을 들으며 고개를 휙 돌려 보니 통로에 무언가가 떨어져 있는 것 같았다.

마침 전방의 신호등이 빨갛게 바뀌었다. 버스를 멈추고 몸을 돌려 자세히 보니 제이슨의 가방이 틀림없었다. 찾았으면 가져다주라는 비서의 말을 들으며 나는 재빨리 계산을 해보았다. 지금 돌아서 제이슨 집으로 가는 게 나은가, 아니면 오스틴을 먼저 집에 데려다 주고 가는 게 나은가. 거리상으로는 지금 돌아가는 게 좋지만 오스틴을 기다리고 있을 부모 생각을 하니 얼른 판단이 서지 않았다. 나는 잠시 망설이다 아무래도 오스틴 집에 먼저 가는 게 좋겠다는 쪽으로 마음을 굳혔다.

이래저래 또 가게에 늦겠다는 생각을 하며 서둘러 액셀을 밟는데 뒤에서 '어어어.' 급하게 부르는 소리가 들렸다. 나는 얼른 브레이크를 밟고 뒤를 돌아보았다. 눈을 휘둥그렇게 뜨고 앞을 바라보고 있는 오스틴의 표정이 놀란 토끼 같았다. 그 순간 정신이 번쩍 들었다. 신호등이 아직 파란불로 바뀌지도 않았는데 차를 출발시키

려 했던 것이다. 번잡한 사거리에서 빨간불에 그냥 나가다 사고라
도 났으면 어쩔 뻔했나. 오스틴이 다치기라도 했으면…… 진땀이 바
짝 났다. 한편으로는 누군가 나를 지켜주고 있다가 사고를 막아준
것 같아 감사한 마음이 들었다.

그러고 보니 오스틴과 다니엘은 같은 나이다. 둘 다 곱슬머리고,
내가 많이 사랑하는 아이들이다. 오스틴은 밝은 성품 때문에 많은
사람들에게 사랑받고 있다. 오스틴의 아빠와 같은 대학에 있는 동
료 교수는 이 아이를 위해 컴퓨터로 조작되는 자그마한 자동차까
지 만들었다고 한다. 그런 사랑을 계속 받는 한 오스틴은 비록 신
체가 부자유하지만 밝게 자라갈 것이다.

얼른 다니엘을 데려오고 싶은 마음이 불 일듯 일었다. 매일 베이
비시터 집 창가에 서서 엄마가 데리러 올 때를 기다리고 있을 아이
생각을 하니 가슴이 저렸다. 집에 데려와서 같이 눈사람도 만들고,
과자도 굽고, 퍼즐도 해야지. 그 나이에 아빠를 잃었던 리사를 떼어
놓고 일하러 다니면서 맺힌 가슴의 멍을 리사에게 그대로 물려줄
수는 없다. 그때 못다 준 사랑을 이제라도 베풀 수 있는 기회가 생
겼으니 그나마 다행 아닌가.

나는 오스틴을 돌아다보며 아자!를 외치고 천천히 차를 출발시
켰다.

옐로스톤의
오후

휴가철이 지난 솔트레이크시티 공항은 별로 붐비지 않았다. 성예는 작은 여행 가방을 끌고 배기지 클레임으로 내려갔다. 나흘 동안의 여행이라 따로 짐을 부칠 필요는 없었지만 로스앤젤레스에서 오는 관광 팀과 만나는 장소가 그곳으로 정해져 있었기 때문이다. 그쪽에서 오는 비행기는 이미 도착한 모양인지 한국 사람들이 모여 서 있는 모습이 보였다. 그들을 향해 가며 성예는 나흘 동안 같이 지낼 사람들이 어떤 사람들일까 죽 훑어보았다.

단체 관광이면 으레 끼는 할머니들 그룹이 우선 눈에 들어왔다. 대충 예닐곱 명인 듯싶었다. 그리고 중년 부부 서너 커플, 대학생 또래의 여자 둘, 손녀딸인 듯한 아이의 손을 잡고 서 있는 노인 부부, 뒤에 약간 떨어져 서 있는 청년과 그의 동행인 노인을 포함해서 대략 삼십 명 정도 되는 듯했다. 예상보다 인원이 많지 않아 다행이었다.

원래는 혼자 여행을 떠나고 싶었다. 그러나 길눈이 어두운 처지에 차를 끌고 다닐 수도 없고, 비행기 타고 멀리 떠나자니 공항에 내린 후의 일이 막막했다. 모르는 도시에 내려서 차를 빌리고, 호텔을 고르고, 음식점을 찾는 일들이 짐스럽고 겁이 났다. 그렇다고 동행을 구하고 싶은 생각도 없었다. 그냥 며칠만이라도 혼자 있고 싶었다. 그때 우연히 눈에 띈 옐로스톤 단체 관광 광고는 그녀에게 구원이었다.

성예는 주춤주춤 그들 뒤에 가서 섰다. 서류 뭉치를 든 남자가 웃으며 다가왔다.

"윤성예 님이시죠? 저는 이번 여행의 가이드를 맡은 김현수입니다. 반갑습니다."

칠흑같이 검은 머리카락을 기름 발라 뒤로 빗어 넘기고 까만 셔츠에 은회색 넥타이를 단정하게 맨 그에게서 담배 냄새가 은은하게 났다. 가이드치고 나이가 꽤 들어 보이는 그의 눈언저리에서는 어딘지 느른하고 퇴폐적인 인상이 풍겼다. 그가 관광회사 이름이 적힌 배지를 내밀었다. 달고 다니라는 뜻인가 보았다. 그러고 보니 거기 모인 사람들 가슴에 하나같이 오렌지색의 동그란 배지가 달려 있었다.

"하이, 에브리바디. 우리도 왔어요!"

갑자기 걸걸한 음성이 등 뒤에서 우렁차게 들렸다. 배지를 달다 말고 돌아보니 활짝 벌어진 빨간 입술이 눈에 확 들어왔다. 한국 사람치고는 키도 크고 얼굴도 커다란 중년 여자였다. 말년의 캐서린 헵번처럼 머리를 풍성하게 빗어 올려 느슨하게 묶고 화려한 머플러를 어깨에 두른 그녀 옆에는 배가 툭 튀어나온 백인 남자가 서 있었다. 대머리에 몇 오라기 남은 머리카락이 하얀 걸 보니 얼추 육십은 넘어 보였다.

"내 이름은 재클린이에요. 앞으로 나흘 동안 같이 지낼 텐데 통성명은 해야겠죠?"

성예라는 이름을 듣는 둥 마는 둥 그녀는 수선스레 다른 사람에게로 가서 손을 내밀었다. 목소리가 어찌나 큰지 공항이 우렁우렁 울릴 지경이었다. 성예는 검지로 이마 양옆을 꾹 눌렀다. 한국에서 신문사 다닐 때 문화부 차장이 가르쳐준 이후로 골치가 아플 때면 자신도 모르게 하게 되는 습관이다.

가이드가 나누어 준 일정표에는 첫날, 바닷물보다 훨씬 더 짜다는 솔트레이크와 세계 최대의 노천 구리 광산을 돌아본 후 온천욕을 할 예정이라고 되어 있었다. 오십 명이 타도 넉넉할 대형 버스에 인원이 삼십 명 남짓이라 자리가 텅텅 비건만 할머니들은 앞자리를 차지하느라 서로의 이름을 부르며 수선을 떨었다. 성예는 제일 뒷자리로 가서 앉았다.

바다같이 넓은 미시간의 오대호에 익숙한 성예의 눈에 솔트레이크는 그다지 큰 호수로 보이지 않았다. 역할 정도로 비릿한 소금 냄새가 코를 찔렀다. 나무 한 그루 없이 황량한 그곳에서 할머니들은 물을 배경으로 사진을 찍느라 정신이 없었다. 성예는 방파제 역할을 하는 커다란 돌들을 딛고 물가로 내려갔다. 소금에 전 모래가 굳은 빵처럼 부스러졌다. 물속은 의외로 깨끗했다.

"물이 너무 짜서 고기는 없고 작은 새우들만 있답니다."

어느새 다가왔는지 가이드가 일러주었다. 그러고 보니 발밑이 온통 죽은 새우들이었다. 새우라니까 그런가 보다 하지 엎드려서 가만히 들여다보아야 할 정도로 작은 새우들이 도처에 모래처럼 깔려 있었다. 어떤 환경에나 적응해서 살아가는 생명력에 오싹 전율이 느껴졌다.

구리 광산을 둘러보고 두어 시간 달려서 찾아간 유황 온천에서 성예는 잠시 망설였다. 수영복으로 갈아입고 어쩌고 하는 일들이 귀찮기만 했다. 타월을 한 장씩 받아 들고 앞사람을 따라 탈의실로 들어간 그녀와 달리 뒤로 돌아서서 옷을 갈아입는 할머니들의 몸동작은 기대로 들떠 있었다. 우두커니 서 있는 그녀 앞에서 재클린이 갑자기 옷을 훌훌 벗기 시작했다. 금발의 가수, 달리 파튼만큼이나 커다란 젖가슴이 물을 가득 넣은 풍선처럼 눈앞에서 뚤렁 떨어지는 바람에 놀라 주춤하는 그녀를 보고 재클린이 큰 소리로 웃어젖혔다.

"같은 여자들끼린데 뭐 어때요? 애기 엄마도 얼른 옷 갈아입어요."

호기 있게 통성명하잘 때는 언제고 애기 엄마라니. 그래도 그러는 그녀가 밉지 않았다. 갑자기 뜨거운 온천물에 들어가는 것이 즐거운 일처럼 느껴졌다. 성예는 서둘러 수영복으로 갈아입었다. 재클린은 팔다리를 휘휘 저으며 앞장서서 걸어 나갔다. 어느 사이에 비가 내리고 있었다. 주위에 나무들이 많건만 탕 속은 나뭇잎 하나 떨어져 있지 않고 깨끗했다. 바닥에 깔린 작은 자갈들 사이로 뜨거운 물이 솔솔 올라왔다. 이슬처럼 떨어지는 빗방울을 얼굴에 맞으며 뜨거운 물속에 들어가 앉아 있으려니 몸뿐만 아니라 마음까지 느슨하게 풀리는 것 같았다.

낯설기만 한 남편도, 안타까이 바라보던 제이슨의 눈길도 더 이상 가슴을 조이지 않았다. 이것 하나만으로도 여행을 잘 왔다는 생각이 들었다.

"우리 남편 어디 갔지? 어, 저기 있구나. 난 말이에요. 결혼을 참 잘했다고 생각해요."

묻지도 않았는데 재클린이 뜬금없이 건너편에 앉아 있는 자기 남편을 가리키며 자랑을 늘어놓기 시작했다.

"저 사람이 저렇게 무뚝뚝하게 보여도 얼마나 자상한지 몰라요. 내가 원하는 건 뭐든지 다 해주고 싶어 한답니다. 돈도 많아요. 우리는 일 년에 적어도 다섯 번 이상 여행을 다닌다니까요."

"네에……."

자랑스럽게 쳐다보는 그녀에게 네에, 라는 말밖에는 할 말이 떠오르지 않았다. 같이 남편 자랑을 할 수는 없는 노릇이었다. 아이들만 데리고 미국에서 산 지 사 년 만에 이제는 서먹하기만 한 남편, 언제 살을 맞대고 살았던가 싶게 아득하게만 느껴지는 그의 무엇을 자랑한단 말인가. 그가 무슨 옷을 입고, 무엇을 즐겨 먹으며, 누구를 만나 무슨 얘기를 나누는지 모르게 된 지 오래다. 오히려 아침저녁으로 대하는 제이슨이 소프트한 아이스크림보다 딱딱한 아이스크림, 그것도 블루베리 향을 좋아한다는 것이 가슴속에 새겨져 있지 않은가.

호텔 로비에서 성예는 혼자 여행 온 미시즈 박과 같은 방 열쇠를 받았다. 저녁 식사를 하며 인사를 나누었던 미시즈 박은 LA에서 손톱을 다듬어주는 네일숍을 한다고 했다. 양미간에 세로로 깊이 팬 주름 때문에 웃어도 우는 것 같은 인상이 되어버리는 그녀는 나이가 환갑 이쪽저쪽으로 보였다.

"굿나잇, 에브리바디! 좋은 꿈 꾸세요."

재클린이 손을 활랑활랑 흔들며 지나쳐 갔다. 열쇠를 문에 꽂던 미시즈 박이 낮게 중얼거렸다.

"양갈보 주제에 나대기는."

성예는 혹시 재클린이 듣기라도 하면 어떡하나 가슴을 조이며 얼른 방으로 들어가 문을 닫았다. 미시즈 박은 가방을 한쪽 구석에 던져놓고는 침대에 가서 벌렁 누웠다.

"내가 이 세상에서 제일 싫어하는 종류의 사람이 누군지 알우?"

칫솔을 꺼내 들고 화장실로 들어가던 성예가 뒤돌아보았다.

"첫째는 남편 자랑하는 년이고, 둘째는 돈 자랑하는 년이야. 아까 저년 남편 자랑에 돈 자랑까지 하는 거 들었죠? 하긴 이게 다 내 열등감 때문이겠지."

한숨을 푹 쉬며 돌아눕는 그녀의 등이 아까보다 좁아 보였다. 성예가 샤워를 끝내고 나오니 그녀는 침대에 앉아서 화장을 지우고 있었다.

"그런데 왜 혼자 여행 왔수? 아아, 물어볼 게 아니라 내 얘기 먼저 해야겠네. 나는 허구한 날 성경책만 끼고 앉아 있는 우리 영감 꼴 보기 싫어서 바람 쐬러 나왔다우. 생각을 해봐요. 맨날 남의 손톱 주무르면서 못하는 영어로 지껄이려면 얼마나 스트레스가 쌓이겠나. 머리에 쥐가 난다니까. 그러다 저녁 늦게 집에 들어가면 하루 종일 빈둥거리던 영감이라는 사람은 학자처럼 두 손 모으고 앉아서 상 차려주기를 기다리고 있는 거라. 내가 종이우? 손이 짓무르도록 일하고 집에 가서 밥 시중까지 들게? 어떤 때는 미워서 일부러 늦장을 부린다니까. 게다가 사람이 얼마나 깐깐하고 냉정한데. 늘 자기만 옳다지 그저. 에휴, 내 속 썩는 얘기 다 하려면 석 달 열흘 갖고도 부족할 거유."

미시즈 박은 콜드크림으로 얼굴을 열심히 문지르며 쉬지 않고 말을 쏟아냈다.

"보아하니 아직 애들이 어릴 것 같은데 애들은 어떡하구 혼자 여길 왔수?"

"우리 애들 고등학교 다녀요."

짤막하게 대답하고 성예는 가방 속에서 로션을 꺼내 들고 도망치듯 화장실로 들어갔다. 흑인 아이를 남자 친구라며 집으로 데리고 온 딸과, 도대체 무얼 하는지 방에 틀어박혀서 나올 생각을 않는 아들의 얘기를 생전 처음 본 사람에게 하고 싶지 않았다.

야구에 남다른 흥미를 보이던 현영이가 중학생이 되어 학교 선수로 뽑혔을 때 성예와 남편은 몇 날 며칠을 고민에 싸여 지냈다. 제대로 키우면 대선수가 될 거라는 코치의 말을 듣고 난 후 야구장에서 열광하는 팬들의 함성이 들리는 듯해 흥분한 것은 잠깐이었다. 연습 때문에 수업을 제대로 듣는 적이 없다는 현영이의 말을 듣는 순간 가슴 한쪽에서 먹구름이 일었다. 만약 대선수가 못 되거나 부상이라도 입어서 야구를 못하게 되면, 그러면 어떻게 되는 건가. 학교 측에서야 곧 다른 선수를 찾아 나서면 되지만 현영이는 대학 문턱도 못 밟게 되는 건 아닌가. 어린 현영이가 운동복이 든 커다란 가방을 둘러메고 집을 나설 때마다 생각이 열두 번도 더 엎치락뒤치락했다.

그런가 하면 어려서부터 책읽기를 좋아하던 지영이는 수업시간에 몰래 소설 읽다 걸려 반성문을 써내기 바빴다. 남달리 감수성이 예민한 지영이는 입시지옥이라는 말만 들어도 겁을 냈다. 다행히 신당동의 시아버지 소유 빌딩에 있는 남편의 치과병원은 위생사를 두 명 두고도 손이 모자랄 정도로 바빴다. 경제적으로 여유가 생기자 조기 유학에 관심이 생기기 시작했다. 그러고 보니 주위에 조기 유학 보낸 사람이 왜 그렇게 많은지 조기 유학 풍조가 전염병처럼 퍼져 있었다.

저마다 들려주는 충고도 가지가지였다. 한 살이라도 어릴 때 보내라, 한국 사람이 전혀 없는 곳으로 보내라, 암만 그래도 친척이 근처에 있는 것이 좋다, 엄마가 같이 가는 것이 좋다, 아니다 아이들만 보내라 남편 뺏길 일 있느냐, 등등 그 말을 다 들었다가는 이솝 우화에서처럼 당나귀를 둘러메고 가야 할 판이었다.

미시간에 사는 사촌 언니가 한국에 다니러 온 것을 계기로 그들의 계획은 예상보다 빠르게 진행되었다. 우선 성예가 아이들을 데리고 가서 육 개월 동안 있으면 남편이 휴가를 받아 와서 일주일쯤 지내다 같이 돌아간다는 계획을 세웠다. 그랬다가 육 개월 후에 다시 와서 두어 달씩 돌보아주는 식으로 하면 사촌 이모도 옆에 있겠다 별로 문제가 없을 것 같았다.

다행스럽게도 아이들은 미국 생활에 잘 적응했다. 문제는 생각지도 않은 곳에서 터졌다. 시아버지가 새로운 사업을 시작하느라 신당동의 건물을 담보로 은행 빚을 얻어 쓴 것이 잘못되는 바람에 건물이 고스란히 날아간 것이다. 외아들인 남편은 다른 곳으로 치과를 옮겨야 했고 부모 봉양의 책임까지 떠맡게 되었다. 자연히 계획처럼 미국을 자주 드나들 수 없게 된 것뿐 아니라 풍족하게 송금도 할 수 없게 되었다.

아파트 세를 비롯해서 기본적으로 들어가는 생활비가 있는데 무작정 줄일 수도 없고 성예가 일자리를 찾는 도리밖에 없었다. 가장 손쉽고 안전한 것이 베이비시터였다. 아파트 근처의 그로서리 스토어에 작은 광고지 하나 붙여놨더니 이틀 후에 제이슨이라는 남자에게서 연락이 왔다. 다섯 살짜리와 일곱 살짜리 남매를 방과후에 서너 시간씩만 봐달라는 것이었다. 세 시에 스쿨버스에서 내리는 아이들을 데려다 간단한 간식을 먹이면 자기들끼리 잘 놀았다. 돈을 받는 게 미안할 정도로 쉬운 일이었다. 이 년 전에 교통사고로 엄마를 잃었다는 아이들은 아빠의 사랑을 많이 받아서인지 구김살 없이 밝았다. 성예는 제이슨이 회사 일로 늦게 아이들을 데리러 오면 아예 저녁까지 먹여서 보내곤 했다.

어느 날, 급한 일이 생겨 늦어졌다며 밤 10시가 넘어 아이들을 데리러 온 제이슨이 미안해 어쩔 줄 몰라 하며 지은 표정이 이상하게 가슴에 와 닿았다. 한쪽 입가를 약간 올리며 미소는 지었지만 눈매가 물가에 혼자 서 있는 목이 긴 새처럼 슬퍼 보였다. 딸아이를 안고 일어서는 그의 흐트러진 앞머리를 쓸어주고 싶었다. 그날 밤, 일주일의 휴가도 내기 어려워하는 남편 얼굴이 떠오르지 않아 성예는 한참 동안 거실을 서성였다.

버스는 옐로스톤의 서쪽 입구를 통과해 국립공원 안으로 들어 갔다. 9월 중순의 파란 하늘이 쨍하니 높고 맑았다. 길 양쪽으로 우뚝우뚝 솟은 검은 나무기둥 밑으로 어린 소나무들이 탐스럽게 자라나고 있었다.

"1872년에 미국 최초의 국립공원으로 지정된 이곳 옐로스톤은 지난 1988년 5월에 대대적인 산불이 나서 9월 중순까지 넉 달 동 안 공원의 반을 태웠습니다. 그때 소방대원들도 많이 죽고 별의별 방법을 다 써보았지만 인간의 힘으로는 불을 끄지 못했습니다. 결 국 9월 중순에 눈이 내리면서 불이 꺼졌지요. 저기 삐죽이 서 있는 나무들은 얼마 안 가 다 쓰러질 거라고 합니다. 쓰러진 후에는 썩 어서 비료가 되겠죠. 그런데 재미있는 것은 불이 났기 때문에 특수 한 종류의 소나무들이 새로 나오게 됐다는 겁니다. 솔방울이 높은 온도가 돼야 터져 씨를 퍼뜨린다는 사실이 산불을 통해서 밝혀진 거죠."

검은 선글라스를 쓴 가이드가 마이크를 들고 설명을 하다 말고 갑자기 입을 다물었다. 버스가 스르르 멈추어 섰다.

"아, 저 앞쪽을 보십시오. 엘크가 길을 건너고 있군요."

사람들이 일제히 일어서서 고개를 빼고 앞을 내다봤다. 생김새 는 비슷해도 사슴보다 몸집이 훨씬 큰 엘크가 나뭇가지 같은 뿔을 머리에 얹고 유유히 길을 건너오더니 버스 옆으로 해서 숲 속으로 들어갔다. 인디언처럼 머리를 양 갈래로 땋은 재클린이 비디오카메라 어디 있느냐고 남편에게 소리를 질러댔다. 앞자리에 앉았던 미시즈 박이 입을 삐죽거리며 성예를 돌아봤다.

껍질이 다 타버려 때로는 꺼멓게, 때로는 하얗게 장승처럼 서 있는 나무들과 그 밑에서 자라는 작은 나무들에게서 성예는 눈을 뗄 수가 없었다. 소위 아이들 교육을 위해서 이곳에 온 자신. 그렇다면 이제는 저 나무들처럼 쓰러질 일만 남은 건가. 과연 우리 아이들이 싱싱하게 새로 자라나고 있는 저 나무들처럼 벌레 먹지 않고 깨끗하게 성장하고 있는가? 다시금 가슴이 답답해왔다.

언제부터인지 아이들이 변하기 시작했다. 강아지처럼 엄마 옆에만 붙어 있던 지영이는 고등학교에 올라가면서 영주권 없이는 대학 가는 것이 쉽지 않다는 것을 알고 자주 신경질을 부렸다. 공부를 월등하게 잘하지 않는 한 외국 학생에게 장학금이 돌아오는 예는 극히 드물며 주립대학도 영주권이 없으면 학비가 엄청나다는 것이었다.

현영이도 고등학생이 되자 운동보다는 록 뮤직 쪽에 더 관심을 두었다. 정당한 이유 없이 야구 연습을 세 번 빼먹었다는 이유로 야구부에서 쫓겨났을 때 섭섭하기는커녕 시원해하는 것 같았다. 전화로 소식을 들은 남편은 별 반응을 보이지 않았다. 성예는 낯선 동네 사거리에 서서 어느 길로 가야 좋을지 모르는 사람처럼 막막했다.

저 멀리 숲 사이로 하얀 김이 물물 올라오는 진기한 풍경들이 나타나자 가이드가 얼른 마이크를 들고 옐로스톤의 명물인 가이저라고 설명을 시작했다. 땅속 깊은 곳에서 뜨거운 김과 용암이 흘러 나오는 저런 간헐천이 이 공원 안에 셀 수 없이 많다는 것이었다. 버스가 미드웨이 가이저 앞에 멈춰 섰다.

성예는 우선 그 광활함에 놀랐다. 황금빛과 오렌지빛, 그리고 군데군데 녹색과 코발트색이 어우러진 끝없이 넓은 광야 저편에서 올라오는 하얀 스팀은 지구가 아닌 다른 위성에 서 있는 것 같은 착각이 들게 했다. 어디엔가 하얀 프록코트를 입은 어린 왕자가 서 있을 것만 같았다.

파아, 파아, 소리를 내며 뜨거운 김을 내뿜는 용의 입이라는 이름의 간헐천과 팥죽같이 풀떡풀떡 끓고 있는 흑회색 용암을 정신 없이 바라보던 성예의 눈에 한 청년이 들어왔다. 체격이 현영이와 비슷한 그는 대학생인 듯싶은데 아버지와 같이 다니는 모습이 보기 좋아 처음부터 눈길이 가곤 했었다. 망원경을 눈에 대고 숲 저쪽을 바라보는 아버지의 옆구리를 쿡쿡 찌르는 아들과, 몸을 비틀고 웃으며 눈에서 망원경을 떼지 않는 아버지를 바라보는 성예의 눈뿌리가 시큰해졌다. 현영이와 남편이 저렇게 장난치며 웃는 모습을 본 것이 언제였던가.

그날 밤은 옐로스톤의 북쪽 입구에 접해 있는 가디너라는 작은 도시에서 묵었다. 하루 종일 버스를 탔다 내렸다 하느라 피곤했는지 미시즈 박은 침대에 눕자마자 코를 골았다. 성예는 유리문을 열고 베란다로 나갔다. 강 옆의 좋은 호텔에서 묵을 거라고 몇 번씩이나 말하던 가이드의 말과는 달랐지만 세차게 흐르는 개울물 소리가 시원했다. 아이들을 데리고 금오산에 놀러 가서 들은 소리와 흡사했다. 그때 멜빵 달린 파란 반바지를 입고 물속을 첨벙거리던 현영이는 요즈음 검정색 옷만 입고 다닌다.

이튿날, 새벽에 일어나 독립문을 통과하여 다시 옐로스톤으로 들어갔다. 아직 해가 뜨지 않아 형체가 또렷이 보이지는 않지만 가이드의 말처럼 서대문에 있던 독립문과 흡사하게 생긴 것이 신기했다.

오늘의 하이라이트는 90분마다 한 번씩 하늘로 솟구치는 간헐천, 올드 페이스풀 가이저를 보는 것이었다. 그들은 예정시간보다 10여 분 일찍 그곳에 갔다. 분화구를 중심으로 30미터 정도 거리를 두고 벤치들이 둥그렇게 죽 놓여 있었다. 벤치는 기대에 부푼 사람들로 거의 차 있었다. 성예가 빈자리를 찾아 앉자 어느새 왔는지 재클린이 옆에 앉았다.

"혹시 우리 남편 못 봤어요?"

그녀는 주위를 두리번거리더니 냉큼 벤치 위로 올라섰다. 그러고는 어깨에 두르고 있던 스카프를 풀어 머리 위로 번쩍 쳐들고 깃발처럼 휘이휘이 흔들어대는 것이었다.

"이걸 보면 찾아오겠지."

활짝 웃는 그녀의 커다란 얼굴이 파란 하늘을 배경으로 둥근 달처럼 빛났다.

점점 사람들이 몰려들기 시작했다. 재클린은 초조한 표정으로 시계를 들여다보며 열심히 팔을 휘둘렀다. 잠시 후 그녀의 남편이 숨을 헐떡이며 찾아왔다. 남편 어깨를 짚고 의기양양하게 벤치에서 내려서는 재클린을 바라보는 순간 주위에서 '와아' 함성이 터졌다. 성예는 얼른 간헐천 쪽으로 고개를 돌렸다. 김만 물물 나오던 분화구에서 물이 솟구치고 있었다. 5미터, 10미터, 20미터, 뜨거운 물이 계속 쭉쭉 뿜어져 올라갔다. 3분이나 지났을까, 힘 있게 뻗쳐오르던 물줄기가 어느덧 힘을 잃기 시작했다. 눈 깜짝할 사이에 물줄기는 잦아들고 언제 그랬냐는 듯 하얀 김만 올라와 춤추듯 공중으로 흩어졌다.

사람들이 아쉬운 듯 천천히 자리에서 일어섰다.

"어디 갔었수?"

"화장실 갔다 나오니까 당신이 안 보이잖아. 한참 찾았구먼. 당신 오늘 노란 스카프 두르고 나오길 잘했어. 그거 아니었으면 못 찾았을 거야."

등 뒤의 소리를 들으며 천천히 발을 떼는 성예의 가슴속으로 바람이 휘익 지나갔다. 아이들을 대학에 들여보내고 나면 남편과 둘이 손잡고 여행이나 다니자고 약속했던 생각이 났던 것이다. 그러나 지난달에 만난 남편은 그녀의 손을 잡지 않았다. 그것은 성예쪽에서도 마찬가지였다. 언제부터인가 뜨거워진 제이슨의 눈길을 의식하면서 아무렇지도 않게 남편에게 손을 내밀 수가 없었다. 이래선 안 된다고 마음을 다잡아 화려한 잠옷으로 갈아입고 남편에게 다가갔지만 그는 모르는 척 돌아누웠다.

너무 뜨거워 김조차 나지 않는 비췻빛의 새파란 소, 유황물이 흘러내리며 쟁반같이 둥글고 넓적한 층을 계단처럼 만들어놓은 핫스프링을 몇 군데 더 둘러본 후, 그들은 그랜드 티튼 국립공원으로 가기 위해 버스에 올랐다.

옐로스톤의 남쪽으로 내려가는 길 양옆으로 또 벌거벗은 채 삐죽이 서 있는 나무들과 어린 나무들이 나타나기 시작했다. 몇 년 후면 다 쓰러져 썩어질 나무기둥 밑에서, 저녁 햇살을 받은 어린 나무들이 잠자리에 들기 전의 아이들처럼 다소곳이 서 있었다.
푸른 어두움이 서서히 찾아들고 있었다.

장상구 씨
이야기

　눈을 질끈 감은 채 입을 벌리고 있던 장상구 씨는 자기도 모르게 입을 오므렸다. 그 바람에 쇠꼬챙이 같은 걸로 열심히 이빨을 닦고 있던 금발머리 치과 위생사가 움찔하며 일손을 멈췄다. 얼른 다시 입을 벌렸지만 최 교수의 표정이 떠오르자 그만 또다시 입이 다물어지려고 했다. 한인회 임원회 때마다 말없이 듣기만 하던 장 씨가 어제 큰마음 먹고 한마디 한 건데 역시 아무 말도 안 하는 게 나았지 싶어 찜찜하기 짝이 없었다. 삼일절 행사 때 시카고에서 사물놀이패를 데려오느냐, 뉴욕에서 활동하는 오페라 가수를 데려오느냐 하는 문제로 왈가왈부할 때 장상구 씨가 참다못해 입을 열었던 것이다.

　"사물놀이라는 게 그 북 치고 장구 치고 그러는 거 아닌가요? 그거라면 시골에서 많이 해봤는데 그거 별거 아니어요. 우린 이참에 가치관을 갖고 오페라를 하는 게 좋겠구만요."

그 말이 뭐가 잘못됐는지 물을 마시려던 최 교수가 컵을 든 채 이쪽을 바라보며 슬쩍 웃음을 흘렸던 것이다. 별난 말을 한 것 같지도 않은데 그 웃음이 마음에 걸려 영 편안치가 않았다. 미시즈 서의 안쓰러워하는 것 같은 표정으로 봐서 뭔가 잘못된 것임에 틀림없었다.

장상구 씨는 마누라 등쌀에 억지로 한인회 임원직을 맡기는 했지만 회의 때마다 의견을 말하라는 게 딱 질색이었다. 특히 최 교수와 산부인과 의사인 조 장로 앞에서는 입이 잘 떨어지지 않았다. 자동차 공장 다니는 김 씨와 한미 식품점 박 씨, 잡화가게 정 씨랑 어울려 맥주 한잔 마시면 그렇게 잘 나오는 말이, 회의 안건 종이를 앞에 놓고 앉으면 다 어디로 사라지는지 마누라가 그렇게 쓰지 말라던 사투리까지 튀어나오는 통에 혼자 헛기침을 해댄 게 한두 번이 아니다.

도수 높은 안경을 쓰고 조목조목 따지려 드는 최 교수도 마음에 안 들지만 조 장로는 더 싫다. 적어도 일주일에 한 번씩은 교회에서 보면서도 만날 때마다 죽은 전우라도 살아온 듯 반기는 게 도무지 불편하기만 하다. 악수하느라 손을 잡으면 커다란 인절미를 만지는 것 같아 징그럽기까지 하다. 도대체 왜 의사들은 하나같이 그렇게 손이 부드러운지 모르겠다. 그는 손이 부드러운 남자들에게는 도무지 믿음이 가지 않았다.

이빨을 다 긁은 위생사가 잇몸을 여기저기 눌러보더니 아무래도 잇몸 수술을 하는 게 좋겠다고 말하는 것 같았다. 지난번 큰애랑 같이 왔을 때 치과 의사한테서 들었던 말이다. 하지만 그는 수술받을 생각이 전혀 없기 때문에 못 들은 척했다. 이럴 때는 영어를 못 하는 게 오히려 편리하다. 어쩔 수 없는지 금발머리가 새 칫솔과 치실을 주며 아침저녁으로 사용하라고 열심히 손짓으로 설명했다.

차를 타고 돌아오는 길 양옆으로 단풍이 한창이었다. 허구한 날 세탁소에 틀어박혀 남의 옷만 주무르느라 세월이 오는지 가는지 모르고 사는 게 올해로 몇 년째인지 모르겠다. 그는 그만 이 길로 아무 데로나 떠나고 싶었다. 다음 주에는 디트로이트 노인 아파트에 사는 어머니를 뵈러 가야겠다. 한동안 안 갔으니 섭섭하실 텐데. 마누라더러 스웨터나 하나 사다 놓으래야지 생각하며 그는 세탁소로 들어갔다.

눈에 짜증이 잔뜩 달린 마누라가 흘끗 쳐다봤다. 손님과 실랑이를 하고 있었던 모양이다. 몇 해 전에 초등학교 교사직을 정년퇴직하고 고양이 열댓 마리와 사는 할망구가 또 시비를 거는 것 같았다. 아이들이 크레용으로 그린 것같이 뾰족하고 새빨갛게 입술을 칠한 백인 노파는 한 달에 한 번꼴로 들르는데 번번이 트집을 잡아 세탁비를 깎으려 들었다. 차라리 그만 와주었으면 좋으련만 언제 그랬냐는 듯 샐샐 웃으면서 다시 찾아올 때는 쥐어박을 수도 없고 차라리 어디로 숨고 싶을 지경이다.

장 씨는 못 본 척 그들을 지나쳐 가게 뒤쪽으로 가서 그날 들어온 옷들을 분류하기 시작했다. 와이셔츠와 바지, 스웨터들을 따로따로 나누어 놓던 그는 문득 손길을 멈추고 오렌지색 실크 블라우스를 조심스럽게 집어 들었다. 그리고 앞자락이 잘 보이도록 테이블 위에 펼쳐놓았다. 왼쪽 가슴께에 손바닥만 한 얼룩이 있었다. 미시즈 서의 옷이 틀림없었다. 지난 일요일, 성가대 반주를 끝낸 후 커피를 들고 걸어가던 미시즈 서가 옆방에서 달려 나오던 아이와 부딪치는 걸 그가 화장실에서 나오다 보았던 것이다. 그는 블라우스를 가만히 얼굴에 대보았다. 미시즈 서 향기가 났다. 그는 눈을 감고 숨을 깊이 들이마셨다. 옷에 커피를 쏟고 당황해하던 그녀의 모습이 떠올랐다. 얼른 다가가서 휴지를 내밀던 그에게 고맙다고 말하던 사근사근한 목소리도 들리는 듯했다. 그때 뒤에서 직직 끌리는 슬리퍼 소리가 났다. 그는 얼른 옷을 내려놓고 돌아섰다. 마누라가 씩씩거리고 와서 세탁기 문을 탕 닫았다.

"이번엔 또 왜?"

"앙고라 스웨터에 털이 좀 엉켰다고 값을 깎아달라잖아. 내가 무슨 요술쟁이인 줄 아나? 십 년도 더 입어 낡아빠진 옷을 새것처럼 만들어주게."

"그래서 어떻게 했어?"

"할 수 없이 또 3불 깎아줬지 뭐, 그 돈 갖고 천년만년 잘 먹고 잘 살라 그래."

"첨 있는 일도 아니구먼. 그러려니 해야지 어쩌겠어."

"오늘은 아침부터 속 터지는 일만 생기니까 그러잖여. 그나저나 아까 조 장로한테서 전화왔습디다."

"왜 또?"

"이따 저녁 예배에 꼭 나오래요"

"내가 언제 수요 예배 다녔다고 새삼 거길 가?"

"예배 끝나고 모임이 있대나 뭐래나. 늦더라도 꼭 오라고 난리던

데 또 목사 쫓아내는 작당을 하려는 게지 뭐, 이번엔 어째 이삼 년 잠잠하다 했더니 그 병이 다시 도지나 보지?"

"난 그런데 끼기 싫구먼."

"싫어도 가요. 조 장로한테 신세 진 것도 그렇지만 자동차 공장 김 씨나 잡화가게 정 씨랑 어울리는 것보담은 낫지 뭘, 당신도 레벨 을 좀 높여봐요."

그놈의 레벨 때문에 골병드는 게 누군데. 그나저나 장상구 씨는 도무지 그 사람들 속을 모르겠다. 이 세상에 자기 맘에 드는 사람 이 어디 그렇게 있겠다고 목사님이 와서 삼 년을 못 붙어 있게 하 니. 이 교회 다닌 지 십 년에 목사님이 세 번 바뀌는 걸 봤다. 그 소 문이 나서 그런지 아무도 안 오려 해서 이 목사님 모셔 오기도 그 렇게 힘이 들었다는데 이번엔 또 무슨 트집을 잡으려는지 모르지 만 들어보나 마나 거기서 거기일 게 뻔했다.

그는 일부러 한미 식품점에 들러 멍게를 사 와서 천천히 먹고 삼십 분이나 늦게 교회로 갔다. 교인 수가 스무 명이나 채 될까, 여 기저기 흩어져 앉아 있는데 목사님이 높은 단상에 올라 목청을 높 이고 있었다. 맨 뒷자리에 앉아 있던 조 장로가 그와 눈이 마주치 자 손을 약간 처들며 반갑게 웃었다. 그는 서너 자리 앞으로 가 궁 둥이를 붙이며 고개를 숙이고 잠시 눈을 감았다 떴다.

통로 저쪽으로 채소가게 하는 박 집사의 고슴도치같이 삐죽삐 죽 솟은 머리통이 보였다. 그는 목사님이 소리 지르는 게 안 들리는 지 끄떡끄떡 졸고 있었다. 저렇게 피곤하면 차라리 집에서 잠이나 자지, 저 친구도 조 장로 호출에 할 수 없이 나온 모양이었다.

　예배가 끝난 후, 반가워하는 목사님과 악수를 하고 눈으로 조 장로를 찾으며 천천히 계단을 내려가는데 누가 어깨를 툭 쳐서 돌아보니 박 집사였다.

　"맥도날드에 가서 커피나 한잔 합시다."

　맥도날드에는 병아리 감별사 미스터 홍이 구석의 큰 테이블을 차지하고 앉아 있었다. 미국 여자랑 사는 곱상한 얼굴의 미스터 홍은 언제나 표정이 없다. 큰 소리로 웃는 법도 없고 웬만해서는 화는커녕 상을 찡그리는 적도 없어서 저 사람이 부처님 가운데 토막이냐, 바보냐 궁금해하던 적도 있다. 들리는 말로는 미스터 홍보다 등치도 크고 돈도 잘 버는 미국 마누라가 냄새난다고 한국 음식을 못 먹게 한다는 것이었다. 가끔 김치를 한 병 사서 차고에 놓고 꺼내 먹는데 며칠 만에 시어 터지는 바람에 그 짓도 못 한다는 소리도 들렸다. 그게 딱해서 자기네가 쓰던 냉장고를 주었노라고 조 장로 부인이 여기저기 떠들고 다닌 통에 온 교인이 알게 되었다. 그래서 그랬는지 미스터 홍은 한동안 교회에 안 나왔다. 몇 달 만에 그림자처럼 다시 나타난 미스터 홍은 늘 교회 뒷좌석에 가만히 앉았다 가곤 했다. 그런 미스터 홍이 여기 나와 아무 말 없이 빙긋이 웃고 있는 게 어쩐지 심상치 않았다. 잠시 후 들어온 조 장로는 헤어진 지 삼십 분도 안 됐건만 호들갑스럽게 돌아가며 악수를 했다. 애플파이와 커피를 다 먹도록 별말이 없던 조 장로가 한숨을 쉬며 목소리를 착 내리깔았다.

　"목사님이 왜 또 저러시나 몰라. 이번에도 세금을 안 냈다고 연락이 왔습디다."

58

"아니 두 달 전엔가 세금 내시라고 오천 불 드렸잖아요?"

박 집사가 고슴도치 머리를 번쩍 들며 목청을 높였다.

"누가 아니랍니까, 어제 목사님께 물어봤더니 보너스인 줄 알고 그 돈으로 가구를 바꾸셨답니다. 교인들 심방 좀 다니시라고 그렇게 당부를 해도 시간이 없어 못 가신다는 양반이 웬 가구 사러 다닐 시간은 있었는지 원."

미스터 홍은 두 손으로 감싸 쥔 커피 잔만 뚫어져라 쳐다보며 쓰다 달다 말이 없었다.

아무 말도 안 하리라 결심하고 온 장 씨가 할 수 없이 입을 열었다.

"그럼 국세청에서 독촉장 오고 벌금도 물리고 그럴 텐데…… 돈 드리면서 목사님께 말씀드리지 않으셨남요?"

"왜 안 했겠습니까. 그 돈으로 세금 내시라고 했지요."

조 장로의 대답에 박 집사가 고개를 외로 꼬며 빈정댔다.

"그러게 내가 뭐랬습니까? 우리가 직접 내자 그랬지요? 그런 걸 괜히 목사님 인격이니 체면이니 운운하시더니 이제 어떡하실 겁니까? 건축 헌금 모아놓은 데서라도 빼내실 겁니까?"

"그렇게는 못 하지요. 그래서 그걸 좀 의논하고 싶어 모이자고 한 겁니다. 한국 간 박 장로가 돌아와 이 얘기를 들으면 또 목사님 내보내자고 할 텐데……,"

조 장로는 마치 자기는 목사가 좋아 죽겠는데 박 장로만이 문제라는 듯이 말했다.

그때 서너 명의 한국 청년들이 들어와 떠들썩하게 구석자리를 차지하고 앉았다. 그들 중 한 청년이 사방을 둘러보다 벌떡 일어나 이쪽을 향해 걸어왔다. 가까이 오는 걸 보니 의과대학에 다니는 박 장로 둘째 아들이었다. 조 장로가 꾸벅 절을 하는 녀석에게 손을 내밀었다.

"데이빗, 오랜만이구나. 그런데 여긴 웬일이냐?"

"너한테 인사하러 왔다."

녀석이 조 장로의 손을 잡으며 공손하게 대답했다.

그들은 잠시 멍하고 있다 약속이나 한 듯 일제히 웃음을 터트렸다. 미스터 홍도 어깨를 들썩이며 웃었다.

교포들이 뒤늦게 한국말을 가르치겠다고 아이들을 윽박질러 한글학교에도 보내고 하지만 존댓말까지 가르치는 건 쉬운 일이 아니다. 그러니 일부러 찾아와서 꾸벅 절까지 하는 녀석이 비록 말을 그런 식으로 했어도 기특하기 짝이 없었다.

장 씨는 아는 사람 집에 갔을 때 소파에 번듯이 누운 채 일어나지도 않고 '하이.' 하는 아이들을 보면 울화가 치민다. 그래서 집에 들어오는 길로 자는 아이까지 불러내어 어른이 들어오면 일어나서 인사를 하는 법이라고 호통을 치곤 했다. 그 덕에 장 집사네 아이들 인사성 바르다는 소리를 종종 들어 얼마나 다행인지 모른다. 십여 년 전 세 살, 다섯 살, 일곱 살 하는 아이들 셋을 데리고 왔을 때 학교에 안 가겠다고 울고불고 하던 큰애 때문에 걱정을 많이 했었다. 그런데 큰애는 일 년도 안 되어 학교생활에 문제가 없어지고 차츰 집에서도 영어만 하려 들었다. 그때 장 씨 내외는 애들을 통해 영어를 배울 속셈으로 오히려 그걸 장려했다. 밑의 두 아이도 급속도로 한국말을 잊어갔는데 장 씨 부부의 영어 익히는 속도는 굼벵이 기는 속도보다 더 느렸다.

몇 년 후 미국에 온 어머니가 애들이 왜 이 모양이냐 한탄하는 소리를 듣고, 그때부터 집에서는 한국말만 하라고 닦달하기 시작했다. 그러다 보니 이제는 녀석들이 집에 오면 아예 입을 다물고 묻는 말에만 끄떡끄떡할 뿐 슬슬 피하기까지 한다. 그러니 학교에서 무슨 일이 있었는지, 사춘기가 되어 무얼 고민하는지, 친구들과 문제는 없는지 통 알 길이 없다. 그저 녀석들이 마약하는 눈치가 안 보이고 눈앞에서나마 고분고분하니 그거라도 감사할 따름이다.

이 년 전에 사건이 하나 있긴 있었다. 둘째 세진이가 그때 고등학교 졸업반이었다. 며칠 동안 녀석이 아침이고 저녁이고 간에 집 안에서 노상 운동모자를 쓰고 다녔다. 게다가 그의 눈에 띄지 않으려고 슬슬 피해 다니는 것 같았다. 어느 날, 밤늦게 들어온 녀석이 부엌에서 무얼 찾아 먹는지 달그락거리는 소리가 났다. 마침 저녁에 먹은 창난젓 때문에 목이 탄 장 씨는 물을 마시러 부엌에 갔다가 그만 눈알이 튀어나오는 줄 알았다. 머리를 노랗게 물들인 세진이가 열려라 참깨, 알리바바처럼 양쪽 귀에 동그란 귀고리까지 달고 앉아 아이스크림을 먹고 있었던 것이다. 그는 무작정 달려들어 머리통을 후려갈겼다. 그 바람에 세진이가 들고 있던 숟가락이 벽에 부딪혔다가 바닥에 떨어졌다. 세진이는 성난 눈초리로 그를 힐끗 보더니 뛰어 일어나 이층으로 달려 올라가서 방문을 꽝 닫았다. 어찌나 세게 닫았는지 온 집이 흔들렸다. 그 후 세진이는 일주일 내내 그를 피해 다녔다. 가슴에 큰 돌덩이가 들어앉은 것 같던 장 씨는 맥이 빠져 사흘이나 일을 쉬었다. 누구한테서 무슨 말을 들었는지 일주일 후 세진이는 다시 까만 머리로 돌아왔다.

머쓱해 서 있는 데이빗의 등을 툭툭 쳐 보내고 조 장로가 한숨을 내쉬며 말했다.

"그것뿐이 아니에요. 내가 말을 다 안 해서 그렇지 우리 목사님 문제가 너무 많아요……."

다시 불평을 늘어놓기 시작하는 조 장로를 바라보며 장 씨는 자기도 모르게 입맛을 쩍 다셨다.

소위 많이 배웠다는 사람들이 이럴 때마다 오만 정이 떨어진다. 겉으로는 안 그러는 척하면서 남을 깔보고, 위하는 척하면서 은근히 깎아내리고, 좋은 일을 좀 했다 싶으면 어떻게 해서든지 남들한테 알려지도록 광고를 하고, 절대로, 무슨 일이 있어도 손해를 안 보려 들고, 도대체 대학에서는 그런 것만 가르치나 싶다. 돈이 사람을 저렇게 만드는 건지, 아니면 저런 사람들만 돈을 버는 건지, 그만 더 생각하기 싫어 장 씨는 을씨년스러워 보이는 창밖 나무의 몇 개 안 남은 나뭇잎을 세기 시작했다. 고슴도치 박 집사만 간간이 대꾸하는 게 싱거웠는지 조 장로의 목사 성토대회는 의외로 일찍 끝났다.

열 시가 조금 넘어 열쇠로 현관문을 여는데 거실 쪽에서 마누라의 쨍쨍한 목소리가 들렸다.

"언니, 우리도 가고 싶어. 그런데 이번에 장 서방이 한인회 임원을 맡았잖아. 워낙 회의도 많고 바빠서 한동안 꼼짝 못할 것 같아."

오래전에 국제결혼해서 우리에게 이민 길을 터주고 지금은 휴스

턴에서 혼자 사는 처형과 전화하는 모양이었다. 그런데 저놈의 여편네는 한인회 임원이 무슨 큰 벼슬이라도 되는 줄 아는지 여기저기 자랑을 못해 안달이다. 이곳에 뿌리내리고 사는 이민자 수가 적기도 하지만 말없고 수더분한 자기가 호락호락 말을 잘 들을 것 같아 시켜준 줄 모르는 여편네에게 속 얘기를 다 해줄 수도 없고 답답한 노릇이었다.

그는 부엌으로 가서 냉수를 큰 컵에 따라 벌컥벌컥 들이켰다. 들어오면서 보니 이층에 불이 다 켜 있었건만 애 녀석들은 무얼 하는지 내려와 보지도 않는다. 전화 통화를 끝낸 마누라가 연속극 비디오를 보는 모양이었다. 꼭 싸우는 것 같은 경상도 사투리가 와글와글 들렸다. 주책 같은 여편네 밤 두세 시까지 보고 내일은 꼬박꼬박 졸겠지. 한 달 전에도 다림질하다 조는 바람에 팔뚝을 데어 한참을 고생했으면서 쥐 정신인지 어느새 잊어먹고 허구한 날 연속극에만 매달려 산다. 하나 빌리는 데 1불씩 드는 걸 하루 저녁에 서너 개씩 보면 그 돈도 만만치 않다. 혼자 자러 가기도 싫고 해서 장씨는 슬그머니 마누라 옆에 가 앉아 어느새 연속극 속으로 빠져들어갔다.

다음 날 아침, 세탁소로 가는 차 속에서 마누라가 무슨 얘기를 꺼내려는지 한참을 끙끙댔다.

"왜 그려, 말을 해."

"저어, 세영이 싸, 쌍꺼풀 써저리를 해줘야 쓰겄는디."

마누라가 새삼 안 쓰던 사투리에 영어까지 섞어 쓰며 더듬거렸다.

"뭣이여?"

"얼굴이 넓적하니 커다란데 눈, 코가 작으니 그럼 어떡한데요. 우선 눈이라도 키워놔야 시집을 보내든지 할 것 아녀요?"

"듣기 싫어, 다 지 생긴 대로 사는 거지, 얼굴 뜯어고친다고 팔자도 고쳐지는 중 아남?"

"그러지 말고 해줍시다. 가만 보니까 지도 원하는 눈치던데, 지금 해줘야 몇 년 후에 자리가 잡혀서 보기 좋대요."

"듣기 싫대두!"

큰소리는 쳤어도 장 씨는 마누라가 기어코 애 얼굴에 칼을 대리라는 걸 안다. 한국에 살 때는 남편밖에 없다고 믿고 살던 여편네가 미국에서 사는 햇수가 늘어 갈수록 점점 목청이 커가고 주장이 세지더니 이제는 뭐든지 자기 맘대로 하려 들기 때문이다. 영어도 많이 늘어서 가게에 오는 손님이랑 제법 말싸움도 할 줄 알게 되고, 교회에서 여자들이랑 어울리며 옷도 세련되게 입더니 언제부터인가는 부부 동반 모임에서 남편을 제쳐놓고 대답을 도맡아 하기 시작했다. 아이들하고도 제법 말이 통하는 눈치였다. 이래저래 장상구 씨는 점점 더 입을 봉하게 되었다. 여럿이 모인 자리에서 몇 마디 하다 집에 돌아와 마누라한테 잔소리를 들은 후로는 더 주눅이 들어 남 앞에서 입을 벌리기도 겁이 났다.

그런 그를 보고 어떤 사람들은 입이 무겁다 하고, 또 어떤 사람들은 자기 쪽에 유리한 한 표 정도로 여기는 것 같았다. 그래서 보통 때는 쓴 오이 꼭지 보듯 가만 놔두다가 의견이 갈리는 경우가 생기면 양쪽에서 추파를 던졌다. 기도도 잘 못하는 그에게 집사 직을 준 것도 바로 그런 이유 때문이라는 걸 누구보다 장 씨 자신이 잘 알고 있다. 미국에 와 좋은 집에서 이만큼 살게 된 걸 후회는 안 하지만 그는 요즈음 왠지 헛헛한 느낌이 자주 든다. 하루 종일 세탁소에서 일하다 돌아오면 몸은 피곤한데 잠이 안 와 옆에서 코 골며 자는 마누라를 흘겨본 적도 많다.

지난달에는 집 앞에 심어놓은 백일홍 위로 날아다니는 고추잠자리를 보며 자기도 모르게 눈물이 흘러 당황했었다. 무슨 죽을병이라도 걸렸나 걱정되어 몸 여기저기를 눌러봐도 별로 아픈 데는 없는 것 같았다. 그래도 늘 심란하고, 사람이란 게 그냥 이렇게 한 세상 살다 사라져 가는 건가 싶어 무얼 봐도 시들하다. 지하실에 내려가 가라오케 틀어놓고 혼자 유행가를 구성지게 불러제낄 때만 그저 잠시 기분이 반짝한다.

장 씨는 세탁소 문을 열어 마누라를 들여보내고 옆 가게로 가서 복권을 샀다. 매 주일 복권을 두 장씩 사는 게 십 년째 지켜오는 습관이다. 처음에는 복권에 당첨되면 무얼 할까 꿈도 많이 꿔봤지만 지금은 그냥 산다.

그에게는 아무도 모르는 습관이 또 하나 있다. 매일 마누라 몰래 현금 수납기에서 십 불짜리 지폐를 한 장씩 빼내어 집에 갖고 가서 도르르 말아 벽장 속에 뚫린 구멍으로 던져 넣는 것이 그것이다. 처음 이 집으로 이사 왔을 때, 벽장 속에 엄지손가락이 들어갈 만한 동그란 구멍이 있는 걸 보고 잠시 궁금했었지만 곧 잊어버렸다. 그러다 어느 날, 옷장 속에 넣어둔 구두를 찾다 무심코 구멍에 손가락을 넣고 당겼는데 판자가 딸려 나오며 그 뒤로 어린아이 하나쯤 쪼그리고 앉을 정도의 공간이 나온 것이다. 전에 살던 사람이 중요한 서류 같은 걸 감추어두었었는지 안에는 나무 색깔의 벽지가 발라져 있었다. 마침 그때 마누라 몰래 용돈 감출 곳을 찾던 그에게 그곳은 그야말로 하늘이 점지해준 장소 같았다.

그는 얼른 판자를 도로 닫고 여기저기 숨겨놓았던 돈들을 찾아왔다. 안 신는 구두 속에 넣어두었던 오십 불짜리 다섯 장, 서랍장 맨 밑의 회색 양말 속에 있는 백 불짜리 세 장, 결혼식 갈 때나 입는 까만 양복 안주머니에 든 이십 불짜리 열두 장. 한 장씩 도르르 말아 구멍 속에 넣는데 가슴이 뿌듯하고 웃음이 벌쭉 나왔다. 그 후부터 여윳돈이 생길 때마다 열심히 넣었다. 얼마쯤 지나서부터는 안달이 나서 여윳돈이 생길 때까지 기다릴 수가 없었다. 그는 마누라 몰래 저녁마다 십 불짜리 지폐를 한 장씩 빼냈다. 가끔은 이십 불짜리도 꺼내는데 그럴 때는 짜릿한 흥분까지 느꼈다. 그러기를 오 년이 넘었다. 그는 그동안 돈이 얼마나 모였는지 보고 싶지만 꾹꾹 눌러 참는다. 그 돈을 어디다 쓸지는 아직 생각해 보지 않았다. 그냥 나만 아는 돈이 있다고 생각하면 든든하다. 조금이라도 이자를 더 주는 은행을 찾아 굴려볼까 잠시 생각해본 적도 있지만 현금이 바로 옆에 있는 게 기분 좋아서 그만두었다.

돈이 조금 더 모이면 아이들 결혼시킨 후에 고향으로 돌아가리라는 생각은 막연히 해봤다. 가서 무얼 할지는 아직 모르겠고 마누라가 애들 곁을 떠나려 들지 그것도 걱정이지만 일단 고향으로 가겠다는 생각이 싹튼 이후로 그 생각은 조금씩, 꾸준히 자라나고 있다.

일요일 오후의 275번 프리웨이는 차가 가끔 한두 대 보일 뿐 한산했다. 길옆의 잡목들이 저마다 다른 색깔로 단풍이 들어 아름다웠다. 노란색, 주황색, 불타는 것 같은 빨간색 나무들 사이에 푸른 사철나무가 끼어 있어 색깔이 더 도드라져 보였다. 잡목들 뒤로 죽 늘어서 있는 나무들의 행렬도 볼만했다. 어떤 놈은 샛노랗게 물든 나뭇잎을 하나도 안 떨군 채 그대로 붙잡고 늠름하게 서 있는가 하면, 어떤 놈은 이파리 하나 없이 꼿꼿하게 서 있어 묘한 조화를 이루고 있었다.

어렸을 적 친구들과 산으로, 들로 놀러 다니던 생각이 났다. 이맘때면 학교에서 돌아오는 길에 도토리를 주워 오는 게 그의 몫이었다. 책보로 하나 가득 담아 오면 할머니가 묵을 만들었는데 맨날 먹어야 하는 묵이 싫어 안 주워 오겠다고 투덜대다 머리통을 쥐어박히곤 했다.

한번은 도토리를 주워 주머니마다 가득 넣고 돌아오다 논둑 길 가운데서 소를 만났다. 그는 길 가장자리로 비켜서서 소가 지나가기를 기다렸다. 그런데 소를 몰고 가던 영규 형이 일부러 이쪽으로 몰았는지 지나가던 소가 커다란 배로 그를 툭 쳐냈다. 그 바람에 발끝으로 서 있던 그가 그만 논바닥에 팍 엎어졌다. 다행히 추수가 끝난 후라 논바닥에 물은 없었지만 주머니에서 빠져나간 도토리를 줍느라 한참을 헤매고 나니 옷이며 손이 엉망이 됐었다.

가을에는 친구들과 잠자리 암놈을 잡아 뒷다리를 실로 묶은 다음 싸릿대에 매달고 빙빙 돌리며 노는 게 특별한 재미였다. 잠시만 그러고 있으면 어디선가 수놈이 날아왔는데 쌍 붙으려는 놈을 냉큼 잡아 손가락 사이에 끼우기가 무섭게 또 다른 놈이 날아오는 바람에 암놈 한 마리만 있으면 금세 열 마리도 넘게 수놈을 잡을 수 있었다. 잠자리들을 양손 손가락 사이에 줄줄이 낀 채 두 팔을 좍 벌리고 뛰어다니면서 비행기 탄다고 소리 지르며 놀곤 했었다. 그 생각을 하는 장상구 씨 눈에 어느새 또 눈물이 고였다. 그 친구들 내가 미국 간다고 그렇게 부러워하더니 지금은 무엇들을 하고 사는지 요즈음 부쩍 생각이 난다.

어느 사이에 노인 아파트가 저 앞으로 보였다. 바람이 제법 차건만 어머니는 화단 가에 혼자 앉아 담배를 피우고 있었다. 새로 온 젊은 매니저가 또 잔소리를 한 모양이다. 서른이 갓 넘은 매니저는 노인들이 담배 피우다 정신없어 불이라도 내면 어쩔 거냐며 절대로 실내에서 담배를 못 피우게 한다. 전 매니저는 슬쩍 눈을 감아 주기도 했지만 찔러도 피 한 방울 안 나올 것 같은 이번 매니저는 어림도 없다.

어머니는 차에서 내리는 장 씨를 보고도 그냥 앉아 담배를 끝까지 다 태우고 천천히 일어섰다. 어디선가 김치찌개 끓이는 냄새가 났다. 처음 정부에서 노인들을 위해 이 아파트를 지었을 때는 입주자의 15% 정도가 미국인이었다. 그런데 한국 음식 냄새에 질려 하나둘 빠져나가고 이제는 거의 모두가 한국 노인들인데 이곳에 들어오고 싶어 하는 노인들이 많아 대기자 명단에 올리고 일 년 정도 기다려야 차례가 온다고 한다.

장 씨가 어머니를 따라 안으로 들어가는데 거실에서 와아 웃음소리가 났다. 마침 간식 시간인지 과일 접시를 앞에 놓은 노인들이 여기저기 앉아 있는데 한쪽에 대여섯 명의 할머니들이 권 할머니를 중심으로 왁자하게 떠들고 있었다. 권 할머니는 처음 미국에 와 딸네 집에 살 때, 소내장탕이 먹고 싶어 식품점 안의 고깃간으로 가서 흰 타월을 흔들며 '음매에' 했다는 양반이다. 미국 사람이 금방 알고 갖다 주더라며 의기양양하게 양곱창을 들고 들어오더라는 얘기를 듣고 모두들 얼마나 웃었는지 모른다. 소꼬리를 사러 갔을 때는 돌아서서 엉덩이에 손을 대고 이리저리 흔들었다는데 그때도 아무 문제없이 개선장군처럼 소꼬리를 흔들며 씩씩하게 돌아왔다고 했다.

"미국 대통령 이름이 뭐라구?"

"오바마지 뭐여. 그건 쉬워."

"오바마는 성이고 전체 이름이 뭐냐고?"

"글쎄, 그게 뭐더라? 아이, 성만 알면 됐지 이름은 다 알아서 뭐혀?"

"버락 오바마라고 몇 번이나 가르쳐줬구만. 벼락이라고 외워, 벼락."

"뭔 이름이 벼락이랴?"

"그러게. 그럼 초대 대통령 이름은?"

"자지 와싱톤."

"자지? 그래. 그렇게 외면 잊어버릴 염려는 없겠네."

권 할머니의 우렁찬 웃음소리에 저쪽 구석에 혼자 앉아 있는 할아버지까지 덩달아 웃었다.

할머니들 중 하나가 곧 시민권 인터뷰를 하러 가는 모양이었다.

"그저 무조건 '아이 러브 아메리카'만 외쳐, 그렇게 해서 받은 사람도 있대."

권 할머니가 큰 소리로 말하자 옆에 앉아 있던 할머니가 고개를 흔들며 끼어들었다.

"그렇지도 않어. 우리 딸한테 들으니까 어느 할마이가 LA에서 인터뷰하러 갔는데 방에 들어가면서 시험관이 '씯 다운.' 하는 걸 못 알아듣고 그냥 서 있으니까 그만 나가라 그러더라는데?"

그 말에 머리를 얌전히 뒤로 틀어 올린 서분순 할머니가 눈을 동그랗게 뜨고 물었다.

"한국말로 볼 수는 없나?"

"왜 없어? 미국 온 지 십오 년 되면 통역관 데리고 들어갈 수가 있지. 그런데 어느 영감은 인터뷰 끝나고 사인만 하면 되는데 그것도 못해서 떨어졌답디다."

권 할머니의 말에 서 할머니는 그만 울상이 됐다. 그 모습이 안됐는지 권 할머니가 서 할머니의 팔을 잡으며 달래는 투로 말했다.

"걱정하지 마. 지난번에 황 권사는 인터뷰하러 들어가서 의자에 앉자마자 냅다 기도를 해대니까 시험관이 한참 있다가 아멘 하더니 도장을 꽝꽝 찍어주면서 축하한다 그러더래."

장상구 씨는 할머니들 말이 재미있어서 거기 정신이 팔려 있다 누가 옆에 와서 슬쩍 팔을 잡는 바람에 깜짝 놀라 돌아보았다. 키가 작달막한 유진이 할머니였다.

"그동안 잘 있었수? 우리 애들 다 잘 있지?"

유진이 할머니는 한인회 임원 최 교수의 장모다. 최 교수는 노상 학교 연구실에 붙어 있는 모양이고 그 부인은 은행 간부라는데 바빠서 그런지 한인들 모임에 잘 나오지 않는다.

"이따 갈 때 나한테 잠깐 들러요, 지난번에 담근 고추장, 된장이 이제 맛있게 삭은 것 같애. 우리 애들한테 갖다 줄 수 있지? 내가 장 집사 것도 따로 싸놓을게."

이화여전을 나왔다는 유진이 할머니는 일찍 혼자되어 딸 하나만을 바라보고 살다 미국까지 따라왔는데 최 교수 부부가 공부하는 동안 아이 둘을 혼자 업어 키웠다고 한다. 작년에 막내를 보스턴대학 기숙사로 보내고 이 아파트로 들어왔다. 어머니 말에 의하면 지난봄에 딸이 찾아와서 어쩌면 온 식구가 보스턴으로 이사 갈지도 모른다는 말을 하고 간 후 눈에 띄게 약해지는 것 같다고 한다.

장 씨는 어머니 방에 잠시 앉아 있다 다시 내려와 할머니들 틈에서 커피 한잔을 마셨다. 어머니는 원래 말이 별로 없다. 그래서 그런지 여기서도 특별히 친하게 지내는 사람이 없는 것 같다. 한글을 못 깨우쳐 신문이나 잡지도 못 읽는데다 여기 사는 노인들 대부분이 교회 다니기 때문에 술친구도 없어 외로울 텐데 그런 내색은 전혀 안 한다. 지금도 말없이 장 씨 소매에 붙은 실밥을 떼어주고 접힌 칼라도 만져주면서 잔잔한 눈길로 바라만 보고 있다. 그런 어머니 옆에 앉아 있는 게 그는 편하다. 그래서 불쑥불쑥 여기가 오고 싶어지는지도 모르겠다.

두어 시간 후 그는 고추장, 된장을 양손에 두 병씩 들고 차에 올랐다. 어느새 해가 많이 짧아져 다섯 시밖에 안 됐는데 벌써 어두워지기 시작하고 있었다. 프리웨이는 여전히 텅 비어 있었다. 그는 태진아 테이프를 넣고 노래를 따라 부르기 시작했다. '옥경이'를 지나 ‘거울도 안 보는 여자’를 부를 때는 볼륨을 줄이고 목청을 높였다. 손으로 장단까지 맞추며 한참 신이 나는데 옆으로 차가 지나갔다. 그는 고개를 돌려 그쪽을 쳐다보았다. 고개를 약간 이쪽으로 돌리고 운전하는 사람은 조 장로였다. 그런데 옆자리에 앉아 있는 사람은 조 장로 부인 같지가 않았다. 옆모습이 영락없는 미시즈 서였다. 그들은 웃으며 한창 대화에 열중해 있었다.

미시즈 서는 장 씨네가 처음 미국에 와서 영어로 어려움을 겪을 때 싫은 소리 안 하고 여기저기 다니며 도움을 주었다. 세탁소를 차리기 전에 장사라도 해볼까 해서 뉴욕으로, 시카고로 물건 보러 다닐 때도 이삼 일씩 아이들을 데려다 돌보아주었는데 늘 웃는 얼굴이 보기 좋아서 괜히 곁에 가보고 싶게 만드는 따뜻한 사람이다.

2년 전, 남편이 교통사고로 세상을 떴을 때 어떻게든 돕고 싶었지만 그가 들어설 틈은 없었다. 늙지도 젊지도 않은 나이에 과부가 된 그녀는 모두의 가슴 한쪽을 자극할 만큼 여리고 가냘퍼 나이가 든 남자들은 오빠라도 된 듯, 젊은 남자들은 불쌍한 누이 돌보듯 행여나 누가 먼저 손을 내밀까 서로 견제하는 것 같았다.

장 씨는 몸이 아파 쉬고 싶을 때도 먼발치에서나마 그녀를 보기 위해 교회를 빠질 수가 없었다. 그렇다고 해서 가까이 가서 그녀에게 말을 걸거나 하지는 않았다. 그저 배터리에 충전하듯 일주일에 한 번씩 피아노 앞에 앉아 있는 그녀를 보아야 마음이 편했다.

단둘이 어딜 갔다 오는 걸까? 최근에 저렇게 활짝 웃는 미시즈 서를 본 것 같지가 않다. 장상구 씨는 마음이 무너져 내려 태진아 노랫소리도 귀에 들어오지 않았다.

마누라는 어머니 안부는 묻지도 않고 고추장, 된장 병만 냉큼 받아서 맛을 보며 거기까지 간 김에 왜 저녁을 먹고 오지 않았느냐고 타박이었다. 그는 밥 안 먹어! 소리를 버럭 지르고 냉장고에서 맥주 한 깡통을 꺼내 들고 이층으로 올라갔다. 뒤에서 마누라의 궁시렁거리는 소리가 들렸다.

화요일 저녁에 교회 회의실에서 임시 제직회가 열린다는 연락이 왔다. 장 씨는 세탁소 뒷정리를 마누라에게 맡기고 교회로 갔다. 아직 일러서인지 주차장에는 차가 두 대밖에 없었다. 그는 어두운 복도를 지나 불이 켜 있는 회의실 쪽으로 갔다. 문 위의 작은 창을 통해 안이 잘 보였다. 불빛이 따스한 방 안에 미시즈 서 혼자 커다란 타원형 책상 앞에 앉아 무언가 열심히 읽고 있었다. 문을 열려던 장 씨는 주춤 멈췄다. 그녀 혼자 있는데 들어가기가 주저되었던 것이다. 그녀와 단둘이 앉아 있고 싶기는 했지만 아름다운 그림을 망치는 방해꾼 같은 생각도 들고, 무엇보다 아무 말이나 했다가 고상한 그녀에게 창피라도 당하면 어쩌나 겁이 났다. 장 집사는 일부러 화장실로 가서 천천히 손을 씻고 나와 다시 회의실 안을 들여다보았다. 언제 왔는지 조 장로가 그녀 쪽으로 가고 있었다. 조 장로는 그녀의 등을 한번 슬쩍 안 듯이 감싸주고는 두어 자리 떨어진 자리에 가서 앉았다. 고개를 든 미시즈 서의 얼굴에 환한 미소가 번졌다. 그 모습을 본 장 씨는 잠시 그 자리에 그대로 서 있었다. 마침 그때 계단을 올라오는 사람들의 목소리가 들렸다. 그는 얼른 돌아서서 그들을 맞으러 갔다.

십오 분쯤 지나 여덟 명이 모이자 조 장로 주재로 회의가 시작됐다. 임시 제직회라고 했으면서 목사님은 그 자리에 없었다. 조 장로가 근심 띤 표정으로 교회의 문제점이란 것들을 하나하나 지적해 나갔다. 그가 지적한 문제점들은 실상 대부분이 목사님에 대한 비난이었다. 조 장로는 목사님이 여기 더 계셨다가는 교회가 결단날 것 같은 마음이 들게끔 사람들을 교묘하게 유도해가는 것 같았다. 장 집사는 딱히 뭐라고 반박할 수는 없어도 슬슬 비위가 틀어지기 시작했다.

"네, 요즈음은 심방을 열심히 다니시죠. 그런데 꼭 집에 남자들 없을 때만 골라 다니시는 것 같아요. 국제결혼했다 실패하고 혼자 사는 여자들 집에도 자주 다니시고."

빙긋 웃으며 흘리는 조 장로 말에 그만 장 씨는 더 참을 수가 없어 자리를 박차고 일어났다. 그 바람에 의자가 꽈당 뒤로 넘어갔다.

"그러니까 시방 목사님을 내쫓자는 이야그 아닌가요? 예수님은 사람들이 간음하다 붙잡힌 여자를 끌고 왔을 때 너희 중에 죄 없는 자가 먼저 돌을 들어 치라 하셨다고 들었는디, 그라믄 조 장로님이 먼저 돌을 들을라요? 난 못 허요. 난 어떤 일이 있어도 목사님 내보내자는 데는 찬성할 수가 없슨게."

그는 돌아서서 뒤도 안 돌아보고 방을 나왔다.

어젯밤 열두 시가 다 되어 잠자리에 든 것 같은데 눈을 떠 보니 아직 방 안이 캄캄했다. 침대 옆 탁상시계가 세 시를 가리키고 있었다. 다시 감은 눈 속으로 미시즈 서 등을 어루만지던 조 장로의 인절미 같은 손이 떠올랐다. 화단 가에 앉아 얼굴에 소름이 돋은 채 담배를 피우던 어머니의 모습도 스쳤다. 그의 손을 잡고 울듯이 웃던 유진이 할머니의 동그란 얼굴에 돌아가신 할머니의 얼굴이 겹쳐졌다. 시도 때도 없이 쓸어안고는 궁둥이를 툭툭 두드리며 '아이구 내 새끼.' 하던 할머니는 어머니마저 미국으로 떠난 후, 중풍으로 쓰러져 삼촌 댁 뒷방에서 삼 년을 사시다 간장을 한 사발 들이켜고 돌아가셨다고 한다. 그 생각만 하면 지금도 죄의식에 가슴이 오그라든다.

돌아가야지. 그 생각이 들자 굴속같이 컴컴하던 마음에 한 줄기 빛이 비쳐 드는 것 같았다.

돌아가야지. 2년 후면 큰애는 직장을 얻을 테고, 둘째는 장학금을 받고 있으니 걱정이 없고, 셋째만 대학 기숙사에 보내놓고 나면 마누라 달래서 돌아가야지. 장상구 씨는 가슴이 뛰어 일어나 앉았다. 집 팔고 세탁소 팔면 고향 땅 한 자락 사서 웬만한 집 한 채 짓고 농사지을 돈은 마련될 것이다. 구멍 속의 돈이면 셋째 학비는 대충 될 테고.

그는 가만히 앉아 있을 수가 없어 일어나 아래층으로 내려가서 거실로, 식당으로, 부엌으로 다니며 모조리 불을 켰다. 어머니도 모시고, 유진이 할머니도 모시고, 또 자식들 서울 보내 공부시키느라 허리가 휜 고향 친구들도 원하면 다 불러 모아 같이 살아야지. 마누라가 그렇게 졸라대던 미국 시민권 안 받고 여태껏 버틴 게 얼마나 잘한 노릇인지 모르겠구먼.

삼일절 행사 2부 순서는 사물놀이로 결정 났다. 장상구 씨는 유

명하다는 오페라 가수가 오면 시카고에서 학교 다니는 첫째, 둘째
도 오라 해야지 작정하고 있었는데 그만 실망이 이만저만이 아니었
다. 이 결정에 가장 열을 낸 사람은 최 교수였다. 오페라만 좋아할
것 같은 최 교수가 왜 그러는지 도무지 이해가 안 갔다. 그깟 북 치
고 장구 치는 데 누가 오겠느냐는 반대 의견이 나오자 인원 동원은
자기가 책임지겠노라고 장담까지 하고 나섰던 것이다. 최 교수는
자기네 대학 소강당 빌리는 거며, 순서지 만드는 거며, 모든 걸 혼
자 도맡아 처리하다시피 했다.

그날 아침 장상구 씨는 명색이 한인회 임원인지라 서두른다고
했는데도 마누라가 옷을 몇 번씩 갈아입는 바람에 시작하기 오 분
전에야 도착할 수 있었다. 주차장 뒤쪽에 대형 버스가 두 대 주차
되어 있었다. 하나는 시카고 사물놀이패가 타고 온 모양이고, 다른
하나는 버스 옆면에 '디트로이트 연합 장로교회'라고 쓰여 있었다.
인원 동원을 책임지겠다고 하더니 최 교수가 연장자 아파트 노인들
을 몽땅 모셔 온 모양이었다. 오백 석은 족히 될 강당 안이 거의 찬
걸 보고 장 씨는 깜짝 놀랐다. 여태껏 한인회 행사에 이렇게 많은
사람들이 온 걸 본 적이 없어서였다. 미국 사람들도 삼분의 일쯤은
되는 것 같았다. 가만히 보니 오른쪽에는 노인들, 가운데는 교회 사
람들, 왼쪽에는 국제결혼한 사람들과 교회 안 다니는 사람들이 무
리 지어 앉아 있었다. 어디 앉을까 망설일 사이도 없이 식이 시작되
는 바람에 그는 아무 데나 눈에 띄는 빈자리를 찾아 앉았다.

시카고 총영사의 경축사가 지루하게 이어지는 동안 장 씨는 고
개를 돌려 여기저기 살펴봤다. 조금 앞쪽으로 끄떡끄떡 조는 박 집

사의 고슴도치 머리가 보이고 몇 자리 건너 나란히 앉은 조 장로와 목사님의 뒷모습도 눈에 들어왔다. 만세 삼창을 마지막으로 삼일절 식이 끝나자 곧 이어 챙챙챙챙 꽹과리를 치며 사물놀이패가 뛰어들어왔다. 그 소리를 듣는 순간 장상구 씨의 맥박이 자기도 모르게 빨라지기 시작했다. 가슴이 벅차올랐다. 상두머리를 돌리며 빙글빙글 도는 그들에게서 눈을 뗄 수가 없었다. 가슴속에서부터 올라오는 흥이 그의 어깨에 신바람을 넣었다. 여기저기에서 꿈틀거리는 관객들의 흥분이 느껴졌다. 박 집사도 피곤이 다 가셨는지 연신 어깨를 움찔움찔하며 가락에 장단을 맞추고 있었다. 눈시울이 뜨거워졌다. 그는 누가 볼세라 땀을 닦는 척하며 흐르는 눈물을 닦아냈다. 그런데 가만히 보니 얼굴을 만지는 사람이 자기 혼자가 아니었다. 뒤에서는 훌쩍이는 소리도 들렸다. 그는 옆을 보는 척하며 흘끗 뒤를 돌아보았다. 미스터 홍이 몸을 꼿꼿이 세운 채 눈자위가 벌게서 앉아 있었다. 꽹과리에 이어 북, 장구 등으로 한참 흥을 돋우던 그들은 각설이 타령까지 한 대목 하고 들어갔다.

뒤를 이어 하얀 바지저고리를 어색하게 입은 젊은이 이십여 명이 들어와서 무대 위에 반원을 그리며 둥그렇게 둘러앉았다. 장 씨는 얼른 순서지를 펴 들었다. 끄트머리쯤에 시카고 대학생들로 구성된 사물놀이패 '루쓰 루트'의 찬조 출연이라고 적혀 있었다. 그는 무대 위의 학생들을 쭉 훑어보았다. '아.' 그의 입에서 짧은 탄성이 새어 나왔다. 무대 왼쪽에 둘째 세진이가 장구를 앞에 놓고 의젓하게 앉아 있었던 것이다. 아니 도대체 저 녀석이 언제…… 몸속에 흐르는 피는 어쩔 수 없는 모양이다. 장상구 씨의 눈앞이 뿌옇게 흐려지며 삼십 년 전 고향마을 느티나무 밑 공터의 풍경이 떠올랐다. 그때는 농악이나 각설이 타령이 무대 위로 올라갈 수 있다는 걸 상상조차 못 하던 시절이었다. 흥이 나면 젊은이들이 장구나 북은 물론, 놋대야며 함지박이며 뭐든지 소리 나는 것을 집에서 들고 나와 두드리며 어깨춤을 추었다. 청년들 중에서도 장 씨의 장구 솜씨가 그중 뛰어나 재 너머 이웃 마을 잔칫집에 불려 간 적도 한두 번이 아니었다.

빼액 빼액 고적을 불고 꽹과리를 치며 사물놀이패가 다시 뛰어나왔다. 학생들도 흥에 겨워 같이 어울려 돌며 북을 힘차게 두드렸다. 관객들에게서 박수가 터져 나왔다. 미국 사람들이 꽹과리 소리를 덮을 듯이 여기저기서 브라보를 외쳤다.

눈물 때문에 어른어른한 사이로 느티나무 아래서 머리에 수건을 질끈 동이고 빙글빙글 돌고 있는 친구들의 모습이 보였다. 그 한가운데서 장구채를 신명 나게 휘두르고 있는 사람은 장상구 씨 자신이었다. 장구 소리, 놋대야 두드리는 소리, 웃음소리가 귀에 쟁쟁 울렸다.

한기 寒氣

오후 내내 북적대던 매장이 다섯 시가 넘자 한산해졌다. 선미는 카운터 뒤 의자에 주저앉아 주먹으로 종아리를 툭툭 쳤다. 말이 동업이지 장사에 통 관심이 없는 정섭이 엄마는 오늘도 머리가 아프다는 핑계로 나타나지 않아 카운터 보아가며 뒤죽박죽된 옷들까지 정리하느라 정신없는 하루였다. 진열장 위 바구니 속에 엉켜 있는 오 불짜리 목걸이들도 다시 진열해야 할 텐데 줄리는 화장실에 갔는지 보이지 않았다. 이제라도 정섭이 엄마가 나오면 봄 학기가 끝나 집으로 올 윤수 먹일 과일이라도 사러 일찍 들어가야겠다 생각하는데 유리문을 밀며 낯익은 얼굴이 들어왔다.

가끔씩 들러 흘끔흘끔 눈치를 보며 여자용품을 사 가는 노인이었다. 아내 옷을 사겠다면서 커다란 드레스를 자기 몸에 슬쩍 대보는 거며 손톱을 기다랗게 기른 게 어딘지 수상쩍은 백인 할아버지인데 옆에서 도와주는 걸 별로 좋아하지 않는다.

가게의 주 품목이 여자 옷과 독특한 장신구들이라 그런지 크로스 드레서라고 불리는 남자들을 심심치 않게 보게 된다. 그들은 게이들과 달라서 성적 파트너로 동성을 택하는 남자들이 아니라 가끔 여자 옷을 입고 싶은 충동에 휩싸이는 사람들이다. 물론 그들 중에는 동성연애자가 많지만 여자 친구나 아내가 있는 남자도 종종 있다.

처음에 그런 사람들이 가게에 들어왔을 때 선미는 지옥에 떨어질 것들이라 생각하며 쌀쌀맞게 대했었다. 그런데 많이 대하다 보니 이력이 나기도 하고 또 차츰 단골이 되면서 이제는 농담을 주고받기도 한다. 구척장신에 산도적같이 생긴 남자가 실크 블라우스를 매만지는 모습을 보면 어이가 없지만 야리야리하게 생긴 청년이 수줍게 장신구를 고를 때는 슬쩍 그에게 어울릴 것들을 권하기도 한다.

그러다 보니 자연히 개인적인 질문을 할 기회도 생겨 혹시 아픈 곳을 건드리는 것이나 아닐까 우려하며 조심스럽게 물어보면 열이면 열, 다 반색을 하며 속마음을 열어 보였다. 임금님 귀는 당나귀 귀라고 외치는 것처럼 그들도 어딘가에 털어놓을 데가 있어 좋은 모양이었다. 남편은 그러는 그녀를 못마땅해했다.

"당신, 인간 같지도 않은 놈들한테 왜 그렇게 잘해줘? 혹시 그쪽으로 관심 있는 거 아냐?"

"얘기를 들어보면 다 나름대로 사연이 있고 아픔도 있더라구요. 아까 왔던 애는 글쎄……."

"사연은 무슨 빌어먹을 사연! 그런 놈들 얘기 들어봐야 귀만 더러워지지."

남편은 질색을 하며 들으려고도 하지 않았다.

크로스 드레서가 동성연애자와 다르다는 사실을 안 것은 얼마 되지 않는다. 어느 날 저녁, 기다란 꽁지머리의 건장한 남자가 반들반들한 앞머리를 가리키며 그걸 가릴 수 있는 모자를 고른다기에 운동모자 진열대 쪽으로 안내했다. 적당히 때가 묻은 블루진 바지에 엘비스 프레슬리 사진이 박힌 티셔츠를 입고 성큼성큼 걷던 그는 운동모자보다 그 옆의 빤짝이와 깃털로 장식된 재클린 케네디 모자를 만지작거리며 관심을 보였다. 선미는 못 본 척했다. 그날 뉴욕 양키스 팀 로고가 박힌 모자를 샀던 그는 다음 날 아침 일찍 와서 쭈뼛거리며 그 화려한 모자를 사 갔다.

그는 그 후로도 가끔 들러 마누라 줄 선물이라며 귀걸이와 반지 따위를 사 가더니 어느 날 완전히 여장을 하고 나타났다. 무릎에서 조금 내려간 남색 물방울무늬 드레스 위에 베이지색 재킷을 걸치고 족히 삼 인치는 됨직한 하이힐을 또각거리며 들어서는 그의 표정은 학예회 때 무대 위에 올라선 유치원 아동처럼 자랑스러웠다.

"나 어때요?"

문을 꽉 채울 만큼 건장한 체구에서 애써 꾸민 여자 음성이 흘러나오는데 우습기보다 오히려 애처로웠다. 떡칠을 한 파운데이션 밑으로 거뭇거뭇한 수염이 자라나고 있었고, 송충이 같은 눈썹 밑은 갈색과 초록색 눈 화장으로 범벅이 되어 올빼미 같았다. 그래도 파란 눈동자와 좁다랗게 날이 선 콧날은 예뻤다.

"옷 색깔이 매칭이 됐나요? 화장은 어때요?"

칭찬을 기다리고 서 있는 그에게 해줄 말이 마땅치 않아 선미는 웃음으로 얼버무렸다.

"글쎄, 눈 화장을 좀 고쳤으면 좋겠네요. 색깔을 좀 옅게 해야 당신의 아름다운 눈이 돋보이겠어요."

그러자 그는 여자들끼리인 것처럼 그녀의 손등을 살짝 치며 기뻐했다.

"그렇지 않아도 어려서부터 눈이 예쁘다는 소리를 많이 들었어요."

그렇다면 남자아이들에게 예쁘다느니, 여자아이들에게 씩씩하다느니 하는 얘기를 함부로 해서는 안 되겠구나 하는 생각이 들었다. 선미는 그에게 장성한 자식이 둘이나 있다는 소리를 듣고 놀랐다.

"부인도 당신이 이러구 다니는 걸 아나요?"

"아내는 간호사라 오후 세 시에 출근했다가 자정이 넘어 돌아오니까 모를 겁니다."

"아니, 몇 십 년을 같이 살면서 어떻게 그걸 모를 수 있어요?"

믿을 수 없어 다그쳐 묻자 그의 표정이 일그러졌다.

"눈치를 채고 있는지도 모르지만 상관없어요. 어차피 한집에서 살기는 해도 남처럼 살고 있으니까요."

"그게 무슨……?"

"아내가 둘째 아이를 낳고 나서 일 년쯤 아팠는데 그 이후로 저를 곁에도 못 오게 했어요. 처음에는 이해해보려고 했지만 자존심도 상하고 화도 나고, 그래서 원수 갚는다는 기분으로 여장을 하기 시작했어요."

어느새 그의 어깨에서 힘이 빠지고 목소리도 소프라노에서 베이스로 내려갔다.

"그럼 몇 년 동안이나……?"

"몇 년이 뭡니까? 그 녀석이 지금 스물두 살이니까 이십 년이 넘도록 한 침대에서 자면서 서로 손끝도 안 만지는걸요. 거절당할 때마다 자존심 상하는 거 여자들은 이해 못 할 거예요."

그는 눈을 내리깔고 작고 납작한 핸드백을 만지작거렸다.

"정말 이해가 안 되네요. 당신은 그렇다 치고 이십 년 넘게 그런 식으로 살았다면 당신 부인은 석녀인가요? 가끔은 욕망이 생기기도 했을 텐데."

그는 잠시 가만히 있더니 고개를 옆으로 돌리며 작은 소리로 대꾸했다.

"실은 그렇게 이삼 년을 지내고 나니까 내 몸이 말을 안 듣더라고요. 그러니 창피하기도 하고 겁도 나고…… 미칠 것 같았어요."

잠시 말을 끊었던 그가 고개를 들며 말을 이었다.

"그런데 어느 날 집에 아무도 없을 때 아내의 옷을 입으니까 마음이 편안해지더군요. 그래서 미칠 것 같은 기분이 들 때마다 몰래 아내의 옷을 꺼내 입고 집 안을 왔다 갔다 걸어 다녔어요. 그러다 작년부터는 화장도 하기 시작하고……."

"누가 보면 어쩌나 겁이 나지는 않습니까?"

"처음에는 겁이 났지요. 그런데…… 그게 날 흥분시키더군요. 성적 흥분하고 비슷하다고나 할까. 요즈음은 일주일쯤 그냥 지내면 못 견디겠어요."

조금은 이해할 수 있을 것 같기도 했다.

"앞으로 어떻게 할 생각이에요?"

"이제는 바깥으로도 나갈 생각이에요. 지난 목요일 밤에 이렇게 차리고 주유소에도 가고 가게에 가서 우유도 샀는데 아무도 내가 남자인 걸 모르는 것 같더라구요. 그래서 오늘 용기를 내서 여기 온 거예요."

아내에게 계속 비밀을 지킬 생각인가, 아니면 털어놓고 이혼이라도 할 생각인가를 물은 건데 그는 흥분해서 목소리를 높이며 떠들어댔다. 도대체 이 남자의 부인은 어떤 사람인지 궁금했다. 혹시 그 여자는 남편 몰래 남장을 하고 다니는 게 아닐까 하는 생각에 픽 웃음이 났다. 그 여자도 보통 사람은 아니지 싶었다.

퀸 사이즈의 까만 스타킹 두 켤레를 사 들고 백인 노인이 나간 지 얼마 안 되어 정섭이 엄마가 얼굴이 벌게서 들어왔다.

"왜 그래요? 집에 무슨 일 있어요?"

묻는 말에 대꾸는 않고 그녀는 들고 있던 커다란 가방을 카운터 뒤로 던져 넣었다.

"내가 미쳐, 미친다구."

"왜 그러냐니까? 혈압도 높은 사람이 어쩌려구 그렇게 흥분을 하고 그래요?"

정섭이 엄마는 옆에 있는 박스 위에 털썩 주저앉아 얼굴을 두 손으로 쓸어내렸다.

"아, 그 기집애가 애를 뱄다잖아."

"누가?"

"누군 누구겠어? 정섭이랑 노상 붙어 다니던 그 화냥년이지."

남의 집 딸더러 못할 소리가 없네 하려다 축 처진 그녀의 표정을 보고 입을 다물었다.

"하긴 내 자식이 그 모양인데 누굴 탓하겠어? 그런데 그년이 애를 그냥 낳겠다니 이 노릇을 어쩌면 좋아?"

"아직 공부하는 학생이 애를 낳아서 어쩌려구?"

"낸들 알아? 말로는 기독교적 양심상 살인을 할 수가 없다는데 기독교적 양심 좋아하네. 기독교적 양심으로 처녀가 그 짓은 어찌 했누? 윤수는 아직 여자 친구도 없죠? 윤수 엄만 좋겠수, 공부 잘하고 말썽 안 부리는 아들 둬서."

"자식 자랑 함부로 하는 게 아니랍디다. 더 두고 봐야지 뭐."

대답은 그렇게 했지만 선미는 윤수가 자랑스러워 가슴이 뿌듯했다.

아직 제철이 아니어선지 야채가게 앞에 쌓여 있는 수박은 제법 비쌌다. 그녀는 주사 놓는 간호사처럼 수박을 찰싹찰싹 두드려보며 탱탱 소리가 나는 것으로 골라 카트에 싣고 가게 안으로 들어갔다. 윤수가 좋아하는 체리는 한 파운드에 4불 99전이었다. 한 파운드래야 몇 개 되지도 않을 텐데 싶으니 살 엄두가 나지 않았다. 그녀는 옆에 있는 포도를 잠시 바라보다 체리를 살이 단단한 놈으로 하나씩 골라 봉지에 담기 시작했다. 체리를 입속으로 밀어 넣기만 하고 씨를 뱉지 않아 저 애가 씨까지 다 삼킨 건가 하고 쳐다보면 다람쥐처럼 뺨 양쪽에 잔뜩 밀어 넣었던 씨를 하나씩 뱉어내며 그 숫자를 세던 윤수가 생각나 저절로 웃음이 나왔다.

제법 묵직해진 봉투를 들었다 놓으며 더 넣을까 말까 망설이는

데 누가 팔을 슬쩍 건드려 돌아보니 피터 엄마였다. 어려서 피터네 집으로 놀러 간 윤수를 데리러 가면 그녀는 늘 짧은 금발머리를 나풀거리며 반갑게 맞아주곤 했다. 웃는 얼굴이 상큼해 세탁기 광고에 딱 어울릴 것 같은 여자다. 오늘은 화장기가 없어서 그런지 풀기 빠진 세탁물처럼 지쳐 보였다.

"하이, 낸시. 오랜만이에요. 그동안 어떻게 지냈어요?"

의례적인 인사말에 "파인." 하고 대답하는 대신 입술을 깨문 채 고개만 끄덕이던 낸시가 울기 직전의 어린아이처럼 얼굴을 일그러뜨리며 물었다.

"윤수는 학교 잘 다니지요?"

늘 생글거리던 얼굴에서 웃음이 사라지니 양쪽 입술 끝이 처져 나이가 몇 년은 더 들어 보였다.

"방학이라고 내일 집에 온다네요. 그런데 무슨 일…… 있어요?"

어두운 감정은 전염이 되는지 선미의 목소리도 낮아졌다.

"저어…… 나랑 얘기 좀 할래요? 댁으로 찾아갈게요."

이삼 일 내에 들르겠다는 말을 하고 급히 돌아서 가는 낸시의 뒷모습이 허둥대듯 흔들렸다. 위로 착 올라붙은 동그란 엉덩이를 흔들며 경쾌하게 걷던 걸음걸이가 아니었다. 잠시 그녀의 뒷모습을 바라보는데 까닭 없이 불안한 기분이 들었다.

"하이, 맘."

문을 열어주는 선미에게 빨래 바구니부터 쑥 내밀며 윤수가 씽긋 웃었다. 커다란 쑥색 플라스틱 바구니는 빨랫감으로 수북했다.

윤수는 바구니를 받아 드는 선미의 어깨를 가볍게 안았다.

"아이구, 우리 아들. 오랜만이다. 길 막히지 않던? 배고프지? 엄마가 상 다 봐놨다."

그녀는 바구니를 내려놓고 그의 등을 두어 번 두드렸다. 겨울방학에 왔을 때 노랗게 물들였던 머리카락이 거의 다 잘려 나가 검은 머리카락 위에 노란 꽃가루를 뿌려놓은 것 같았다.

"점심 먹자마자 떠났는데 벌써 배고프네."

윤수는 빨래 바구니를 집어 들고 천장에서 드리워진 전등을 피해 고개를 숙이며 부엌 쪽으로 걸어갔다. 카키색 반바지 밑으로 쭉 곧은 기다란 다리가 보기 좋았다.

선미는 찌개를 데우기 위해 레인지의 불을 켜고, 조금 전에 만들어놓은 잡채를 접시에 담아 상 위에 올려놓았다. 빨래 바구니를 다용도실에 들여놓고 나와 식탁에 앉는 윤수가 짧게 휘파람을 불었다.

"와아, 잡채다."

"너 밥은 제대로 해 먹고 사니?"

그녀는 찌개 그릇을 상 위에 올려놓고 맞은편 자리에 앉았다.

"우리 넷이 돌아가면서 주말에 한 번씩 요리를 해요."

"그럼 주중에는 뭘 먹구?"

"걱정 마세요, 이렇게 살도 안 빠지고 잘 지내니까. 오히려 다이어트를 해야 할 지경인 걸요. 그런데 아빠?"

"안 계셔. 회의 때문에 루이빌에 가셨다. 며칠 있다 오실 거야."

물컵을 들던 손이 잠시 멈추는가 싶더니 윤수는 웃는 얼굴을 선미에게 돌렸다.

"집에 있는 동안 엄마한테 요리 강습을 좀 받아야겠어요. 지난 번에 떡볶이를 만들어주니까 녀석들이 맛있다고 난리더라구요."

"그래, 불고기나 닭찜 같은 건 생각보다 쉽단다. 생각난 김에 이따 나가서 장 좀 봐 오자."

"밥 먹고 피터네 집에 갔다 올까 하는데요."

닭찜 그릇을 윤수 앞으로 옮겨 놓아주며 그녀는 힐끗 윤수의 얼굴을 쳐다보았다.

"그렇지 않아도 어제 야채가게에서 피터 엄마 만났는데 얼굴이 어둡더라. 그 녀석이 고등학교 다닐 때 일주일인가 정학 맞지 않았었니? 왜 그랬지?"

"나도 잘은 모르지만 그 학교 규칙이 너무 엄했으니까 보나 마나 별거 아닌 일로 그랬을 거예요. 엄마도 피터 여러 번 보셨잖아요. 좋은 애예요."

"글쎄나 말이다. 얼마 전에도 백화점에서 만났는데 깍듯이 인사를 하더구나. 커다란 눈을 깜빡깜빡 하는데 여전히 계집애같이 예쁘더라. 너무 늦게 들어오지 않도록 해. 너 그 집에 가는 거 아빠가 안 좋아하시잖니."

윤수는 아무 대답도 하지 않았다.

윤수가 나간 후 선미는 드라이어에서 꺼낸 빨래를 바구니에 담아 들고 TV 앞에 앉아 보다 만 비디오테이프를 밀어 넣었다.

비디오에서는 치렁치렁한 옷을 입은 대신들이 머리를 조아리며 일제히 망극하옵니다를 외치고 있었다. 그녀는 이따금씩 화면에 눈을 주며 바구니에서 속옷과 티셔츠들을 하나씩 꺼내어 개키기 시작했다. 오로지 아들을 생산하는 것이 삶의 목적인 궁중의 여인이 여왕벌과 다를 게 하나도 없다는 생각을 하던 그녀는 문득 손길을 멈췄다. 레이스가 달린 하얀 실크 팬티가 손끝에 잡혀 있었다. 이 녀석이 어느새 여자 친구가 생겨 버젓이 아파트까지 끌어들인단 말인가?

두어 달 전 장조림 만들어서 찾아갔을 때 같이 앉아서 TV 보던 검은 눈의 인도 여자애는 그냥 학교 친구라고 했는데 그럼 이게 그 아이의 것인가? 윤수에게 다그쳐 물어야 할지, 그냥 모르는 척해야 할지, 판단이 서지 않았다. 스무 살이 넘은 자식의 사생활을 너무 간섭하는 게 아닌가 하는 생각도 들고, 또 솔직히 물어볼 용기도 없어 그녀는 나머지 옷들을 다 개켜 바구니 속에 차곡차곡 집어넣으며 팬티를 양말들 사이에 찔러 넣었다.

꼬마 신사라는 소리를 듣던 아이가 어느새 어른들의 세계로 뛰어들었다는 게 대견하기보다 안쓰러운 생각이 들었다. 인생에는 단맛만 있는 게 아니라 쓴맛도 있다는 걸 알아가면서 겪을 고통이 안타까웠다. 그러고 보니 아까 본 윤수의 눈빛이 전처럼 단순하지만은 않은 것 같았다.

윤수는 고등학교를 졸업할 때까지 데이트 한번 제대로 해본 적이 없었다. 남녀 가릴 것 없이 여럿이 어울려 주말에 가끔 놀기는 해도 마음을 주고받는 특정한 아이는 없는 것 같았다. 지 애비를 닮아 공부는 안 하고 어려서부터 기집애 꽁무니만 쫓아다닌다며 속상해하는 정섭이 엄마와 달리 선미는 그런 일로 걱정해본 적이 없었다. 어려서부터 숫기가 없고 마음이 여렸던 윤수는 싸워서 이기기보다는 미리 양보하는 편이었다. 남편은 사내 녀석이 그래서야 험한 세상 어떻게 살겠냐며 못마땅해했다. 애를 치마폭에 싸고돌아 계집애같이 만들어버렸다고 선미까지 나무라기 일쑤였다. 바깥에서 놀다 풀꽃을 들고 들어와 엄마에게 내미는 아이에게서 꽃을 빼앗아 쓰레기통에 던져 넣은 적도 있다.

빨래를 다 개킬 때까지 궁중의 여인들과 대신들은 여전히 아들을 생산해야 한다고 쑥덕거리고 있었다. 예나 지금이나 정치가들이 나라 걱정은 안 하고 권력 쥘 생각만 하고 있으니 한심하고 짜증이 나 꺼버릴까 하는데 전화벨이 울렸다. 선미는 TV 소리를 죽였다.

"이 사람들 정말 회의를 민주적으로 하네."

미국 장로교단 총회에 평신도 대표로 참석하느라 이틀 전부터 켄터키 주의 루이빌에 가 있는 남편이 잘 있었느냐는 말도 없이 다짜고짜 감탄조로 말했다.

"재미있어요?"

"재미는? 아침부터 밤까지 식사시간만 빼고 내내 회의를 하는데 하루에 처리해야 할 안건이 백 개도 넘어. 앞으로 닷새를 더 있어야 하니 생각을 해봐, 얼마나 많은 안건을 처리해야 하는지."

호기심이 많아 환갑이 되어오는 나이에도 여전히 새로운 것을 배우기 좋아하는 그답게 목소리가 흥분에 차 있었다.

"무슨 안건이 그렇게나 많아요?"

"별 시시한 게 다 있어. 예를 들면, 신학교를 안 나와도 목사 안수를 주게 하자든가, 민주주의 원칙에 의해 20대와 30대에서도 장로를 뽑자든가. 그런데 제일 중요한 안건은 모레 저녁에 다루어질 거야."

"그게 뭔데요?"

남편의 흥분이 전염되었는지 그녀도 부쩍 호기심이 생겼다.

"우리 장로교단에서 게이와 레즈비언에게 목사 안수를 줄 것인가 말 것인가 하는 문제지."

"뭐예요? 아니, 그게 어떻게 안건이 돼요? 당연히 안 되는 거지."

그녀의 말에 픽 웃는 소리가 수화기를 타고 넘어왔다.

"그런데 그게 그렇지가 않아. 의외로 안수를 주자는 사람들이 많다구. 아까 나랑 같은 테이블에서 점심 먹은 사람은 자기 여동생이 레즈비언이래. 그런 걸 내놓고 얘기하니 난 참 미국 사람들 알다가도 모르겠어. 나 같으면 창피해서 얼굴도 못 들 텐데 말이야. 그러면서 레즈비언이 목사가 되면 많은 레즈비언들이 그 교회에 갈 테니까 선교 차원에서도 그게 좋지 않으냐는데 어이가 없어서 말이 안 나오더라니까. 그런가 하면 로비하러 다니는 놈들도 있고, 별 놈들이 다 있어."

"그러고 보니 생각이 나네. 작년에도 그런 문제가 신문에 크게 나지 않았어요?"

"응, 작년에는 부결이 됐었는데 이번에 또 들고 나온 거야."

"그렇다면 가결될 때까지 그 문제를 매년 들고 나오겠다는 거 아니에요?"

리모트 컨트롤로 TV를 끄며 그녀는 자신도 모르게 언성을 높였다.

"물론이지, 부결된 걸 똑같이 들고 나올 수는 없으니까 조금 바꿔서 갖고 나오겠지."

남편은 너무 피곤해서 일찍 자야겠다며 전화를 끊었다. 수화기를 내려놓은 후에야 윤수가 집에 왔다는 말을 하지 않은 생각이 났다.

오랜만에 가게에 일찍 나온 정섭이 엄마 덕에 여섯 시쯤 퇴근했는데 집에는 아무도 없었다. 친구와 저녁을 먹고 오겠다는 윤수의 쪽지만 상 위에 덩그마니 놓여 있었다. 선미는 찬밥에 더운물을 부어 냉장고에 있던 밑반찬으로 대강 저녁을 먹은 후, 저녁노을로 붉게 물든 창밖을 내다보며 천천히 설거지를 했다. 마음이 허전하거나 불안할 때 설거지를 하는 것은 그녀의 오래된 습관이다. 단조롭게 흐르는 물소리를 들으며 건넛집 뜰의 우람한 나무들을 바라보노라면 마음이 건조기에서 갓 꺼낸 흰 타월처럼 보송보송해지곤 한다.

몇 안 되는 그릇을 씻은 후 녹차를 한잔 마시려고 주전자에 물을 받는데 끼익 자동차 급정거하는 소리가 들렸다. 얼른 내다본 창밖으로 은회색 미니 밴 앞에 조그만 다람쥐 한 마리가 앉아 고개를 요리조리 돌리다 저쪽 집 잔디밭으로 쪼르르 달려가는 모습이 보였다. 가끔씩 보게 되는 프리웨이 위에 널브러진 짐승들의 형상이 떠올라 부르르 몸이 떨렸다.

낸시는 아홉 시가 조금 넘어서 왔다. 방금 구웠다는 초콜릿칩 쿠키 한 접시를 두 손으로 받쳐 들고 들어서는 그녀의 얼굴은 여전히 어두웠다. 연하게 끓인 커피가 식어가도록 놔둔 채 종이 냅킨만 접었다 폈다 하는 그녀를 보며 선미는 말없이 커피를 마셨다. 가끔씩 시선이 마주칠 때면 그냥 미소만 띠었다. 영어가 부담스러워 인사말 외에 깊은 대화를 해본 적이 없는 사이였기에 무슨 말을 꺼내야 좋을지 모르기도 했지만 날씨 얘기나 정치 얘기를 꺼낼 수 있는 분위기가 아니었다.

"저어, 혹시 윤수한테서 우리 피터 얘기 못 들으셨어요?"

"무슨 얘기요?"

목소리가 매끈하게 나오지 않아 선미는 기침을 두어 번 했다.

"윤수도 알 텐데…… 피터가 게이라는군요."

더듬더듬 말을 하는 낸시의 손에는 잘게 찢은 종이 냅킨이 한 움큼 들어 있었다.

"네? 어떻게 그런 일이……."

"저도 얼마 전에 알았어요. 침대 밑에 게이 잡지가 있길래 물어 봤더니 그렇다더군요."

일단 말문이 열리자 속사포같이 말이 쏟아져 나왔다.

"어떻게 그런 일이 일어났는지 난 도무지 이해할 수가 없어요. 내가 자길 어떻게 키웠는데…… 참, 피터가 입양아라는 사실은 아시죠? 모르셨어요? 자궁 절제 수술을 했기 때문에 난 아이를 낳을 수가 없어요. 그래서 태어난 지 한 달 된 피터를 입양했죠. 그래도 난 그 앨 내 목숨같이 사랑했어요. 목에 걸릴까 봐 빵의 딱딱한 부분은 다 잘라 내고 말랑말랑한 속만 먹일 정도였으니까요. 혹시 내가 그 앨 너무 싸서 키워 이런 일이 생긴 게 아닌가 싶어 요즈음은 밤에 일어나 앉아 후회하느라 잠을 못 자요."

금세라도 눈물이 떨어질 것 같던 낸시의 눈이 커지며 입가가 씰그러졌다.

"그것뿐이 아니에요. 그 앤 이제 자기 생을 망치려 하고 있어요. 학교도 그만두고 쇼를 하러 다니겠다는군요. 쇼가 뭔지 모르시죠? 술집에서 여자 옷을 입고 난잡한 춤을 추면서 손님들이 던져주는 팁을 버는 거예요. 누가 가장 여자 같은 모습으로 섹시하게 춤을 추는가가 그런 아이들의 최대 관심사죠. 피터는 요즈음 화려한 여자 옷을 사들이기 위해 피자 가게에서 파트타임으로 일을 해요……."

성냥불이 사그라지듯 낸시의 음성이 잦아들었다. 그녀는 얼굴을 두 손으로 감싸고 한동안 움직이지 않았다. 잠시 후 그녀가 다시 고개를 들었다.

"누구에게도 아직 이 얘기를 못 했어요. 아시잖아요. 사람들이 은근히 남의 불행을 즐긴다는 걸. 걱정해준답시고 찾아와서 호기심을 번득이며 이것저것 물어낼 것을 생각하면 참을 수가 없어요. 하지만 누구에겐가 말을 안 하면 미쳐버릴 것 같았어요. 엊그제 당신을 본 순간 당신은 내 이야기를 잘 들어줄 것 같은 느낌이 들더군요."

'왜요? 왜 그런 느낌이 들었나요?'라는 질문이 입안에서 뱅뱅 돌았다.

"부탁이 있어요. 우리 피터가 쇼를 한다는 술집으로 같이 가주지 않을래요? 그 녀석이 무슨 짓을 하는지 내 눈으로 봐야 이해를 하든지, 아니면 그 짓을 못 하게 무슨 대책을 세우든지 할 텐데 도저히 혼자 갈 자신이 없군요."

그 마음을 이해는 하지만 그런 곳에 같이 가는 건 못 하겠노라고 말을 하고 싶은데 낸시의 눈빛을 보자 차마 입이 떨어지지 않았다. 그리고 왠지 거기에 가야 할 것 같은 느낌이 들었다. 생각해볼게요라는 말로 얼버무리며 낸시를 보내놓고 문을 닫는데 옷을 입은 채 물에 빠졌다 나온 사람처럼 오싹 한기가 들었다.

열한 시가 다 되어 전화를 한 남편의 음성은 낮으면서도 뾰족해서 심사가 편치 않음을 대번에 알 수 있었다.

"통과됐어. 미친놈들. 정이 떨어져서 여기 더 있고 싶지도 않아."

선미는 그가 무슨 소리를 하는지 헤아리느라 잠시 대답을 못 했다.

"게이와 레즈비언들에게 목사 안수를 주자는 안건 말이야. 통과됐다구."

그가 짜증스레 설명하는 소리를 듣고서야 생각이 났다.

"말도 안 돼. 아니 어떻게 그럴 수가 있어요?"

"미국 장로교단도 이제 다 된 거지. 물론 일 년 동안의 유예기간을 두고 각 교회의 의견을 수렴해서 다시 투표로 확정을 지을 거라고는 하지만 투표할 놈들이 다 그놈들인 걸 뭐. 교계마저 이 모양이니 애들이 뭘 배우겠어? 이놈의 세상이 어디로 가려는 건지……"

마지막 회의에는 참석하지 않고 그냥 돌아오겠다며 남편이 전화를 끊은 후에야 선미는 이번에도 윤수가 집에 왔다는 말을 하지 않았다는 생각이 났다. 자신이 옳다고 생각하는 일을 좀체 굽히지 않는 남편이 집에 올 때쯤에는 화가 좀 풀어져 있으면 좋겠다는 생각을 하며 그녀는 윤수 방으로 갔다. 상처가 될 걸 아는지 모르는지 서슴없이 말을 해대는 남편이 아이의 행동 하나하나를 트집 잡을 생각을 하니 마음이 무거웠다. 캄캄한 방에서 혼자 자는 게 무섭다며 불을 켜놓아 달라 우는 다섯 살짜리 아이에게 사내자식이 그게 뭐가 무섭냐고 윽박지르던 남편이었다. 그녀는 어두운 방에 스위치를 올려 불을 켜놓고 나왔다.

시저스 팰리스라는 게이 술집은 다운타운의 뒷골목에 있었다. 낸시의 차를 타고 다운타운에 들어왔을 때는 이미 열 시가 넘어 검은 빌딩들만 우뚝우뚝 서 있을 뿐 다니는 차들도 별로 없이 으스스했다. 술집 뒤의 주차장에 차를 대고 낸시가 팔을 뻗어 뒷좌석에 있는 핸드백을 꺼내는 동안 선미는 문을 열고 자갈길로 내려섰다. 후미진 뒷골목이라 주차장이 포장도 제대로 되어 있지 않은 모양이었다. 불빛이라고는 주차장을 비추는 낮은 촉수의 가로등뿐이어서 주위가 어두웠다.

저쪽에서 검은 그림자 하나가 흔들거리며 그녀를 향해 다가왔다. 초여름이건만 두터운 코트를 걸친 커다란 사내가 꾸부정하게 몸을 굽힌 채 손을 앞으로 내밀고 중얼거리며 걸어오는 모습이 돈을 달라는 것 같았다. 선미는 어깨에 걸었던 핸드백을 움켜쥐며 재빨리 낸시 옆으로 갔다. 가슴이 옥죄어 들고 머리카락이 쭈뼛 섰다. 마약을 한 건지 술에 취한 건지 그는 계속 중얼거리며 그들을 스쳐 저쪽으로 걸어갔다. 그래도 내가 저 안에 있는 놈들보다는 죄가 없다, 그런 소리를 하는 듯싶기도 했다.

한산한 거리와 달리 술집 안은 귀를 때리는 음악소리와 담배연기로 후끈 달아 있었다. 입구에서 조심스레 입장료를 내밀자 기다란 속눈썹을 붙이고 두텁게 화장을 한 남자가 그들의 손등에 고무 도장을 꾹꾹 눌러주었다.

"잠시 바깥에 나갔다 들어올 때는 손등만 보여주면 돼요."

그는 굵직한 목소리를 감추려 들지도 않고 윙크를 했다.

날림으로 개조한 허술한 창고를 조잡한 가구들과 화려한 조명으로 감춘 홀 안은 마치 밤 화장을 짙게 한 늙은 작부의 얼굴 같았다. 중앙의 권투 경기장처럼 네모난 링 안에서는 몸에 짝 달라붙는 빨간 드레스 차림의 흑인 청년이 몸을 흐느적거리며 노래를 부르고 있었다. 그의 차림새와 화장은 거의 완벽해서 선미의 눈에도 예쁘게 보였다. 립싱크 솜씨도 뛰어나 잠시 머라이어 캐리인가 착각이 들 지경이었다. 링 주위의 테이블에 앉은 남자들은 번들거리는 눈으로 술을 마시고 있었다.

낸시와 선미는 벽 쪽의 구석진 자리로 갔다. 주문을 받으러 온 미니스커트의 웨이트리스가 선미를 보자 환성을 지르며 팔을 벌리고 포옹을 하려 달려들었다.

"오우, 하니. 당신이 여길 와주다니. 너무 반가워요."

가끔씩 가게에 와서 장신구를 사 가는 청년이었다. 가게에서는 쭈뼛거리던 녀석이 자기가 노는 물이라 그런지 신바람이 잔뜩 나 있었다. 선미는 하는 수 없이 그 녀석과 억지 포옹을 했다. 녀석은 화장이 지워질까 봐 실제로 뺨을 대지는 않고 입으로 쪽쪽 키스 소리만 요란하게 냈다.

"가게에 가끔 오는 손님이에요."

어리둥절한 표정으로 바라보는 낸시에게 설명을 하고 맥주를 두 병 주문한 후, 선미는 의자 등받이에 기대앉아 주위를 둘러보았다. 대부분의 테이블에는 남자들이나 여자들이 둘씩 짝지어 앉아 있었는데 남녀 커플이 같이 앉은 테이블도 서넛 되었다. 그들의 눈에 자기들이 레즈비언으로 비칠 생각을 하니 피식 웃음이 나왔다.

그 사이에 갈색 피부는 무대에서 내려가고 분홍색 비키니 차림에 기다란 깃털 목도리를 두른 여인이 굽 높은 카우보이 부츠를 신은 다리를 머리 위로 번쩍번쩍 들어 올리며 음악에 맞춰 끼약끼약 소리를 질러대고 있었다. 호르몬 주사를 맞았음에 틀림없는 것이 그의 가슴은 웬만한 여자보다 더 붕긋하게 솟아 비키니 위로 삐져나올 지경이었다.

술을 마시던 남자들이 하나둘 일어나 무대 주위로 몰려들었다. 춤을 끝낸 여인이 천천히 무대 가장자리를 돌며 웃음을 흘리자 남자들이 그의 브래지어와 팬티 속으로 돈을 찔러 넣었다. 차마 가까이 다가서지 못하는 사람들의 돈을 받기 위해 그는 뱀처럼 머리를 흔들며 입을 벌렸다. 지폐가 그의 입술에 물려졌다. 박수소리와 웃음소리가 난무했다.

엉덩이를 좌우로 흔들며 그가 사라지자 무대가 어두워지며 디제이의 멘트가 흘러나왔다.

"다음은 오늘의 특별 순서입니다. 너무나 아름답고 청순한 신인

듀엣, 체리 시스터즈를 소개합니다."

애소하듯, 흐느끼듯 잔잔한 음악이 흐르고 천장의 미러볼이 빙글빙글 돌며 사방으로 빛을 흩뿌리기 시작했다. 주위가 조용해졌다. 엉덩이를 간신히 덮을 정도로 짧은 하얀 원피스 차림의 단발머리 소녀가 스포트라이트를 받으며 천천히 무대 중앙으로 걸어 나왔다.

옆에서 흐윽 짧게 숨을 들이켜는 소리가 들렸다. 낸시가 두 손으로 입을 틀어막은 채 무대 위를 뚫어져라 쳐다보고 있었다. 피터였다. 스피커에서 어린아이같이 청순한 음성의 노랫소리가 흘러나왔다. 무대 위의 피터는 두 손으로 마이크를 잡은 채 눈을 감고 몸을 조금씩 흔들며 노래에 맞춰 입술을 움직이기 시작했다.

일 절이 끝나자 빠른 템포로 음악이 바뀌며 스포트라이트가 무대 왼쪽을 비췄다. 반짝거리는 까만 원피스의 단발머리가 춤을 추며 걸어 나오고 있었다. 쭉 곧은 다리가 보기 좋았다. 순간, 낸시가 선미의 손을 꽉 잡았다. 동시에 목구멍으로 커다란 덩어리가 치받쳐 올라 숨이 턱 막혔다. 그녀는 희뜩희뜩 부서지는 불빛 사이로 무대 위를 쏘아봤다.

반바지 차림으로 환하게 웃으며 풀꽃을 들고 다가오는 어린 윤수의 얼굴이 까만 드레스의 얼굴 위에 겹쳐졌다. 부릅뜬 채 깜빡이지도 못 하던 선미의 눈앞이 흐려졌다. 그녀는 두 주먹으로 눈을 마구 비볐다. 까만 드레스가 하얀 드레스에게 다가가 볼에 입을 맞췄다. 관객석에서 휘파람과 박수가 웃음소리와 함께 쏟아졌다. 윤수가 피터의 한쪽 어깨에 손을 얹은 채 그의 주위를 천천히 선정적인 자세로 돌기 시작했다.

냰시가 귀에 대고 뭐라고 말을 하는데 무슨 소린지 전혀 알아들을 수가 없었다. 선미는 그동안 손도 안 대고 있던 맥주잔을 멀거니 바라봤다. 언제 땀이 났었는지 끈적한 팔뚝에 소름이 소로록 돋아 있었다.

그대로 뛰쳐나가고 싶다는 생각과 무대를 계속 봐야 한다는 생각이 속에서 뒤엉키는데 무력증에 걸린 사람처럼 꼼짝도 할 수가 없었다. 헝겊으로 만든 인형처럼 맥없이 앉아 술잔만 바라보고 있는 그녀의 머릿속으로 얼굴들이 떠올랐다. 여자 엉덩이처럼 풍만하게 보이기 위해 거들 속에 넣은 패드를 보여주겠다며 치마를 걷어 올리던 청년, 솥뚜껑같이 커다란 손으로 반지를 고르던 중년 남자, 채 지워지지 않은 분홍색 매니큐어가 지저분하게 남아 있던 백인 할아버지…….

맥주잔을 멀거니 바라보는 선미에게 오싹 한기가 들었다.

그녀는 무릎 위에 놓인 두 손에 얼굴을 묻었다.

"이곳 워싱턴과 디트로이트에는 현재 비가 안 오지만 그 중간에
폭우주의보가 내려 있기 때문에 모든 비행기가 뜨지 못합니다. 폭
우주의보가 언제 해제될지 모르는 상황이니 그냥 자리에 앉은 채
기다려주시기 바랍니다."

기내 안내 방송이 나오자 여기저기에서 나지막한 불평이 흘러
나왔다. 혜수는 등받이를 젖혀 뒤로 기대며 팔짱을 꼈다.

'빨리 집에 가서 좀 쉬었으면 좋겠구만 이건 또 무슨 날벼락이
람. 하늘이 이렇게 파란데 폭우주의보는 무슨 빌어먹을. 저렇게 은
근슬쩍 둘러대놓고 다음 비행기 승객들과 합쳐서 보내려는 수작인
걸 모를 줄 알구?'

혜수는 앞쪽을 향해 눈을 흘기며 속으로 투덜거렸다. 나리타에
서 갈아타는 게 싫어 값이 훨씬 비싼 대한항공을 타고 워싱턴으로
온 후에 디트로이트행 비행기로 갈아탄 건데 이렇게 되면 괜히 돈

만 버린 셈이 되어 속이 끓어올랐다.

잠시 후, 키가 백칠십은 훨씬 넘을 듯싶은 스튜어디스가 물병과 플라스틱 컵들을 들고 가까이 왔다. 단단해 뵈는 어깨와 볼륨 있는 가슴과는 달리 짧은 스커트 밑의 다리가 유난히 날씬했다. 까만 스타킹에 감싸인 날씬한 다리를 보는 순간 며칠 전에 들은 말이 다시 머릿속을 헤집었다.

"당신은 꼭 살찐 암탉 같구려."

결혼하고 싶다고 목을 매던 남자가 면전에서 그게 할 소리인가 말이다. 저는 뭐가 그렇게 잘나서. 혹시라도 키가 작달막한 남자 자존심 상할까 봐 일부러 납작한 구두를 새로 사 신고 왔건만 고마운 줄도 모르고. 처음 그 말을 들었을 때는 외국에 오래 살아 한국말 표현이 서툴러 그러려니 좋게 생각하려 애썼지만 새록새록 약이 올랐다.

십 년 전, 남편과 사별한 혜수가 혼자 아등거리며 애들을 키워 대학에 보내놓고 나니 여기저기에서 중매가 들어왔다. 딱히 결혼을 하고 싶다기보다 아이들 떠난 집이 유난히 휑해 못 이기는 척 나가 남자들을 만났다. 화장을 공들여 하고 새 옷 입고 앉아 처음 보는 남자와 얘기하는 기분이 나쁘지 않았다. 처녀 시절에 비해 살은 좀 붙었지만 몇 주 다이어트를 하고 보니 몸매도 과히 나쁜 것 같지 않아 점점 자신이 붙었다.

처음에 만난 사람은 외국에서 오래 살아 그런지 매너가 꽤 좋은 편이었다. 식당에 들어가면 코트를 받아서 걸어주고 길을 걸을 때도 자연스레 그녀를 이끌어 안쪽으로 걷게 배려했다. 그런 식으로 몇 번 만나며 사랑받는 여자의 즐거움을 만끽하던 어느 날, 찬물을 끼얹는 일이 벌어졌다. 냉면을 맛있게 먹고 후식으로 나온 오렌지를 한쪽 집어 들며 혜수가 장난삼아 물었다.

"혹시, 숨겨놓은 부인 있으신 것 아니죠?"

"아니, 그건 아니구……."

표정이 묘하게 일그러지는 그를 바라보고 있자니 오렌지 맛이 뚝 떨어졌다.

"실은, 아내와 이혼이 아직 완전히 정리 안 된 상태이긴 합니다. 그동안 쭉 떨어져 살았는데 이혼이란 게 생각보다 오래 걸리네요."

"어머, 난 오래전에 이혼하신 걸로 알고 있었는데요."

"뭐, 이혼한 거나 마찬가집니다. 같이 안 사니까요. 그냥 아이들 양육비 조로 매달 천 불씩 줄 뿐 만나거나 그러지는 않습니다."

혜수는 집으로 돌아오는 길로 그를 소개해준 친구에게 전화를 걸어 한바탕 불평을 늘어놓았다.

두 번째 만난 사람은 보는 순간부터 숨이 턱 막혔다. 커다란 저택에서 부족함 없이 살던 부인이 막내를 대학에 보내놓고 곧장 이혼장을 내민 이유를 알 것 같았다. 옆 가르마를 타서 기름 발라 착 넘기고 가느다란 나비넥타이를 맨 그가 작은 눈으로 그녀를 탐색하듯 바라보는데 왠지 노예시장에 나와 선 기분이 들었다. 듣기에는 노랑이짓을 해서 돈을 많이 모았다는데 그날은 기분이 좋은지 비싼 음식과 고급 와인을 시켰다. 혜수는 그를 두 번 다시 보고 싶지 않았지만 와인을 서너 잔 마시고 나자 기분이 좋아져 그의 집으로 따라갔다.

디트로이트 시외의 고급 주택가에 있는 집은 겉에서 보기에도 웅장했다. 현관으로 들어서며 슬쩍 눌러본 차임벨 소리는 천장이 높아서 그런지 여느 집보다 더 청아하게 울려 퍼졌다. 반짝반짝 윤이 나는 마루는 하도 미끄러워 얼음판에 선 것처럼 조심스러웠다. 베이지 색 가죽 소파 세트 밑에 깔린 두툼한 카펫에도 티끌 하나 떨어져 있지 않았다.

혜수는 이런 집에서 한번쯤 살아보는 것도 괜찮겠다는 생각이 들어 그의 좋은 면만 보도록 노력해봐야겠다고 마음을 다잡았다. 그러고 보니 기름 발라 넘긴 머리는 단정해 보이고 눈도 그다지 작은 것 같지 않았다. 그녀는 CD가 쭉 꽂혀 있는 선반으로 가서 아무거나 하나 쑥 뽑아 들고 재킷을 들여다보았다. 차이코프스키의 콘체르토라고 쓰여 있는 것 같은데 안 들어보던 곡이라 선반 위에 올려놓고 다시 다른 것을 뽑아들었다.

"어떤 음악을 좋아하시는데요?"

등 뒤에서 묻는 음성이 문 닫기 직전의 레코드 가게 점원 같다는 생각을 하는 순간 그는 독수리가 병아리를 채 가듯 혜수가 선반 위에 올려놓은 CD를 잽싸게 집어 들고 옆에 놓인 수건으로 깨끗이 닦더니 제자리에 꽂아놓았다. 그러고는 혜수가 들고 있는 CD를 빼앗기라도 할 듯 손을 내밀었다. 그녀는 채 보지도 않은 CD를 그의 손 위에 올려놓았다.

"아니, 뭐 특별히 듣고 싶은 음악은 없어요."

말을 하고 돌아서는데 다시금 정나미가 떨어졌다. 화장실도 지나치게 정돈이 되어 있어 냉기가 돌 지경이었다. 손이 닿기 좋은 곳에 잡지들이 차곡차곡 쌓여 있고 앞 벽에는 달력이 낮게 걸려 있었다. 변기에 앉으면 저절로 눈이 그리로 가게 되는 위치였다. 그러고 보니 집 안 곳곳에 달력이 있다는 점이 생각났다.

"이 집에는 유독 캘린더가 많네요. 화장실에도 있는 걸 보면 특이한 캘린더라도 수집하시나 봐요."

화장실에서 나와 차를 끓이고 있는 그의 옆으로 가며 물었다.

"그게 아니라, 제가 시간 낭비하는 것을 참 싫어하거든요. 집 안에서도 쓸데없이 그냥 왔다 갔다 할 게 아니라 걸어 다니면서 생각하고 계획하고 그러면 좋지 않습니까?"

그는 다짐이라도 받겠다는 듯이 작은 눈을 부릅뜨고 얼굴을 들이밀었다. 혜수는 자기도 모르게 한 발짝 뒤로 물러났다.

그러고 난 후, 삼 년쯤 있다 만난 사람은 미국 남자였다. 몸무게가 혜수의 두 배는 될 것 같은 그는 아저씨처럼 푸근했다. 시시때때로 꽃을 보내오고 아침저녁으로 전화를 해서 필요한 게 없는지 물었다. 일주일에 한 번씩 와서 잔디를 깎는 것은 기본이었으며 집 안팎을 살펴서 조금이라도 손볼 데가 있으면 새벽부터 와서 말끔하게 수리를 해주었다. 그는 혜수가 원하는 것은 뭐든지 다 해주고 싶어 했다. 사랑을 할 때도 육중한 체중이 미안한 듯 두 팔을 기둥처럼 뻗치고 땀을 뚝뚝 떨어뜨리며 버텼다. 그 모습이 안쓰러워서 그의 목을 끌어안고 잡아당기면 얼마 안 되어 곧 몸을 일으켜 세우곤 했다. 오랜 세월 동안 혼자서 모든 일을 처리해야 했던 혜수는 돌봄을 받는다는 게 얼마나 푸근하고 기분 좋은 일인지 다시금 깨달았다. 그래서 혼자 충분히 할 수 있는 일도 그를 불러 시켰다.

　그렇지만 그와 남은 생을 같이 보낼 수는 없었다. 그는 가진 재산이 너무 없었다. 포드자동차 공장에서 그렇게 오래도록 일을 했으면 재산도 꽤 모았으련만 어디다 다 써버렸는지 가진 거라곤 자그마한 타운하우스와 낡은 자동차 한 대뿐이었다. 가만히 보아하니 장가간 큰아들이 아직 변변한 직장이 없어 생활비를 대어주는 눈치였다. 거기다 시집도 가기 전에 애부터 덜컥 낳은 딸을 핑계로 전처가 계속 돈을 뜯어 가는 것 같았다.

　이제부터라도 그 옆에 붙어 앉아 재산을 지켜주고 싶은 생각이 들지 않는 건 아니었지만 의사소통이 그다지 원활하지 못한 것도 마음에 걸렸다. 일상생활을 하는 데는 별문제가 없어도 조금 깊은 얘기를 할라치면 말이 달려 속이 답답했다. 같이 차를 타고 가며 눈 녹은 콩밭에 흙이 거뭇거뭇 드러난 것을 보고 문득 어렸을 때 먹던 센베이 과자 생각이 나도 그것을 이해시킬 길이 없었다. 초등학교 시절 골목길에서 하던 땅따먹기 놀이며, 한쪽 다리를 쳐들고 뛰어들던 닭싸움에 대해 한참 끙끙거리며 설명하다 보면 맥이 빠졌다.

　일요일이면 어김없이 빳빳하게 다린 하얀 셔츠 차림으로 예배당에 단정히 앉아 있었다는 그에게 면도칼로 고무줄 끊어 가던 사내 녀석들 얘기를 해준들 천하에 못돼 먹은 아이들로 생각할 뿐 아스라이 피어오르는 그리움을 같이 나누는 것은 불가능했다.

　그래도 미국 사람들은 한국 남자들에 비해 계산적이지 않은 면이 좋았다. 당사자만 좋으면 그만이지 학벌을 따지지 않고 집안을 문제 삼지도 않는다. 거기다 이목구비가 뚜렷해 외모도 나은 편이며 여자를 내려다보지 않는다. 전반적으로 한국 사람들보다 순진하다. 그렇기는 하지만 외국 사람을 사귀는 것은 어딘지 껄끄러웠다.

그와 헤어지고 나서 일 년쯤 후에 소개받은 사람이 쌤이다. 어느 날, 한국에 사는 고등학교 동창에게서 전화가 왔다. 경기도 양평에 있는 별장으로 가려고 집을 나서다 자동차가 말썽을 부려 정비소에 서너 번 갔었는데 그 주인이 싱글이라는 것이었다. 삼십 년 전에 미국으로 건너가서 일본 여자랑 결혼하여 살다가 얼마 전에 부인이 죽자 한국에 돌아와 심심풀이로 사업을 시작한 사람이라고 했다. 아직도 미국에는 집이 그대로 있어 자주 왔다 갔다 하며, 여기 있는 친구를 도와줄 겸 자금을 대서 사업을 시작했는데 워낙 시설을 현대적으로 잘해놔서 그런지 손님들이 끊임없이 들어오더라고 친구가 흥분된 목소리로 말을 쏟아냈다.

"그 사람이 키는 좀 작아 보이더라만 이제 그런 거 따질 나이는 지나지 않았니? 인상도 그런대로 괜찮고, 나이가 오십 대 중반이라는데 몸집이 단단한 게 우리 또래로밖에 안 보이더라."

"도대체 키가 얼마길래 작아 보인다는 거야? 너 나 키 작은 남자 싫어하는 거 알지?"

"얘가 아직도 정신을 못 차렸네. 네 나이가 몇이니? 낼모레면 오십이야. 아직도 청춘인 줄 알면 큰 착각이다 너. 칠십 넘은 노인한테 쉰 살짜리 여자를 소개해주겠다니까 그 늙은 건 데려다 뭣에 쓰겠냐고 했다더라. 그러니까 잔소리할 것 없어. 내가 네 전화번호 줬으니까 조만간 너한테 전화 갈 거야. 우선 말이나 해봐. 전화 값 좀 들면 대수니? 그러다 괜찮으면 여기 와서 만나보고, 영 아니다 싶으면 말구. 알았지?"

이틀 후에 전화가 왔다. 일본 부인과 살며 한인들과 접촉을 끊고 살아서인지 한국말이 서투르지만 느낌은 과히 나쁘지 않았다. 혜수 자신도 미국 사람을 상대로 이십 년 이상 장사를 했기 때문에 영어와 한국말을 섞어 쓰는 것이 더 쉬운 편이다. 가끔 한국에 나갔을 때 적당한 단어가 생각 안 나 음, 음, 거리며 주위의 눈치를 볼 때면 반벙어리 같은 느낌이 들곤 했었는데 이 사람과는 그런 신경 쓸 필요가 없어 좋았다.

그에게서 하루도 거르지 않고 전화가 왔다. 전화 내용은 주로 그가 하고 있는 운동에 관한 것이었다. 사업하는 사람이 무슨 시간이 그렇게 많은지 현재 하고 있는 운동이 많기도 했다. 달리기, 수영, 테니스, 유도. 최근에는 라켓볼까지 시작했다니 몸이 건강한 것 같아 안심이 되기는 하지만 어떻게 된 사람이 운동만 하나 싶어 슬쩍 물어봤다.

"다른 취미 생활은 안 하세요?"

"그런 거 할 시간이 없지요. 아침 일찍 일어나서 달리기하고 일하러 갔다가 점심시간에 수영하고 또 오후에 잠깐 일했다가 또 다른 운동하고 그러면 하루가 다 가는걸요. 혜수 씨는 무슨 운동하십니까?"

"전 특별하게 하는 운동 없어요. 가끔 헬스클럽에 가는 게 다예요."

"아, 그러면 이제부터 저랑 같이 운동하면 되겠네요."

아직 얼굴도 한번 보지 않은 사이면서 그는 호감을 그런 식으로 표현했다. 그 말을 들으니 은근히 기분이 좋았다. 김치를 비롯해 삼십 년 동안 거의 한국 음식을 먹지 않았다는 말도 고무적이었다. 혼자 산 이후로 제대로 된 한국 음식을 해 먹은 지가 언제였는지 기억도 안 날 정도니 한국 남자랑 결혼하면 그것도 부담스럽겠다 생각한 적이 여러 번 있었기 때문이다.

아침에는 토스트와 과일 몇 쪽에 커피 한잔. 점심에는 샐러드. 저녁이라야 닭이나 생선에 소금과 후춧가루 뿌려 올리브 오일에 슬쩍 구울 정도로 간단히 먹어왔는데 이제 와서 새삼 다듬고 지지고 볶고를 새로 시작하는 것도 보통 일이 아니겠다 싶었던 것이다. 쌤도 한국 음식을 거의 안 먹는다니 공통점이 점점 많아졌다. 하루하루 시간이 지남에 따라 디트로이트와 서울의 거리가 점점 가까워지는 것 같았다.

"우리 이제 만나야 하는 것 아닌가?"

어느새 그는 말을 놓기 시작했다.

"어젯밤에 당신 생각하느라 잠을 설쳐 몸이 좀 찌뿌드하네. 나가서 수영이나 하고 들어와야겠어."

오랜만에 당신 소리를 듣는 순간 아랫배에 전기가 찌르르 왔다. 벌써 세 번이나 실패를 맛보아야 했던 혜수는 이번에는 신중해야겠다고 마음을 단단히 먹고 있는 참이어서 일부러 못 들은 척했다. 혜수가 집을 떠나고 싶은 사태가 벌어지기 전까지 그녀는 자신이 먼저 한국으로 날아가는 일이 생기리라고는 상상조차 하지 않았다.

작년에 대학을 졸업하고 클리블랜드에서 직장생활을 하고 있는 벤지가 웃는 얼굴로 들어섰을 때, 그 녀석이 이렇게 마냥 붙어 있을 줄은 짐작도 못 했다. 지금 다니는 직장이 마음에 안 들어 다른 직장을 알아보고 있는 중이니 그동안 잠시 엄마 옆에서 지내겠다는데 잠시라는 게 언제까지일지 기약이 없었다. 문제는 그것만이 아니었다. 곧 서버릴 것같이 낡은 차를 타고 서너 시간을 달려 두어 번에 나누어 짐을 실어 오더니 급기야는 털이 북실북실한, 송아지만큼이나 커다란 개까지 싣고 온 것이다.

"아니, 그놈을 어딜 데리고 들어오는 거야? 저 털 날리는 것 좀 봐. 얼른 도로 데리고 나가지 못해!"

"엄마, 애는 어려서부터 집 안에서 지내던 놈이에요. 몇 달 전에 친구가 유럽으로 가면서 나한테 맡긴 건데 밖에 내보내면 외로워해요."

"뭐? 외로워? 원 별소릴 다 듣겠네. 바깥에 있으면 날아다니는 새도 보고, 뛰어다니는 토끼도 보고, 집 안에 갇혀 있는 것보다 훨씬 낫지 뭘 그래."

진공청소기를 들고 개털을 쫓아다니는 혜수를 멀뚱히 바라보던 벤지가 기다란 줄을 구해 와 뒤뜰에 묶어놓았는데 그것도 할 짓이 아니었다. 군데군데 오줌 싸놓은 곳의 잔디가 누렇게 죽는 것도 문제지만 하루 온종일 슬픈 얼굴로 거실 유리문 앞에 앉아 집 안을 들여다보는 꼴을 모른 척하기가 힘들었다. 일부러 그쪽을 안 보려고 피해 다닐 수도 없는 노릇이고 여간 신경이 쓰이는 게 아니었다.

할 수 없이 지하실에 넣어두기로 했는데 그건 그것대로 문제가 많았다. 우선 컴컴한데 혼자 놔둘 수가 없어 줄창 불을 켜놓아야 하고, 또 불을 켜놓은들 사방이 시멘트벽인 지하실에서 답답하긴 마찬가지일 것 같아 이층에 있는 텔레비전을 내려다 틀어주었다. 전기세가 만만치 않게 나왔다.

밥만 해도 그렇다. 벤지 녀석이 느지막이 일어나서 개를 데리고 동네를 한 바퀴 돈 후에 물 한 그릇과 개밥 한 그릇을 놓아주고 밖으로 나가면 밤이나 돼야 들어오는데 아무리 말 못하는 짐승이라도 그렇지 어떻게 하루에 한 번만 먹으라는 건지 마음이 영 언짢았다.

"얘, 너는 하루에 세끼를 꼬박 찾아 먹으면서 왜 쟤는 하루에 한 끼만 주니? 하루 종일 지하실에 갇혀서 답답하게 사는데 먹는 낙이라도 있어야 할 것 아냐."

"하루에 한 번이면 충분해요. 여태껏 그렇게 먹고살았기 때문에 더 줘도 먹지 않아요. 많이 먹어봤자 살만 찌지 좋을 것도 없구요. 내가 다 알아서 하니까 그냥 내버려두세요. 알았죠?"

봉지에 든 말라빠진 개밥이 무에 맛있을까만 빨래를 하기 위해 지하실을 들락거리며 빈 밥그릇을 쳐다보면 자꾸 안된 생각이 들었다. 자기를 좋아하지 않는 줄 뻔히 알면서도 보기만 하면 반갑다고 꼬리가 떨어져 나가라 흔들어대는 녀석에게 은근히 정이 가기도 했다.

에라 모르겠다. 혜수는 종이컵으로 개밥을 푹 퍼서 녀석의 밥그릇에 넣어주었다. 더 줘도 안 먹을 거라던 녀석이 밥그릇에 코를 박고 허겁지겁 먹어댔다. 그러면 그렇지. 혜수는 저녁에도 텔레비전을 보다 말고 내려가 또 한 컵을 퍼주었다. 밥그릇 쪽으로 가던 녀석이 혜수의 다리에 몸을 비비며 애교를 떨었다. 녀석의 머리를 한번 쓰다듬어주려고 손을 뻗던 혜수는 갑자기 그 꼬락서니가 똑 요즈음의 자신 같아서 속이 언짢아 눈을 한번 흘겨주고 올라왔다.

얼마 전까지만 해도 화장을 곱게 하고 좋은 옷 입고 나서면 남들의 시선을 끄는 데 자신이 있었는데 최근 들어 그 자신이 조금씩 무너지고 있는 것이다. 아직 몸매도 짱짱하고 남들보다 주름살이 없는 편이라고 자부했었건만 어느 날 환한 불빛에서 거울을 보고 그만 가슴이 철렁 내려앉았다. 눈 밑이 올챙이배처럼 두둑해진데다 색깔까지 거무스름해졌고 입 양쪽 끝이 밑으로 처진 게 갈데없는 놀부 마누라였던 것이다. 게다가 어려서부터 깨끗한 피부가 자랑이었던 얼굴에 검버섯이 피기 시작한 걸 보고 기겁을 했다. 이런 식으로 가다가는 정말 칠십 대 노인밖에 차례가 안 오겠다 싶어 그 길로 나가서 비싼 화장품을 잔뜩 사 왔다. 경제적으로 여유가 있는 것이 그나마 다행이었다.

남편 보내놓고 혼자 죽도록 애를 써 이제는 백화점에 버젓한 주얼리 가게가 두 개나 된다. 이렇게 되기까지 그동안 쏟아놓은 한숨으로 커다란 먹구름 하나는 거뜬히 생겼을 것이다. 인건비가 아까워 혼자 가게를 지키다 보면 학교에서 돌아오는 아이들을 맞아주기는커녕 저녁도 자기들끼리 차려 먹어야 하는 날이 비일비재했다. 하루 종일 아이들을 떼어놓는 것이 마음 아파 토요일 날 가게에 데려다 놓으면 이건 차라리 전쟁이었다.

책과 군것질거리를 잔뜩 가져다 놓고 구석에 얌전히 앉아서 놀라고 하는 것은 한창 뛰어놀 나이의 사내아이들에게 애초부터 무리한 요구였다.

"얘, 벤지야. 앤디는 어디 갔니?"

"몰라."

"잘 보고 있으라 그랬잖아! 이 넓은 백화점 안에서 헤집고 다니다가 지난번처럼 사고 치면 어떡하니? 얼른 가서 찾아와."

한참 후에 입이 부어서 혼자 나타난 벤지는 그래도 걱정이 되는지 얼굴이 거의 울상이었다. 할 수 없어 옆 구둣가게 점원에게 잠시 가게를 보아달라 부탁하고 찾아 헤매다 포기하고 돌아오는 길에 언뜻 들여다본 책방 안에 앤디의 빨간 티셔츠가 퍼뜩 눈에 띄었다. 이제 겨우 여섯 살짜리가 책방에 들어가 있으리라고 생각되지 않아 여러 번 그 앞을 지나면서도 그냥 지나쳤던 것이다.

"앤디! 너 왜 여기 있어? 자, 가자."

"엄마, 이 사진을 보는데 왜 내 고추가 아픈 거야?"

가슴이 비어져 나오는 비키니 수영복을 입은 글래머가 요트 위에서 굽슬굽슬한 금발머리를 흩날리고 있는 표지의 잡지 판매대 앞에 엉거주춤 서서 앤디가 말하는 것이었다. 옆에 서서 책을 뒤적이던 신사가 힐끗 쳐다보며 씨익 웃었다. 혜수는 애를 덜렁 안고 서둘러 책방을 빠져나왔다.

그것뿐이 아니다. 손님에게 얻어맞을 뻔한 적도 있었다. 벤지가 학교에서 말썽을 부렸다는 선생님의 전화를 받느라 제때에 치우지 못한 금목걸이가 없어진 것이다. 방금 전에 목에 걸고 거울을 들여다보던 여자가 풀어서 내려놓는 것까지는 보았는데 전화 통화에 정신을 파는 사이 슬쩍 주머니에 넣은 것이 틀림없었다. 가슴이 후루룩 뛰었다. 혜수는 침을 한 번 꿀꺽 삼키고 그 여자에게 다가갔다.

“너 그 목걸이 살 거니?”

“무슨 목걸이?”

“네가 방금 주머니에 넣은 목걸이.”

주머니에 손을 넣어 꺼내고 싶지만 현장을 보지 못했기에 확신이 없어 여자의 주머니를 손가락으로 가리키며 단호한 어조로 말했다.

“나한테 손댈 생각하지 마!”

혜수보다 머리 하나는 더 크고 몸무게도 두 배는 될 것 같은 여자가 이빨을 드러내며 낮은 소리로 으르렁거렸다.

“경찰한테 연락하기 전에 빨리 내놔. 이 도둑아.”

“연락을 하든지 말든지 네 맘대로 해.”

적반하장도 유분수지 도둑질한 주제에 뭘 잘했다고 뻔뻔스럽게 얼굴을 들이대며 말을 하는 폼이 곧 사람을 칠 기세였다.

“좋아, 내가 지금 경찰에게 전화할 테니까 너 꼼짝 말고 거기 서 있어.”

“좋아하네. 흥.”

비웃음을 흘리며 유유히 입구 쪽으로 걸어 나가던 여자가 웬일로 마음을 바꿨는지 휙 돌아서더니 주머니에서 목걸이를 꺼내어 바닥으로 던졌다. 혜수는 목걸이를 집어 들며, “다시는 이곳에 올 생각하지 마. 이 도둑아!” 소리를 꽥 질렀는데 가슴이 벌렁거려서 눈앞이 안 보일 지경이었다. 가슴을 쓰다듬으며 주위를 둘러보니 복도 저쪽에 유니폼을 입은 경비원이 걸어오고 있는 모습이 보였다. 여자가 그것을 보고 목걸이를 포기한 모양이었다.

이런 꼴 저런 꼴 다 겪으며 애쓴 보람이 있어 지금은 두 가게에 매니저까지 두고 있지만 과연 잘 살아온 것인지는 아직도 잘 모르겠다. 아이들이 어느새 커버려 둥지를 떠났고 가끔 오면 한다는 소리가 엄마가 자기들에게 얼마나 소홀했었나 하는 불평뿐이다. 그 당시에는 그럴 수밖에 없었다고 스스로 변명을 해보지만 가끔 그렇게까지 미친 듯이 살 필요는 없지 않았나 하는 생각이 든다.

남들처럼 과외로 피아노나 바이올린을 시키지 못한 건 그렇다 치고 운동을 시키지 못한 것이 제일 마음에 걸렸다. 학교에서 하는 스포츠는 물론이고 동네 야구단에 집어넣으려도 거의 매주 토요일에 시합이 있는데 가게 때문에 일일이 데리고 다닐 수가 없어 포기할 수밖에 없었던 것이다.

그래도 가게 덕에 어려움 없이 공부할 수 있었고 다른 아이들보다 더 좋은 차도 타고 다닐 수 있었건만 고마운 줄 모르고 불평이나 하는 녀석들이 괘씸해 나도 이제부터 내 인생을 살리라 결심을 하고 나니 마음이 한결 편했다. 열심히 돈 벌어 자기들 밑으로 들이밀어 봤자 이담에 늙고 병들었을 때 같이 살아줄 것도 아닌데 차라리 돈 틀어쥐고 앉았다가 등 긁어주며 오순도순 살 남자를 찾는 것이 현명하다는 말이 명언이지 싶었다.

그렇게 마음을 먹자 아이들 없이 혼자 사는 것도 외롭지 않았다. 간섭하는 사람이 없으니 오히려 편하다는 생각이 들었다. 며칠씩 청소를 안 해도 집이 단정한 채로 그대로 있는 점은 더욱 마음에 들었다. 밥도 먹고 싶을 때 해 먹고, 아니면 나가서 사 먹고, 그것도 귀찮으면 과일이나 빵으로 적당히 끼니를 때우며 몇 년을 지

내다 보니 신선놀음이 따로 없었다.

명절이 되어 아이들이 오면 반가워서 열심히 반찬도 만들어주고 하지만 며칠이 지나면 갈 날이 기다려졌다. 그러다 녀석들이 떠나고 나면 편안한 한숨이 나오곤 했었는데 이번에 벤지 녀석이 와서 근 한 달이 되어오건만 영 갈 생각을 않으니 여러모로 불편하기 짝이 없었다. 한국 드라마 비디오를 빌려 보는 것조차 벤지에게 눈치가 보였다.

"엄마, 한국 드라마는 밥 먹고 술 마시는 것 빼고는 없는 것 같아. 여자고 남자고 맨날 취해서 업혀 다니니 저 정도면 알코올릭이지 뭐야. 그리고 저 사람들은 말을 왜 꼭 싸우는 것같이 하지?"

"너희들이 보는 미국 프로는 총질하고 같이 자는 것밖에 없잖니? 내가 보기엔 하나도 나을 게 없다."

그렇게 큰소리는 치지만 벤지가 나타나면 얼른 비디오를 끄게 되었다. 쌤에게서 전화가 오는 것도 은근히 신경이 쓰였다. 말로는 엄마도 이제 남자 친구 사귀세요 하면서 전화만 오면 흘끔흘끔 쳐다보는 통에 제대로 말을 할 수가 없는 것이다.

무엇보다도 곳곳에 개털 날리는 게 딱 질색이었다. 아침저녁으로 한 번씩 바깥에 내보냈다가 곧장 지하실로 들어가게 하는데도 온 집 안에 개털 없는 곳이 없을 지경이었다. 그놈의 개털과의 전쟁이 지겨워서 혜수는 서둘러 여행 떠날 계획을 세웠다.

공항에 나타난 쌤은 몸에 살이 없어 그런지 상상했던 것보다 더 작아 보였다. 옆에 가서 서니 전혀 올려다볼 필요가 없었다. 올려보기는커녕 내려다보지 않는 것만도 다행이었다. 생긴 것도 귀티라

고는 전혀 없이 영락없는 노동자의 모습이었다. 그동안 사진을 주
고받아서 잘생긴 얼굴이 아니라는 것은 알고 있었지만 이렇게까지
촌티가 흐를 줄은 몰랐다. 양미간에 세로로 굵은 주름이 두 개 잡
혀 있는 것을 보니 성깔도 만만치 않을 것 같았다. 체구에 비해 큼
지막한 손은 다친 흔적까지 있어 얼른 보기에도 험했다. 한마디로
실망스러웠다. 그는 혜수가 마음에 드는지 연신 싱글거리며 가방을
받아주었다.

"한국에는 몇 년 만에 나오는 거라 그랬죠? 많이 변해서 깜짝
놀랄 겁니다. 나도 지난해에 왔을 때 다른 나라인가 했으니까요."

"그러네요. 전에는 김포공항으로 왔었죠."

같이 주차장 쪽으로 가며 몇 마디 말을 주고받자 전화로 듣던
음성이 되살아나 조금씩 친밀감이 생기기는 했다. 그가 몰고 온 까
만 캐딜락은 내부가 자줏빛 가죽과 반짝이는 금장식으로 화려하기
그지없었다. 한국에서 이런 차를 타고 다니려면 돈은 좀 있다는 뜻
일 테니 노후 걱정은 없을 것 같았다. 그렇다면 일단 외모는 접어두
고 우선 그의 성품을 좀 알아봐야겠다는 생각이 들었다.

스피드 범프를 넘을 때 한 번 출렁하고는 소리 없이 미끄러지듯
굴러가던 차가 공항을 빠져나와 고속도로로 들어섰다. 바깥의 후
덥지근한 공기가 완전히 차단된 차 안은 물속에 들어앉은 것처럼
시원했다. 혜수가 타고 다니는 혼다에 비해 승차감도 뛰어났다. 라
디오에서는 기타 음악이 조용히 흘러나왔다. 혜수의 기분이 음악
에 맞추어 조금씩 상승했다.

"길이 제법 깨끗하네요. 여기에서도 캐딜락을 살 수 있나 보

죠?”

“미국에서 제가 타던 차를 갖고 온 겁니다. 아무래도 작은 차보다는 큰 게 좋으니까.”

그가 눈을 찡긋하며 씨익 웃었다. 그 바람에 작은 눈이 감기듯 달라붙었다. 그런대로 순진한 맛이 있어 괜찮았다.

“당신은 꼭 살찐 암탉 같구려.”

저녁 식사를 하기 위해 식당에 들어가 앉아 웨이트리스가 가져다준 메뉴를 집어 들며 그가 느닷없이 말을 던졌다. 한 번도 스스로 살이 쪘다고 생각해본 적이 없었던 혜수는 잘못 들었으려니 해서 눈을 동그랗게 뜨고 그를 바라보았다.

“앞으로 수영도 좀 하고 매일 아침 달리기도 해서 살을 좀 빼도록 하지.”

말하는 내용으로 봐서 전혀 잘못 들은 게 아니었다. 나름대로 칭찬이랍시고 하는 말 같지도 않았다. 너무 어이가 없어서 그런지 화도 나지 않았다. 지난 일주일 동안 거의 매일 만나며 이렇게 무례한 말을 한 적이 없는데 오늘은 만나는 순간부터 분위기가 다른 날과 달라 그렇지 않아도 조심스럽던 참이었다. 남자들 눈이 삐었지 어떻게 당신 같은 여자를 아직 그냥 두었는지 모르겠다, 결혼을 하면 어디에서 사는 게 좋겠냐, 가능한 한 빨리하도록 하자. 몸 달아 하던 어제까지와 달리 시선도 잘 마주치려 하지 않았던 것이다.

“무슨 기분 나쁜 일이라도 있어요?”

“기분 나쁜 일? 뭐 그런 건 아니고…… 어제 당신 데려다 주고 돌아가다 작은 사고가 났어. 신호대기에 서 있는 앞차를 들이받았는데, 어쩌다 그랬는지 이해가 안 가. 삼십 년 동안 사고 한 번 내지 않았던 내가 어쩌다 그런 실수를 했는지."

"어머, 어디 다치신 데는 없어요?"

"다행히 사람은 안 다쳤어. 앞차의 뒤 범퍼가 약간 우그러들었고, 내 차는 헤드라이트가 깨지고 후드가 좀 찌그러졌지. 여기서는 부속품 구하기도 쉽지 않은데…… 그런데 그것보다도 나랑 같이 사업하는 친구가 그 말을 듣더니 재미있는 말을 하더라구."

"무슨 재미있는 말이요?"

"내가 혜수 씨 데려다 주고 돌아가며 혜수 씨 생각하다 사고를 냈기 때문에 당신이 재수 없는 여자라는 거지."

"뭐라고요?"

자동차를 운전하고 다니다 보면 접촉사고쯤은 얼마든지 일어나게 마련인데 그나마 큰 사고 안 난 것을 다행으로 생각하는 게 아니라 재수 없는 여자라니? 너무나 전근대적인 사고방식에 어이가 없어 입이 다물어지지 않았다.

"혹시, 그 사람 아침마다 화투로 점괘 떼어보고 길을 나서는 사람 아니에요? 옛날에 우리 옆집에도 그런 사람이 살고 있었어요. 툭하면 점쟁이한테 가서 물어보고 그러더니 어느 날 목욕탕에서 심장마비로 죽더라고요. 그날은 점괘를 안 떼어봤는지 원."

"이 친구는 뭐 그럴 정도는 아니지만 조심해서 나쁠 거야 없지."

저녁 식사 내내 뚱하고 있는 꼴이 보기 싫어 머리가 아프다는 핑계로 일찍 헤어졌다. 다음 날은 친구와 함께 양평 별장으로 가기로 한 날이었다. 아침에 일어나서 생각해보니 생전 처음 차 사고 낸 사람의 기분을 너무 모른 척했던 것이 아니었나 슬그머니 미안한 생각이 들었다. 친구가 그 사람도 데리고 가자는 제의를 했다. 기분 전환 삼아 그것도 좋을 것 같았다. 전화로 미리 연락을 하고 사무실에 들르자 그의 친구라는 사람도 같이 갈 차비를 하고 기다리고 있었다. 재수 없는 여자랑 어떻게 한차에 탈 생각을 했느냐고 쏘아주고 싶은 것을 꾹 참고 운전석 옆자리에 올라탔다.

"이렇게 미인들과 한차를 타게 돼서 영광입니다. 저는 박이라고 합니다."

예전 한국 영화에서 건달들이 하던 말투 그대로였다. 혜수는 대꾸 없이 앞만 쳐다보았다. 대화는 주로 혜수의 친구와 박이라는 남자 사이에서 이루어지고 쌤과 혜수는 가끔 거드는 정도로 하며 이른 점심을 먹기 위해 식당으로 달렸다.

예전에는 광나루 백사장이었다고 기억되는 곳에 차를 주차시키고 계단을 몇 개 올라가자 아담한 정원을 갖춘 식당이 나왔다. 비치파라솔이 몇 개 펼쳐져 있는 정원에서 사람들이 강물을 바라보며 한가로이 차를 마시고 있었다. 피아노곡이 잔잔히 흐르는 식당 안으로 들어가 커다란 창유리를 통해 한강을 내려다보며 깔끔하게 차려진 연인정식을 먹고 나자 박 씨의 무례함도 용서할 마음이 생겼다.

식당에서 나온 후 혜수는 쌤과 함께 뒷좌석에 타고 운전석 옆에는 박 씨가 올랐다. 주중이어서 그런지 서울을 벗어나자 교통량이 많지 않아 차는 거침없이 달려 나갔다. 주위에 나무들도 보이기 시작하고 그 사이로 강이 희뜩희뜩 보였다.

"제 친구가 시인인 거 모르시죠? 그동안 시집도 여러 권 냈는데 지난주에는 시인협회에서 주는 상을 받았어요. 신문에 제법 크게 났었는데 못 보셨어요?"

혜수가 가방에서 친구의 시집을 꺼내 보여주며 자랑스레 말했다.

"아이구, 그렇습니까? 이거 대단하신 분을 몰라 봬서 죄송합니다."

쎔과 박 씨가 동시에 손을 내밀었다.

"저희도 한 권 받는 영광을 누릴 수 있을까요? 물론 사인까지 하셔서 말입니다."

아부성 발언이지만 친구 때문에 덩달아 우쭐해지는 기분이었다. 마침 차가 노란 신호등에 서기에 혜수는 발밑에 놓아둔 가방에서 책을 한 권 더 꺼내기 위해 고개를 숙였다. 그 순간 쾅 하는 소리가 나며 차가 흠칫 옆으로 흔들렸다.

어머머, 어어! 저 자식 저거!

저마다 외치는 소리를 들으며 고개를 들자 오른쪽 차선에 있던 트럭 한 대가 좌회전을 하고 있는 모습이 보였다. 차선 두 개가 좌회전을 할 수 있게 되어 있는 넓은 길인데, 옆 차선에서 달려오던 트럭이 급히 좌회전을 하느라 왼쪽에 있던 친구의 차를 툭 치고 그대로 가버린 것이다. 혜수는 얼른 그 차의 번호판을 읽었다. 경기로 시작하는 다섯 개의 숫자는 다 읽었는데 가운데 있는 작은 글씨가 아인지, 마인지, 라인지 아리송했다.

"얼른 따라가. 얼른! 저런 새끼는 그냥 두면 안 돼! 꼭 잡아야지."

쌤이 흥분한 나머지 반말로 외쳐댔다. 그러나 파란불이 되어 좌회전을 하고 보니 그 차는 이미 사라지고 보이지 않았다.

"어어, 이 새끼 어디 갔어? 그새 도망갔잖아. 꼭 잡았어야 되는데. 빨리 쭉 가봐요."

"벌써 사라져서 보이지도 않는데 따라간들 무슨 소용이 있겠어요."

친구의 당황스러운 목소리를 듣고 혜수는 손을 뻗어 친구의 어깨를 톡톡 두드렸다.

"얘, 내가 그 차 번호 봤으니까 걱정하지 마."

"아이구, 우리 혜수 씨가 제법이네. 자, 우선 차를 세워서 얼마나 부서졌나 봅시다. 느낌에 크게 다친 것 같지는 않은데."

차를 세우고 보니 쌤의 말대로 크게 부서지지는 않고 오른쪽 범퍼 밑의 바디가 조금 우그러져 들어가 있었다. 그들은 그 자리에 서서 경찰에 신고를 할 것인가 말 것인가를 의논했다.

"뭐 이 정도면 고치는 값도 얼마 안 들 테니까 그냥 양평으로 가죠."

"안 됩니다. 그런 놈들은 반드시 잡아서 혼을 내야 한다니까요."

"이거 봐. 신고를 하려면 경찰을 부르든지 경찰서로 가든지 해야 할 거 아냐. 그리고 또 증인이다 뭐다 해서 나중에 여길 몇 번씩 와야 한다구."

혜수는 그렇지 않아도 재수 없는 여자라는 소리를 들었는데 이런 일이 또 생기고 나니 은근히 켕겨서 입을 다물고 가만히 있었다. 오라 가라 하면 나중에 귀찮아질 거라는 박 씨의 말에 일행은 다시 차에 올라 양평 쪽으로 향했다. 친구가 일부러 농담도 하고 신나는 음악도 틀었지만 찜찜한 기분은 사라지지 않았다. 그때 앞에서 경찰차가 이쪽으로 오고 있는 모습이 보였다.

"경찰차다. 서요, 서!"

일행은 다시 흥분하기 시작했다. 한껏 높아진 목소리로 떠들어 대는 그들을 바라보던 경찰은 다친 사람이 없나 묻고는 마지못한 표정으로 우선 사고 현장으로 가자며 앞장을 서라고 했다. 불을 번 쩍이는 경찰차의 에스코트를 뒤에서 받으며 가자니 영화의 한 장 면 같아 웃음이 났다.

사고 현장이 제법 번잡한 사거리인지라 그들은 그 옆의 주유소 로 들어가 차를 세웠다. 차에서 내린 경찰관 둘은 여전히 시큰둥한 표정이었다. 열심히 상황 설명을 하는 친구와 혜수 옆에 가만히 서 있던 박 씨가 느닷없이 차로 가더니 시집을 꺼내 왔다.

"아, 실은 이분이 유명한 시인이신데 양평에 강연회가 있어 가시 던 길입니다. 엊그제 상을 받으셔서 주요 일간지에 일제히 크게 기 사가 났었는데 못 봤습니까?"

자기도 기사를 못 봤다면서 한 손에 책을 든 채 목소리를 깔고 점잖게 말을 하는 박 씨가 어이없어 혜수는 멍하니 바라봤다.

"강 선생님, 이분들에게 사인해서 책 한 권씩 드리시죠."

그런데 그 순간 재미있는 일이 벌어졌다. 시큰둥하고 느른한 표정 이던 경찰들의 얼굴에 화색이 돌며 눈이 반짝거리기 시작한 것이다.

"아이구, 그러십니까? 저도 한 권 주십시오. 제 집사람도 맨날 시 쓴다고 끙끙거리는데 이 책 갖다 주면 좋아할 겁니다. 자, 여기다

사인도 해주시구요."

혜수는 급히 차로 가서 가방에 든 책을 몽땅 꺼내 왔다. 처음에는 쑥스러워하던 친구도 즐거운 표정으로 사인을 해주었다. 책을 소중히 가슴에 안고 그들은 열심히 사고 현장을 살펴보았다.

"지금 컴퓨터로 조회해본 결과, 가운데 있는 글자를 못 보셨기 때문에 그 번호를 가진 차량이 두 대로 나오는군요. 이렇게 되면 서로 발뺌을 하는 경우 곤란해지는데…… 그 시간에 서울에 있었다면서 선생님들이 잘못 보신 거라고 우기면 사건이 복잡해지거든요. 어쨌든 일단은 조서를 꾸며야 하니까 경찰서로 가시죠."

앞장서는 경찰차를 따라 그들은 좌회전을 하기 위해 가운데 차선으로 들어가 멈추어 섰다. 앞에서 끊임없이 달려오는 차를 보며 초조하게 앉아 있던 혜수의 눈에 낯익은 차가 들어왔다.

"저 차다! 저 차! 저 차가 맞아요! 얘 얼른 따라가!"

소리소리 지르며 혜수는 창문을 열고 두 손을 휘저어댔다. 그 모습을 보았는지 앞에 서 있던 경찰차가 삐융-삐융 경적을 울려대며 좌회전을 했다. 그들도 급히 그 뒤를 따랐다. 마피아 소탕전에라도 나선 것처럼 경찰차가 불을 번쩍이며 달려들자 놀란 트럭이 길 옆의 허술한 정비소로 들어가 멈추어 섰다.

뺑소니라니, 무슨 얼토당토않은 얘기냐. 내가 그랬을 리 없다고 길길이 뛰는 운전기사에게 혜수 일행은 한마디도 할 필요가 없었다. 운전기사의 처벌은 원치 않고 차만 고쳐주면 된다는 이쪽의 의향을 아는 경찰이 완전히 이쪽 편을 들었기 때문이다.

"아니긴 뭐가 아닙니까? 트럭의 타이어 높이하고 이 차 우그러든

곳의 높이가 똑같은데. 오늘 점잖으신 선생님들을 만났으니까 이 정도지 아니면 조서 꾸며서 뺑소니로 떼어 들어간다구요."

양평으로 가기에는 이미 늦은 시간이라 그냥 돌아오면서도 극적으로 해결된 사건 때문에 일행의 기분은 쉽게 가라앉지 않았다.

"이번 사건은 혜수 씨 때문에 해결되었네요. 번호판을 읽은 것도 그렇고, 또 나중에 트럭을 본 것도 그렇고."

박 씨의 말을 들으며 혜수는 그래도 내가 재수 없는 여자냐? 한마디 하고 싶은 걸 꾹 참았다.

서울에 돌아와 정비소 안에 차를 들여 넣은 후 그들은 커피라도 한잔씩 마시고 헤어지자는 데에 의견의 일치를 보았다. 제법 경사진 길의 위쪽에 아이스크림 집 간판이 보였다. 혜수와 친구가 앞장서고 쌤과 박 씨가 뒤에서 천천히 올라갔다.

"그래, 저 남자 그동안 만나보니까 어떻든? 마음에 들어?"

친구가 뒤에 안 들리도록 머리를 가까이 대고 물었다.

"글쎄……."

그 순간, 지나가는 자동차 소리와 자전거의 찌르릉거리는 소리 가운데로 억눌린 듯한 말소리가 들려왔다.

"야, 그래도 애초에 사고가 안 난 것만은 못하지. 안 그러냐? 우리 사촌 누이도 그러더라. 사람 하나 잘못 만나서 신세 망친 사람 여럿 봤다고."

쌤의 목소리임에 틀림없었다. 혜수는 친구가 그의 말을 안 듣기바라 소리를 높였다.

"애, 내가 키 작은 사람 싫다 그랬잖아. 게다가 너무 촌스럽게 생겠어. 생각하는 것도 구닥다리고. 난 싫다."

단호하게 말을 하고 나니 공항에서 처음 그를 봤을 때의 모습이 떠올랐다. 도대체 누가 누구더러 재수 없다는 거야, 어이없게스리. 갑자기 태도가 변한 혜수의 팔을 잡으며 친구가 의아한 눈길로 바라봤다.

"그러면서 오늘 양평에는 왜 같이 갔어? 그래서 나는 네가 저 사람 마음에 들어 하는 줄 알았지."

"오늘은 불쌍해서 같이 가준 것뿐이야. 속 답답한데 얼른 들어가서 시원한 주스나 한잔 마시자."

혜수는 고개를 번쩍 들고 아이스크림 집으로 들어갔다. 가능하면 물에서 나온 벤지의 개처럼 어깨라도 한바탕 흔들어 다 털어내고 싶었다.

"자, 이제 곧 비행기가 이륙하겠습니다. 승객 여러분께서는 안전벨트를 착용하시고 의자의 등받이를 똑바로 하시기 바랍니다."

기내 방송을 들으며 혜수는 창밖을 내다보았다. 어느새 어두움이 내려앉고 있었다. 푸르스름한 회색이 점점 검푸른 회색으로 변해가는 가운데 활주로를 밝히는 오렌지색 불빛이 또렷하게 빛나기 시작했다. 어렸을 때 골목길에서 놀다 해가 지고 사방이 이렇게 어두워지기 시작하면 친구들은 하나씩 집으로 돌아갔다. 양키 물건 장사를 하는 엄마를 기다리며 혜수는 마지막까지 남아 있기 일쑤였다. 친구들이 다 집으로 돌아간 골목에 혼자 남으면 여름에도 종종 춥게 느껴졌다. 혜수는 두 팔로 가슴을 안으며 몸을 움츠렸다.

'이러다 정말 늙어 죽을 때까지 혼자 있게 되는 거 아닐까? 내가 정말 재수 없는 여자면 어떡하지?'

활주로 위를 천천히 굴러가던 비행기가 로드러너처럼 미친 듯이 달려가기 시작했다. 비행기 여행 중에서 그녀가 제일 좋아하는 순간이다. 비행기가 휘청 공중으로 떠올랐다. 마음도 부웅 같이 떠올랐다.

'재수 없다니? 말도 안 되는 소리. 지금이 어떤 세상인데.'

혜수는 머리를 세차게 흔들었다. 납작한 구두를 벗어던지고 다리를 의자 위로 끌어올려 책상다리를 하고 앉아 핸드백 속에서 작은 손거울과 립스틱을 꺼냈다.

'등 긁어 줄 남자 구하기에는 아직 이르구먼.'

혜수는 거울 속의 여인에게 미소를 보냈다.

콜로라도에서
생긴 일

　재희는 가게 유리문 앞에 서서 잠시 들고나는 차들을 바라보았다. 오대호 주변의 도시들이 다 그렇듯 이곳도 겨울이 끝나는가 싶으면 봄을 며칠 만에 건너뛰고 여름이 오기 때문에 날씨가 따뜻해지자 사람들이 기다렸다는 듯이 반바지 차림으로 걸어 다니고 있었다. 아침에 싫다는 아이에게 억지로 긴소매 옷을 입혀 학교로 보낸 게 마음에 걸렸다.

　"그동안 옷을 벗어던지고 싶어서 어떻게들 참았누?"

　혼잣소리로 중얼거리며 돌아 선 재희는 좁은 가게 안을 운동 삼아 왔다 갔다 걸어 다녔다. 사방 벽으로 선반마다 빼곡히 진열되어 있는 마네킹 머리들이 일제히 그녀를 쳐다보고 있었다.

　십 년 전, 이 가발가게에 처음으로 발을 들였을 때 섬뜩하던 기억이 났다. 수백 개의 얼굴이 모두 자신을 향하고 있어 공포 영화 속으로 걸어 들어가는 기분이었다. 엷은 미소를 띠고 있는 얼굴들이 다 같은 표정이었기 다행이지 다른 모습들이었다면 끔찍해서 가게 인수할 엄두를 못 냈을 것이다. 자동차 정비소에서 일하던 남편은 허리를 삐끗하자 핑곗거리를 찾던 차에 잘됐다 싶었는지 덜컥 사표를 던져버렸다. 멀쩡히 텔레비전을 보다가도 눈이 마주치면 허리에 손을 대며 상을 찡그리는 남편이 보기 싫어 옆집 지나 엄마를 따라 이 가게를 드나든 게 인연이 되어 몇 달 만에 가게를 인수하게 된 것이다.

이민 오기 전 단추 만드는 공장에 다니던 남편은 '때려치운다'는 말을 입에 달고 살았다. 남편에게 사장이나 부장은 말짱 도둑놈들이고 과장 이하 직원은 모두 쪼다들뿐이었다. 그런 남편에게 미국이 남들한테처럼 희망찬 기회의 나라일 수는 없었다. 정비소를 '때려치운' 후 그가 다녔던 직장이 십 년 사이에 스무 개가 넘는다는 사실은 아무도 믿지 못한다. 그는 기회를 잡기도 잘했지만 걷어차기도 잘했다.

재희는 문을 닫는 일요일을 제외하고 엿새 동안 꾸준히 가게를 지켰다. 아침 열 시부터 저녁 일곱 시까지 바쁘지도, 한가하지도 않은 가게에서 십 년의 세월을 보냈다. 그동안 매상이 크게 늘지도 않았지만 눈에 띄게 줄지도 않았다. 재희가 편안하게 대해준다며 꾸준히 단골로 찾아오는 사람들도 꽤 됐다. 남편은 자기가 월급 들여올 때는 그까짓 장사도 잘 안 되는 가게 왜 붙어 앉아서 궁상이냐고 큰소리치다가 직장을 쉴 때면 가끔 가게 봐준답시고 와서 두어 시간 지내다 돈을 가져갔다. 실상 남편이 직접 돈을 꺼내 가는 적은 없었다. 혼자 조용히 있기 좋아하는 재희가 남편을 내보내기 위해 먼저 돈을 내밀었다는 편이 더 옳은 표현일 것이다.

재희는 매상이 형편없이 떨어지지 않는 한, 손님 없이 한가할 때도 별로 신경 쓰지 않았다. 오히려 책을 마음 놓고 읽을 수 있어서 좋았다. 음악을 크게 틀어놓는 다른 가게와 달리 조용하기만 한 가발가게에서 혈기 왕성한 젊은 손님들은 그대로 나가버리기 일쑤였다. 그래서 이 년 전부터는 라디오 다이얼을 팝송 채널에 맞춰놓고 끈 채로 두었다가 손님이 들어오면 얼른 다시 켜곤 했다. 그러자 손님들이 눈에 띄게 편안해하는 것 같았다. 손님이 나가면 즉시 라디오를 껐다. 똑같이 반복되는 유행가를 하루에 몇 시간씩 계속 듣다 보면 머리가 돌아버릴 것 같아서였다.

재희는 가게 안을 서너 바퀴 돌고 난 후 뒷방으로 가서 커피를 끓였다. 조용한 가게 안에 치익치익 커피 떨어지는 소리가 들리며 커피 향이 기분 좋게 코를 자극했다. 누군가와 커피를 같이 마시고 싶다는 생각이 들었다. 하루 종일 가게에만 있는 그녀에게는 만나서 수다를 떨 친구도 없었다. 가끔 한국에 있는 친구와 통화를 할 때면 여자들끼리 나가서 점심 먹고 놀았다는 말이 제일 부러웠다. 점심은 고사하고 이른 아침에라도 아담한 식당에서 마음에 맞는 친구와 오믈렛과 토스트를 나누어 먹으며 잠깐이나마 시간을 보낼 수 있으면 얼마나 좋을까 하는 생각이 종종 든다.

커피를 큰 머그에 따라서 들고 나와 카운터 뒤에 앉아 책을 펴 드는데 문소리가 났다.

"안녕하십니까? 콜로라도에서 왔습니다."

회색 양복 속에 까만 티셔츠를 받쳐 입은 중년 남자가 커다란 가방을 끌며 가게 안으로 들어왔다. 재희는 문소리에 무의식적으로 라디오 스위치로 가던 손을 거두고 일어섰다. 시원스레 큰 눈가에 잡힌 잔주름 서너 개 때문인지 푸근해 보이는 인상이었다. 그는 미소를 지으며 양복 안주머니에서 명함을 꺼내 내밀었다.

'주식회사 리나 부사장 최규영.'

깔끔하게 인쇄된 명함을 들여다보며 재희가 물었다.

"웬일로 부사장님이 오셨어요? 다른 회사에서는 세일즈맨들이 오던데."

"네, 제가 육 개월 전에 리나 회사에 들어왔습니다. 전에는 다른 사업을 했었기 때문에 가발에 대해서 아는 게 없어요. 그래서 업무 파악차 직접 오게 된 겁니다."

"그러세요? 콜로라도라면 여기서 꽤 먼데, 차로 오셨을 리는 없고……."

"어젯밤에 클리블랜드까지 비행기로 와서 차를 빌렸습니다."

가발 회사가 대부분 한국 사람 소유라 그동안 세일즈맨들을 많이 만나보았지만 이 사람은 어딘지 다른 사람들과 분위기가 달랐다. 그는 가방을 열어 물건 보여줄 생각은 않고 선생님 앞에서 말씀을 기다리는 학부형처럼 두 손을 맞잡은 채 미소 띤 얼굴로 어색하게 서 있기만 했다. 재희가 먼저 입을 열었다.

"커피 한잔 하시겠어요?"

"네, 감사합니다."

재희가 뒷방으로 가서 새로 커피를 끓여 갖고 나올 때까지도 그는 그냥 그 자리에 서 있었다. 커피 잔을 건네주고 그녀는 카운터 뒤로 가서 라디오의 볼륨을 조금 낮춘 후 스위치를 올렸다. 영화 '타이태닉'의 주제곡을 부르는 셀린 디온의 애절하고 청아한 목소리가 흘러나왔다. 얼마 전에 본 영화의 장면들이 떠올랐다. 재희는 자기도 모르게 두 손을 앞으로 모은 채 잠시 그대로 서 있었다. 돌아서는 그녀에게 그가 표정으로 무슨 일이냐 물었다.

"아무것도 아니에요. 제가 좋아하는 곡이라서 그래요."

"음악을 좋아하시나 봅니다. 저도 영화 음악은 아주 좋아합니다."

"극장엘 자주 다니시나 보죠? 전 시간이 없어서 극장에 가본 게 언제였는지 기억도 안 나네요. 저 영화도 비디오테이프를 빌려다 봤어요."

"영화…… 보는 것도 좋아하지만 전에 건축 사업을 했었는데 영화 쪽하고 좀 관계가 있었거든요."

재희는 커피를 한 모금 마시며 그의 등 뒤에 있는 커다란 거울에 비친 자신의 모습으로 눈길을 주었다. 어깨까지 드리워진 파마 머리의 중년 여인이 거기 있었다. 보기 좋은 머리를 왜 돈 써가며 망가뜨리느냐던 남편의 말을 무시하고 손질하기 쉬우라고 파마를 한 게 후회됐다. 적어도 오 년은 더 나이가 들어 보이는 것 같았다. 오늘따라 점심으로 컵라면을 먹고 립스틱을 덧바르지 않은 것도 신경 쓰였다.

"사모님께서는 이 사업을 하신 지 오래되셨습니까?"

그가 가방 쪽으로 몸을 굽히며 물었다.

"사모님이라니까 목사님이나 교장 선생님 사모님 부르는 것 같아서 듣기가 좀 그러네요."

지퍼를 열다 말고 그녀를 올려다보며 씩 웃는 그의 귀밑머리가 희끗했다.

"그럼 어떻게 불러야 할까요?"

"글쎄요. 뭐…… 하긴 이 나이에 이름을 불러달라 그러기도 그렇고, 사업상 만나는 사람들에게 누구 엄마라고 불리는 것도 말이 안 되긴 하네요."

"아, 선배님이라고 부르면 어떨까요? 이 사업에서는 단연 저보다 선배님이시지 않습니까?"

그는 기가 막히게 좋은 아이디어라는 듯이 웃음을 터뜨렸다. 불꽃처럼 팍 터지는 큰 웃음소리에 전염되어 재희도 따라 웃었다.

그때 전화벨이 울렸다. 수화기를 들자마자 남편의 목소리가 귀를 파고들었다.

"지금 바빠?"

"아니요. 왜요?"

재희는 수화기를 든 채 벽 쪽으로 몸을 돌렸다.

"이 새끼들이 또 내 속을 뒤집네. 날 뭘로 보구. 내가 지들 밥인 줄 알아. 나 먼저 집에 들어가 있을 테니까 딴 데로 새지 말고 곧장 집으로 와."

곧이어 딸깍 전화가 끊겼다. 재희는 돌아서서 천천히 수화기를 내려놓고도 손을 떼지 못하고 한동안 그대로 붙잡고 있었다. 잠시 후 고개를 들자 그녀를 바라보고 있던 그가 얼른 시선을 옆으로 비꼈다. 둘 사이에 침묵이 흘렀다.

갑자기 문이 벌컥 열리며 젊은 흑인 여자 둘이 아이들을 데리고 우르르 몰려 들어왔다. 스물도 안 되어 보이는데 어느새 아이를 셋이나 낳았는지 아기를 옆 궁둥이에 올려 앉힌 여자는 꾀죄죄한 꼬마들에게 연신 욕을 하며 귀걸이 진열대 쪽으로 갔다. 옷차림과 머리 모양만 봐서는 남자아이인지 여자아이인지 분간이 안 되는 대여섯 살짜리 꼬마들은 곧장 커다란 삼면경 앞으로 가더니 온몸을 흔들며 춤을 추기 시작했다. 엄청나게 커다란 가슴과 엉덩이가 그대로 드러나도록 아래위로 짝 달라붙는 옷을 입은 여자는 키들키들 웃으며 이것저것 닥치는 대로 가발을 벗겨내어 쓰기 시작했다. 손바닥만 한 귀걸이를 주렁주렁 달고 머릿기름으로 떡칠을 한 여자는 약을 먹은 건지 괜히 실실 웃으며 재희 앞을 막아서서 쓸데없는 질문을 해대기 시작했다. 이렇게 한꺼번에 여럿이 들어와 건들거릴 때는 십중팔구 동기가 불순하다는 걸 경험을 통해 아는 재희는 신경을 바짝 곤두세웠다.

그녀는 귀걸이를 포기하는 쪽으로 마음을 정하고 가발 쪽으로 시선을 집중했다. 지키는 사람 열이 도둑 하나를 못 막는다고 도둑질을 하려고 작정하고 들어오는 걸 막는 건 쉬운 일이 아니다. 우선 너희들의 의도를 이쪽에서 안다는 사실을 확실히 주지시킬 필요가 있다. 재희는 독일 병정 같은 말투로 그들의 행동을 일일이 제지했다. 그들은 못 들은 척 뻔뻔스럽게 한참 동안 애를 먹이다 우르르 몰려 나갔다. 아니나 다를까 귀걸이 진열대의 한쪽이 메뚜기가 휩쓸고 간 들판처럼 텅 비어 있었다. 그동안 내내 구석에 비켜서 있던 그가 옆으로 왔다. 재희는 진열대의 비어 있는 쪽이 그에게 보이도록 돌려주며 허탈하게 웃었다.

"가발 안 없어진 게 다행이긴 하지만 이런 일 당하면 하루 종일 기분이 나빠요. 그런데 아이들 보는 데서 그런 짓을 하는 게 더 참을 수 없어요. 그 아이들이 뭘 배우겠어요?"

그는 비어 있는 진열대를 한참 쳐다보더니 말없이 돌아서서 가방 쪽으로 갔다. 가방 속에는 가발 상자가 차곡차곡 들어 있었다. 그는 가발은 그대로 두고 카탈로그를 꺼냈다.

"이번에 우리 회사에서 새로운 라인을 개발했습니다. 지금까지보다 좋은 파이버를 사용하고 또 특수 처리를 해서 훨씬 자연스럽게 만들었지요. 이 카탈로그를 보시면 아시겠지만 아주 잘 만들었어요."

리나 제품은 재희도 전에 팔아본 경험이 있는데 가격이 다른 회사 것보다 높은 반면 질은 좋은 것들이었다. 그녀는 산뜻하게 인쇄된 카탈로그를 죽 훑어보며 머릿속으로 현재 가게의 재정 상태를 점검했다. 건성으로 카탈로그를 뒤적거리는데 그가 헛기침을 했다.

"제가 회사 돌아가는 길로 샘플을 보내드리겠습니다. 스무 가지 스타일에 열 가지 색깔을 하나씩 골고루 보내드리지요."

재희는 머릿속으로 재빨리 계산을 했다. 하나당 이십오 불씩 쳐도 오천 불에 해당하는 돈이었다.

"아니, 그러지 마세요. 제가 지금 한꺼번에 그렇게 많이 주문할 형편이 못 돼요."

"선배님이 오해를 하신 모양인데 주문을 하시라는 게 아닙니다. 제가 그냥 샘플로 보내드리겠다는 거예요. 물건 값은 나중에 파시는 대로 주셔도 좋고 안 주셔도 상관없습니다. 회사에서 저한테 그런 정도의 재량권은 있거든요. 한쪽 벽에 진열을 해보세요. 틀림없이 매상이 오를 겁니다."

"전 그렇게는 못하겠어요. 도둑놈이 아닌 담에야 물건 값을 안 드릴 수는 없지요. 그러나 저러나 가격은 어떻게 됩니까?"

"물건 값은 안 주셔도 된다니까요."

"그런 건 제가 원치 않아요. 전에도 다른 회사에서 선심이나 쓰는 것처럼 잔뜩 보내놓고는 물건 값을 독촉하는 바람에 혼났는걸요. 그리고 물건 값을 알아야 저도 가격을 매길 것 아니겠어요?"

그는 할 수 없다는 듯이 한숨을 쉬더니 잠시 생각에 잠기는 듯하다가 입을 열었다.

"잘 아시다시피 저희 제품이 가격이 좀 높지 않습니까? 스타일에 따라 조금씩 달라서 이십오 불에서 사십 불 사이로 책정이 되어 있는데 선배님께는 무조건 이십 불씩에 드리기로 하겠습니다."

질 좋은 가발이 이십 불이면 가격은 높은 편이 아니다. 그 정도면 모험을 해볼 수도 있겠다는 생각이 들었다.

"그러면 이렇게 하죠. 스타일별로 열 개씩 보내실 게 아니라 다섯 개씩 보내시는 걸로요. 그러면 백 개가 되겠네요. 물건 값은 조금 천천히 드려도 될까요?"

"물론이죠. 육 개월이고, 일 년이고 형편 되시는 대로 조금씩 갚으십시오. 그리고 두고 보셨다가 정 안 팔리는 건 돌려보내셔도 됩니다."

그는 사업 이야기를 다 끝내고도 갈 생각을 않고 머뭇머뭇하다가 가방을 끌고 문 쪽으로 가며 물었다.

"선배님, 혹시 전에 학교 선생님 하지 않으셨습니까?"

"아닌데요. 왜요? 제가 선생님 같아요?"

"네, 제가 지난 몇 달 동안 여기저기 다니며 많은 가게를 둘러 봤는데 선배님은 다른 가게 주인들하고 분위기가 좀 다르시네요."

"글쎄요, 직장 생활이라곤 전에 출판사에서 아르바이트로 몇 년 일해본 경험밖에 없는데요."

실은 아르바이트가 아니라 야간 대학 등록금을 마련하기 위해 전적으로 그 일에 매달렸었다는 얘기까지 할 필요는 없다는 생각이 들었다.

"워낙 책을 좋아해서 지금도 여전히 책을 옆에 끼고 살아요."

문 쪽으로 향하는 그의 뒤를 따라가며 말을 하는데 그가 갑자기 멈춰 서는 바람에 그의 양복 뒤 어깨 부분에 앞이마가 살짝 닿았다. 그는 선 채로 고개를 들고 문 위쪽을 유심히 바라보았다.

"선배님, 혹시 망치하고 작은 못이 있으면 좀 갖다 주십시오."

출입문 위, 천장 바로 아래의 판자벽이 들떠서 남편더러 고쳐달라고 한 지가 벌써 언제인지 모르겠다. 재희가 괜찮다고 그냥 두라고 하는 말을 꺼내기도 전에 그는 양복 상의를 벗어 의자 위에 걸쳐두고는 언제 보았는지 구석에 있는 작은 사다리를 가져다 놓고 성큼성큼 올라갔다. 그는 휘파람을 불며 눈 깜짝할 사이에 말끔히 고쳐놓았다. 사다리를 내려오며 그가 말했다.

"건축 사업을 하면서도 집사람과 헤어지기 전까지 저도 집안일에 전혀 손을 대지 않았습니다. 값을 톡톡히 치르고 배운 셈이지요."

궁금하지만 노골적으로 물을 수는 없는 노릇이라 가만히 쳐다보기만 했다.

"바쁘다는 핑계로 늘 나가 다니니까 집사람이 견디기 힘들었던 것 같아요. 벌써 몇 년 전 일입니다."

뭐라 대꾸를 해야 좋을지 몰라 재희는 미소만 지은 채 손을 들어 작별 인사를 했다.

저녁에 집에 와보니 남편은 낚시 도구를 방 안 가득 펼쳐놓은 채 맥주를 마시고 있었다.

"김 형이 플로리다로 바다낚시 가는데 같이 가자 그러네."

"며칠이나 걸릴 건데요."

"한 일주일 푹 쉬다 오지 뭐."

재희는 부엌으로 들어가버렸다. 가지 말라고 해서 안 갈 사람도 아닌데 괜히 쓸데없는 말을 하며 힘을 빼고 싶지 않았다.

"걱정하지 마. 회사에서는 일주일 휴가로 처리하기로 했으니까."

등 뒤에 대고 소리치는 남편의 음성에 웃음기가 배어 있었다. 손재주가 뛰어나서 그런지 남편을 원하는 곳은 많았다. 상사와 싸우고 뛰쳐나온 곳에서 다시 와달라고 사정하는 적도 있었다. 그는 직장만 잘 옮기는 게 아니었다. 그동안 거친 직종도 한두 가지가 아니다. 자동차 정비공, 중국집 주방장, 일본 식당 스시맨, 목수, 거기다 한동안은 산삼을 캔다고 산속으로 들어가서 몇 달씩 헤맨 적도 있었다. 손가락만 한 산삼을 몇 뿌리 캐 오기는 했는데 동네 노인들에게 나누어 주고 정작 한약방에 들고 간 건 두 뿌리뿐이었다. 결혼하고 얼마 안 되어 재희는 자기가 정신병자와 사는 게 아닌가 생각한 적도 있었다. 요즈음 주위를 다 둘러봐도 집 장만 못 하고 아직 아파트에 사는 사람은 유학생들 빼고 자기네밖에 없는 것 같았다.

그날 밤 남편이 술을 몇 병째 비우는 걸 보고도 못 본 척했다. 남편이 몸에 손대지 말고 그냥 자주었으면 하는 바람 때문이었다.

남편이 플로리다에서 돌아오기로 한 날 낮에 가게로 전화가 왔다.

"이것 봐, 고기가 너무 잘 잡혀. 김 형이 이틀만 더 있자는데. 당신이 회사로 전화해서 사흘 후에 출근하겠다고 그래."

남편은 이쪽에서 뭐라 대꾸도 하기 전에 전화를 끊었다. 남편 직장에 뭐라고 말을 해야 하나……. 거짓말을 꾸며대기는 싫지만 그렇다고 사실대로 말을 할 수도 없는 노릇이었다. 신통치 않은 영어 실력으로 말을 만들려니 머리가 아팠다. 한참을 궁리하다 수첩을 꺼내 들고 수화기 쪽으로 손을 뻗는데 전화벨이 울렸다.

"안녕하세요? 선배님. 콜로라도의 최규영입니다."

그 소리를 듣는 순간 얼굴이 확 붉어졌다.

"어머, 웬일이세요?"

"웬일은요. 선배님께 안부 전화드리는 거죠. 점심 식사는 하셨어요?"

"그럼요. 벌써 세 신 걸요."

"그렇군요. 거기가 여기보다 두 시간이 빠르다는 걸 깜빡 잊었습니다. 그럼 커피도 드셨구요?"

그는 여전히 세일즈맨답지 않게 한가한 목소리로 가까운 친구에게 하듯 말했다.

"선배님은 덴버에 와보신 적이 있으십니까? 도시 전체가 바다 수면보다 일 마일이 높기 때문에 마일 하이 시티라고 불리죠. 그래서 아주 공기가 맑고 깨끗합니다. 처음에 오면 숨쉬기가 힘들다고 하는 사람도 있는데 곧 적응이 되지요. 록키산맥이 바로 코앞이라 경치도 아주 아름답습니다."

흰 구름이 둥실 뜬 높은 하늘과 멀리 검푸른 산이 내다보이는 유리창을 등지고 커다란 책상 앞에 앉아 있는 그의 모습이 그대로 보이는 것 같았다.

"전 미국에 십 년 이상 살았지만 가본 곳이 별로 없어요."

"그럼 시간 내서 한번 놀러 오십시오. 제가 잘 안내해드리겠습니다."

그는 덴버에서 볼만한 곳을 이곳저곳 얘기하다가 끝으로 한마디 덧붙였다.

"전에 말씀드렸던 물건은 어제 보냈으니 일주일 안으로 도착할 겁니다. 선배님 사업에 큰 도움이 되시길 바랍니다."

나흘 후에 물건이 왔다. 가발 백 개와 현재 가장 인기 있는 품목이라는 설명과 함께 부분가발 열 개가 들어 있었다. 합계 이천 불이라고 적힌 청구서가 상자 밑바닥에 반으로 접힌 채 놓여 있었다. 그 많은 가발을 다 진열할 수는 없고 재희는 눈에 제일 잘 띄는 거울 옆의 선반 다섯 개를 비우고 가발을 예쁘게 빗질해서 한 선반마다 여섯 개씩 얹었다.

한 달이 지나도록 그 선반에서는 두 개밖에 팔리지 않았다. 어느 날 불쑥 가게에 들른 남편이 대뜸 언성을 높였다.

"너 미쳤니? 손님 대부분이 흑인인데 비싼 백인 가발을 저렇게 좍 들여놓고 도대체 어쩌자는 거냐? 또 어느 놈이 와서 기가 막히게 잘 팔릴 거라고 꼬셨구만. 그대로 싸서 돌려보내."

재희는 한편으로 은근히 걱정이 되기는 하면서도 남편의 말에 화가 났다.

"덮어놓고 나만 나무랄 게 아니라 당신도 다른 집 남편처럼 가게에 신경 좀 쓰면 안 돼요?"

문 닫고 나가는 남편의 등 뒤에 대고 한마디 했다.

최 사장한테서는 언제나 수요일 오후가 되면 전화가 왔다.

"안녕하세요? 선배님, 점심 식사는 하셨습니까?"

그는 언제나 한결같은 목소리로 그렇게 대화를 시작했다. 수요일 아침이 되면 재희는 소풍 가는 아이처럼 마음이 들떴다. 그에게 들려주기 위해 머릿속으로 지난주에 일어났던 일들을 점검해보기도 하고, 일주일 동안 읽었던 책 중에서 감명 깊었던 대목은 밑줄을 그어 전화기 옆에 미리 갖다 놓기도 했다. 집으로 배달되는 주간지 속에 있는 유머란도 열심히 찾아서 읽어두었다가 몇 번씩이나 입속으로 연습을 했다.

그는 이야기를 진지하게 들어주었다. 별로 우습지 않은 대목에서도 웃음을 터뜨리고 대수롭지 않은 사건도 재미있게 들으며 감탄하곤 했다. 재희는 자기에게 숨겨진 말재주가 있다는 사실에 스스로 놀랐다. 그는 아이의 안부도 빠짐없이 물었다. 아이가 학교에서 운동회가 있다고 하면 무슨 운동을 어떻게 잘하는지 상세하게 물으며 관심을 기울였다. 첫날 남편이 무얼 하시느냐 물었을 때 잠시 망설이는 재희를 보았기 때문인지 남편에 대해서는 아무것도 묻지 않았다.

한번은 그와 통화하느라 손님이 들어온 걸 못 본 척했더니 그녀의 시선을 잡으려던 손님이 화가 난 얼굴로 그냥 나가버렸다. 그와 통화하는 중에 다른 곳에서 전화가 왔다는 신호가 온 걸 무시해버린 적도 많았다.

'선배님은 목소리가 고우셔서 성우 하셨더라면 잘하셨을 거예요.'라는 말을 들은 날은 집에 돌아와 싫다고 몸을 비트는 아이를 앉혀놓고 억지로 말을 걸어 녹음을 한 후 혼자 앉아 몇 번씩이나 들어보았다.

수요일에는 왠지 바지를 입고 싶지 않았다. 발등을 덮는 기다란 치마에 하늘하늘한 블라우스를 입고 보통 때 안 하던 목걸이와 귀걸이까지 색깔 맞추어 걸고 가게 안을 찰랑찰랑 걸어 다녔다. 옷차림이 달라지면 마음가짐도 달라진다는 걸 그때 깨달았다. 그날은 그녀가 일주일 중에서 제일 많이 웃는 날이었다. 수요일 오후에 오는 손님들은 화사하게 미소 짓는 그녀를 보고 예뻐졌다는 소리를 자주 했다. 화요일과 수요일 밤에는 아무리 피곤해도 남편이 잠에 떨어진 걸 확인한 다음에야 자러 들어갔다.

서른여덟 번째 맞는 생일날 아침, 재희는 일찍 돌아가신 어머니 생각에 울적해져서 커피 한 잔도 마시지 않고 그대로 가게로 갔다. 여태껏 한 번도 재희의 생일을 알은척해본 적 없는 남편은 어젯밤 너무 술이 취해 집에 못 들어간다는 말만 하고 어디라는 말도 없이 전화를 끊었다. 한두 번 겪는 일이 아니라 새삼 속상할 일도 아니련만 재희는 그날따라 자꾸만 마음이 밑으로 가라앉았다.

가게 문을 연 지 한 시간쯤 지났을 때, 백인 여자 둘이 점잖게 생긴 노부인과 함께 들어왔다. 조용조용 대화를 하는 내용으로 미루어보아 어머니의 가발을 골라주기 위해 딸들이 같이 온 것이었다. 그 모습을 바라보자니 눈물이 났다. 재희는 그들에게 이십 퍼센트나 디스카운트를 해주고 등 없는 사다리 의자에 앉아 바람에 흔들리는 유리문 밖의 나무들을 망연히 바라보았다.

딸랑딸랑 문 열리는 소리가 나며 우체부 아저씨가 들어왔다. 평소에는 '땡큐'를 크게 외치던 재희였지만 그냥 미소만 띤 채 건네주는 우편물을 받았다. 카탈로그와 광고지들 사이로 네모난 봉투가 눈에 띄었다. 발신인은 그냥 콜로라도라고만 적혀 있었다. 재희는 가위를 들고 내용물이 다치지 않도록 조심스럽게 위를 잘랐다. 안에서 나온 것은 속눈썹이 유난히 긴 캥거루가 눈을 반쯤 감은 채 편안한 자세로 비스듬히 누워 있는 그림의 카드였다. 얼른 펼쳐서 속의 글을 읽었다.

"선배님, 생일을 축하드립니다. 오늘은 카드의 캥거루처럼 편안한 자세로 하루를 즐기세요."

재희는 카드를 가슴에 꼭 끌어안고 눈을 감았다.

로스앤젤레스에 사는 시어머니에게서 한번 왔다 가라는 연락이 왔다. 일곱 살짜리 아들을 버려두고 다른 남자와 재혼해서 미국으로 가버린 시어머니를 남편은 아직도 용서 못 하고 있다. 미국에 오는 서류를 꾸미기 위해 십여 년 전부터 왕래는 시작했지만 여전히 서먹한 사이가 계속되고 있다. 그런 그가 갈 리 없다 생각하고 있었는데 선선히 가겠다고 대답하는 걸 보며 재희는 가슴이 철렁 내려앉았다. 한동안 참하게 일을 잘 다닌다 싶더니 또 병이 도진 모양이었다. 못 들은 척했다. 며칠 동안 눈치를 보던 남편이 저녁 설거지를 끝내고 식탁 의자에 앉는 재희 앞에 맥주잔을 놓으며 마주앉았다.

"당신도 와서 한잔 하지."

재희는 아무 대꾸도 안 하고 남편의 얼굴만 바라보았다.

"나 아무래도 거기 더 못 다니겠어. 우리 로스앤젤레스로 이사갈까? 거기가 여기보다 낫지 않겠어? 내가 이번에 가서 잘 살펴보고 올게. 직장에는 한 달만 더 다니고 그만두겠다고 말해놨어."

재희는 앞에 놓인 잔을 치우고 손을 뻗어 남편 손 옆의 맥주병을 들고 병째로 벌컥벌컥 들이켰다.

최 사장은 등산 갔던 이야기를 상세하게 들려주었다. 곱게 물든 단풍 사이로 서너 시간을 걸어 산에 오르니 여름 동안 녹지 않아 회색빛이 된 눈 위로 새 눈이 하얗게 덮였더라는 얘기를 들으며 재희는 어려서 보았던 영화의 한 장면을 떠올렸다.

"가을 산이 참 아름답습니다. 한번 오세요."

그의 말이 그날따라 가슴에 와 닿았다. 전화를 끊고 콜로라도에 갔다 오면 안 될까 하는 생각을 잠깐 했다. 그러나 스스로 생각해도 그것은 너무나 황당무계한 꿈인 것 같아 픽 웃으며 머릿속에서 지워버렸다. 그런데 하루 종일 그 생각이 한쪽 구석에 도사리고 있다가 시도 때도 없이 불쑥불쑥 머리를 내밀기 시작했다.

학창 시절처럼 등산화를 든든하게 신고 산길을 걸어도 보고 콜로라도의 달을 보며 노래도 불러보고 싶었다. 오랜만에 비행기를 타고 싶기도 했다. 그러다 보니 좁은 가게 안에 있는 자신이 우리 안에 갇힌 짐승 같아 더 답답했다. 로스앤젤레스에 가 있는 남편이 못 견디게 미웠다. 왜 그 인간은 툭하면 나가 다니는데 나는 바보같이 여기 처박혀 이러고 있나 생각하니 억울하기 짝이 없었다. 최 사장과 남편도 비교가 됐다. 그는 적어도 자기 부인을 이렇게 취급하지는 않았을 것 같다. 보나 마나 사업상 바쁜 남편을 이해 못 하던 부인이 복에 겨워 이혼하자고 나섰을 것임에 틀림없을 것이다. 최 사장하고는 얘기도 훨씬 잘 통해서 요즈음에는 남편하고 하는 대화보다 그와 하는 대화가 훨씬 많았다.

재희는 수첩을 꺼내 들고 날짜를 따져보았다. 사흘만 갔다 오면 사업상으로 큰 지장은 없을 것 같았다. 마침 콜럼버스에 사는 사촌 동생이 아이를 낳았으니 사나흘 돌봐주러 간다고 하면 남편도 별말이 없을 테고, 문제는 아홉 살짜리 딸아이인데 옆집 지나 엄마한테 부탁하면 며칠 데려다 돌보아줄 것 같았다. 재희는 은행털이 하러 가는 도둑처럼 가슴이 두근거리기 시작했다. 일단 거기 도착하면 그가 알아서 데리고 다닐 테니 비행기 값과 이틀 치 호텔비를 제외하고는 특별히 비용이 더 들지 않을 것이다. 호텔비가 아깝기는 하지만 그렇다고 그의 집에서 잘 수는 없는 노릇 아닌가. 식사비를 내겠다고 제의해봤자 그가 들을 리 없고 자동차 기름 값을 받을 리도 없으니 차라리 자그마한 선물이라도 준비하는 게 좋겠다는 생각이 들었다. 여태껏 살아오는 동안 자기를 그렇게 지극하게 대해준 사람이 있었던가. 어머니가 일찍 돌아가신 후 아버지는 집에 들어오는 날이 거의 없었다. 그녀는 형제도 없이 할머니 손에서 외롭게 자랐다. 내일로 미루면 용기가 사라져버릴 것 같아 그 자리에서 여행사로 전화를 걸었다. 여행사 직원은 친절하게 두 주일 후 토요일로 날짜를 잡아주었다.

비행기 표를 사고 나니 이제는 수요일이 오는 게 두려웠다. 정작 콜로라도로 간다는 말을 듣고 혹시 그가 떨떠름해할까 봐 겁이 났다. 그 수요일에는 전화가 오지 않았다.

그렇다고 여행 준비를 안 할 수도 없어서 일주일 내내 틈틈이 쇼핑을 다녔다. 정작 짐을 싸려고 하니 입고 갈 만한 변변한 옷가지 하나 없었다. 그동안 이렇게 살아왔구나 생각이 들자 다시금 남편한테 화가 치밀었다. 닷새째 되는 날인가 구두를 높고 낮은 굽으로 한 켤레씩 사 들고 나오는데 속옷 가게가 눈에 띄었다. 쇼윈도 안을 들여다보았다. 가슴을 거의 드러낸 채 손바닥만 한 팬티로 엉덩이를 살짝 가리고 몸을 앞으로 기울인 모델의 사진을 배경으로 잠자리 날개같이 하늘하늘한 오렌지색 잠옷이 걸려 있었다. 가게 안에는 색색가지 용기에 담긴 향내 나는 비누며 바디로션이 가득 진열되어 있었다. 안으로 들어가 샘플용 바디로션을 이것저것 찍어 발라보고는 라벤더 향으로 골라 사 들고 나오는데 자꾸만 오렌지색 잠옷 쪽으로 눈이 갔다. 그녀는 픽 웃으며 얼른 그 자리를 떴다.

재희는 다음 수요일까지 불안과 흥분 속에 정신없는 나날을 보냈다. 급한 일이 생겨 지난주에 전화를 못 드려 죄송하다고 말문을 연 최 사장은 재희가 콜로라도를 방문할 예정이라고 하자 잠시 멈칫하는 듯하더니 곧 말을 이었다.

"잘 생각하셨습니다. 오셔서 저희 회사도 구경하시고……."

말을 맺지 못하고 머뭇거리는 태도에 신경이 쓰여 가만히 있자
니 그가 말을 이었다.

"저어, 실은…… 두 주 전부터 아내가 집에 와 있습니다."

처음에는 그게 무슨 말인지 얼른 감이 잡히지 않았지만 곧 정신
이 번쩍 들었다.

"……잘됐네요. 축하드려요."

"글쎄, 그게……."

"그렇지 않아도 어떤 분인지 궁금했었는데 이번에 가면 뵐 수
있겠네요."

자기도 모르게 말끝이 떨려 나왔다. 재희는 입술을 깨물었다. 마
침 틴에이저 사내 녀석들이 우르르 몰려 들어왔다. 보통 때는 이런
녀석들이 들어오는 게 제일 질색인데 오늘은 반가웠다.

"저, 지금 손님들이 들어와서 전화를 끊어야겠네요."

재희는 인사말도 생략한 채 전화를 끊었다. 가슴은 서늘하게 식
어가는데 얼굴이 술 취한 사람처럼 화끈거렸다. 갑자기 발가벗겨
져서 한길에 내쳐진 기분이었다. 사내 녀석들이 건들거리며 가발이
며 귀걸이들을 툭툭 건드리는데도 거기에 신경을 쓸 여유가 없었
다. 비행기 도착 시간까지 다 알려준 마당에 이제 와서 안 간다 그
럴 수도 없고 이 노릇을 어째야 좋을지 난감했다. 넋을 잃고 서 있
는 그녀를 힐끔힐끔 보던 녀석들이 우르르 몰려 나갔다.

재희가 정신을 수습하는 데는 꼬박 이틀이 걸렸다. 혼자 바람난
여편네마냥 가슴을 설렜었구나 하는 생각에 부끄러워 그동안 그와
나누었던 대화들을 하나하나 되짚어보기도 하고 잠옷을 사지 않은

게 너무 다행스러워 가슴을 쓸어내리기도 하며 시간을 보냈다.

다음 날, 이번 여행을 통해 사업에 혁신을 가해보아야겠다는 쪽으로 생각을 굳히자 조금씩 마음이 가라앉았다. 리나 회사뿐 아니라 그 일대의 다른 소매상들을 둘러보면 좋은 아이디어를 얻을 수도 있겠다는 생각이 들었을 즈음에는 기분이 한결 나아졌다.

비행기가 급히 하강을 하다가 쿵 하고 활주로에 닿는 순간 재희는 숨을 훅 들이마셨다. 관성으로 비행기가 계속 달려가다 속도를 줄이고 게이트를 향해 서서히 굴러가는 동안 가슴이 뛰고 손바닥이 땀으로 축축해졌다. 드디어 왔구나 하는 생각에 현기증이 나며 눈앞이 하얘졌다. 비행기가 완전히 멎자 안전벨트 사인이 꺼지며 스피커에서 즐거운 여행이 되기 바란다는 멘트가 흘러나왔다. 철컥 철컥 안전벨트를 풀며 주위에서 사람들이 일어나 짐을 챙겨 들고 밖으로 나가기 시작했다. 재희는 일부러 뒤로 처졌다. 앞으로의 사흘이 지옥 같을 수도 있겠다는 생각이 들었다. 그녀는 떨리는 손으로 가방을 움켜쥐고 출구를 행해 나아갔다. 가방을 끌고 주름진 통로를 천천히 걸어 나가는데 앞사람들의 어깨 사이로 저 앞에 그의 얼굴이 보였다. 재희는 긴장으로 뻣뻣하게 경직되는 얼굴을 억지로 풀고 웃음을 띠며 그의 앞에 가서 섰다.

"어서 오십시오, 선배님. 반갑습니다. 비행기 여행이 지루하셨지요?"

그가 반갑게 재희의 손을 잡고 흔들며 옆으로 몸을 돌렸다.

"여보, 인사드려요. 내가 얘기했던 분이셔."

그 옆에 머리를 짧게 커트하고 동그란 안경을 쓴 여인이 휠체어
에 앉아 있었다. 그와 재희를 번갈아 쳐다보던 여인이 엷은 미소를
띤 채 깡마른 손을 내밀었다. 안색이 창백했다. 재희는 얼결에 여인
의 손을 잡으며 최 사장 쪽으로 눈을 주었다.

"집사람입니다."

그가 여인의 한쪽 어깨에서 흘러내리려는 숄을 바로 잡아준 후
휠체어의 뒤로 돌아가 천천히 밀기 시작했다. 무어라고 말을 해야
좋을지 몰라 재희는 마른침만 삼킨 채 주춤주춤 그와 나란히 걸
었다.

"작년에 교통사고를 당했어요. 죽는 줄 알았는데 이젠 많이 나
은 거예요. 이렇게 밖으로 나오니 살 것 같네요."

여인이 돌아보며 작은 목소리로 말을 하고는 힘이 드는지 천천
히 고개를 돌려 앞으로 향했다.

"그만하신 게 다행이에요. 얼른 회복되셔서 털고 일어나셔야죠."

말을 하며 재희는 옆의 최 사장을 바라보았다. 아내의 눈에 띄
지 않게 고개를 좌우로 가만가만 흔드는 그의 눈빛이 어둡게 가라
앉아 있었다.

그들은 말없이 한참을 걸었다. 터미널 안은 가방을 들고 활기 있
게 왔다 갔다 하는 사람들로 분주했다. 잠시 후 여인이 고개를 돌
려 재희를 보며 가방 달라는 손짓을 했다. 재희는 들고 있던 작은
손가방을 그녀의 무릎 위에 올려놓았다.

그는 여인을 바깥이 잘 내다보이는 유리창 앞에 데려다 놓고 재
희와 함께 짐을 찾으러 아래층으로 내려갔다.

"선배님께 진작 말씀 못 드려 죄송합니다. 저도 몰랐었는데 얼마 전에 소식을 들었어요. 소식 듣자마자 곧 찾아갔죠. 돌보아줄 가족이 없어서 재활원에 있더군요."

짐들이 빙빙 돌며 주인이 찾아와주기를 기다리는 컨베이어 벨트 앞에서 재희의 가방을 들어 내리며 그가 말했다. 가방을 끌고 다시 위층으로 올라가 여인과 함께 바깥으로 나가는 동안 재희의 머리가 차츰 맑아졌다. 눈이 시리도록 파랗고 높은 하늘을 보자 가라앉았던 몸이 가벼워지는 것 같았다. 재희는 휠체어를 밀고 있는 그의 손에 자신의 손을 얹었다. 그가 그녀에게로 고개를 돌렸다. 어딘지 슬퍼 보이기는 했지만 눈길이 담담했다. 재희는 눈앞에 펼쳐진 웅장한 록키산맥을 바라보며 숨을 깊이 들이마셨다.

노인과
소년

정식 씨는 채 더운 물이 나오기도 전에 그릇들을 씻기 시작했다. 보통 때 같으면 몇 개 안 되는 접시를 그냥 개수대에 넣어놓으련만 오늘만큼은 그럴 수 없었다. 좀 전에 마누라가 세탁소로 나가며 부엌을 어지르지 말라고 신신당부하기도 했지만 비록 집에 오는 손님이 어린애라 할지라도 첫인상을 나쁘게 주고 싶지 않았다.

정식 씨가 아침 일찍 세탁소로 나가 드라이 기계를 작동시키고 물빨래 기계를 한차례 돌린 다음 집에 왔을 때만 해도 공항에 나갈 때까지 제법 시간이 있는 줄 알았다. 김치찌개에 밥을 말아 먹고 신문 뭉치에서 스포츠 섹션을 빼내어 화장실에 가서 끝까지 꼼꼼히 읽고 났을 때까지도 마음에 여유가 있었다.

커피가 다 내려지기를 기다리며 부엌 창밖 새 모이통에 거꾸로 매달려 새 모이를 훔쳐 먹는 다람쥐를 보다 문득 화장실 정리를 안 했다는 생각이 든 것이 문제였다. 화장실 바닥에 널려 있는 신문지들을 치우고 보니 세면대와 거울의 얼룩이 눈에 들어왔다. 부엌으로 페이퍼 타월 가지러 간 김에 커피를 한잔 따라 와서 마시며 거울을 대충 닦았는데 어느새 시간이 훌쩍 가버린 것이었다.

비행기 도착 시간이 세 시 반이라 해도 짐 찾고 어쩌고 하다 보면 삼십 분 정도 여유가 있는 게 보통이지만 혹시라도 비행기가 일찍 도착했을 경우 마중 나온 사람이 없으면 열네 살짜리가 얼마나 놀랄까 싶으니 갑자기 마음이 급해졌다.

오늘 집에 오는 손님은 큰누님의 손자 성호다. 정식 씨보다 열여섯 살이나 위인 누님은 막내 동생인 정식 씨를 키우다시피 했다. 지난 여름, 한국에 나갔을 때 성호를 유학 보낼 거라는 말을 듣고 정식 씨는 말리고 싶었다. 이제 겨우 중학교 이 학년짜리를 부모에게서 뚝 떼어내어 멀고 먼 남의 나라에 보낸다니 애처롭지도 않은가. 자신은 성인이 되어 미국에 갔는데도 한동안 외롭고 서러웠던 기억이 아직도 이렇게 생생한데.

그의 표정을 보고 무슨 말을 하고 싶은지 알아챈 큰누님은 변명을 늘어놓기 시작했다.

"우리가 억지로 보내는 거 아니야. 성호가 가고 싶대. 애가 초등학교 다닐 때까지만 해도 성적이 제법 괜찮았는데 웬일인지 중학교에 들어가서부터 통 공부를 안 하는 거야. 저러다 서울에 있는 대학에 원서라도 내보겠나 걱정이더라니까. 자기가 생각해도 안 되겠던지 유학 가겠다니 그나마 다행이지 뭐."

"암만 그래도 그렇지, 아직 너무 어린 거 아니에요? 여기서 대학에 못 들어가면 그때 보내도 되지 않습니까."

"아니야, 요즈음은 다들 일찌감치 내보내던걸. 영어 공부도 일찍 시작할수록 좋다잖아. 쟤네 반에서도 벌써 나간 애들이 많대."

한국에서 공부 안 하던 녀석이 유학 간다고 개과천선해서 공부를 잘할 리가 있나 잘못된 길로 빠지기 십상이지, 소리가 목구멍까지 나왔지만 이미 학교까지 다 결정해서 9월부터 다닐 거라는데 말해봤자 아무 소용없겠다 싶어 그만 꿀꺽 삼키고 말았다.

그때 마침 친구 만나러 나갔던 성호가 들어왔다. 몇 년 전에 봤을 때만 해도 어린애이던 녀석이 어느새 부쩍 자라 체격이 제법 늠름했다. 또래에 비해 키도 큰 편이고 눈도 부리부리했다. 성큼성큼 걸어오는 모습이 중학생이라기보다 재수생쯤 되어 보였다. 빛바랜 블루진 바지와 뉴욕 양키스 팀 로고가 박힌 티셔츠 차림이 보기 좋았다. 정식 씨가 학교 다닐 때는 집 안에 있을 때를 제외하고는 언제나 교복 차림이었다. 외출할 때 사복이 허용되지 않기도 했지만 허용이 된다 쳐도 마땅히 입을 옷이 없던 시절이었다.

"쟤를 유학 보내기로 결정하고 난 후로 걱정이 많아. 너무 어린게 아닌가 싶어서 말이야. 그래도 자네가 거기 살기 때문에 훨씬 마음이 놓여. 비록 가까이 살지는 않아도 같은 나라에 있다는 것만으로도 든든하거든. 겨울 방학이나 여름 방학에는 한국에 나오겠지만 추수감사절 같은 때는 자네네 집으로 보낼게. 그래도 괜찮지?"

옆에 와서 앉는 손자를 사랑스런 눈길로 바라보던 누님이 미안하다는 표정으로 말했다.

"물론이죠. 그렇지 않아도 애들 다 떠나고 우리 둘이만 살아 적적하던 참이었는데 잘됐네요."

그때부터 정식 씨는 시카고에서 대학원 다니는 딸들보다 성호 걱정을 더 많이 했다. 사립학교에 다니는 미국 애들은 다 부잣집 자식들이라 제멋대로라는데 그 틈에서 배겨 내기가 쉬울까, 혹시 그 아이들 등쌀에 마약이라도 배우면 어떡하나, 영어를 못할 게 뻔하니 수업시간에 얼마나 답답할까, 어린 게 한국 음식은 또 얼마나 먹고 싶을까…….

잠이 안 오는 밤이면 애를 데려다 이 동네에 있는 사립학교에 넣고 돌봐주면 어떨까 하는 궁리도 했다. 둘째마저 대학 기숙사로 떠나자 섭섭해하던 마누라가 얼마 못 가 새벽밥 하지 않아 너무 좋다고 했었으니 이제부터 다시 조카 손자 뒷바라지하라라면 싫어할 건 뻔했다. 그러나 애가 잘못된 길로 빠지기라도 하면 큰일 아니냐고 설득하면 군소리 없이 따르지 싶었다.

그렇게 해서 유학 생활을 시작한 지 3개월 남짓 된 성호가 추수 감사절 휴가를 보내기 위해 오늘 오는 것이다. 오랜만에 집 안에 활기가 돌 생각을 하니 마음이 설레었다. 정식 씨는 차 안에서 들을 만한 노래 CD가 없을라나 고르다 눈에 띄는 패티 김의 노래를 집어 들고 차에 올랐다. 공항에서 집까지 오는 한 시간 동안 학교생활에 대해 물어보고 싶은데 어떤 식으로 대화를 이끌어야 아이가 마음을 열고 솔직하게 얘기할지 걱정이 됐다. 그렇지 않아도 말주변이 없는 터라 막막하기만 했다.

노래를 들으며 공항으로 가는 동안 누님이랑 같이 살던 어렸을 때의 기억들이 불쑥불쑥 떠올랐다. 6·25 전쟁을 당하기 전까지만 해도 공무원인 아버지 덕에 정식 씨네는 비교적 윤택하게 살았다. 그러나 빨갱이들에게 납치될까 두려워 마루 밑에 숨어 지내던 아버지가 어느 날 밤 몰래 빠져나간 후, 그들은 반동분자의 가족으로 찍혀 배급을 탈 수 없었다. 마침 창경원 근처에 살고 있던 터라 어머니가 매일 도토리를 주어다 묵을 쑤어주어 그나마 배를 곯지는 않았다. 그때 하루도 빼지 않고 먹었던 음식에 질려 정식 씨는 아직까지도 도토리묵을 입에 대지 않는다. 겨울에 접어들며 중공군에 대한 흉흉한 소식들이 들려오기 시작했다. 아버지가 돌아오기를 기다리던 그들도 더는 버틸 수가 없어 눈이 펄펄 날리는 날 이불보따리만 챙겨 들고 서울을 떠났다. 대구에 정착한 후로는 하루에 한 끼니 때우기도 힘들 때가 많았다. 쌀이 한 톨도 안 들어간 보리밥이라도 먹을 수 있는 날은 호강하는 날이었다. 새 먹이인 줄로만 알았던 조밥은 다음날 그대로 변으로 나왔다.

아버지와는 여전히 연락이 되지 않았다. 어머니는 아버지가 입던 양복을 내다 파는 것을 시작으로 생활전선에 나서지 않을 수 없었다. 살림은 자연히 큰누나가 도맡아 하게 되었다. 작은누나는 정식 씨보다 두 살 위였고 그 위로 둘이나 있던 형들은 어려서 폐렴을 앓다 하늘나라로 갔다. 남존여비 사상이 강했던 어머니는 하나 남은 아들을 끔찍이 위했지만 누나들보다 먹을 것을 더 주거나 하지는 않았다. 그래서 늘 배가 고팠다.

그렇다고 해서 그 시절이 우울하거나 어둡기만 했던 건 아니다. 큰누나가 김치 썰어 넣고 참기름 한 방울 떨어뜨려 비벼준 보리밥을 친구들과 맛있게 나누어 먹은 기억은 마루에 비치는 햇살과 함께 머릿속에 환하게 각인되어 있다.

커다란 가방을 양손에 들고 나오는 성호는 그 사이에 더 자랐는지 다리가 길쑴하고 운동화도 큼지막했다. 눈이 마주치자 씨익 웃는 입 모양에서 언뜻 큰누나의 모습이 비쳤다.

"피곤하지?"

"별로 멀지도 않은데 왜 피곤해요."

왜 피곤하냐니. 대답도 아니고 질문도 아닌 말에 잠시 당황한 정식 씨는 더 말을 못 하고 성호의 가방 쪽으로 손을 뻗었다. 사양하는 기색 없이 기다렸다는 듯 냉큼 건네주는 가방을 받아 들고 주차장으로 걸어 들어가는데 차를 어디다 주차했는지 도무지 생각이 나지 않았다. 무거운 가방을 들고 이리저리 다니다 보니 진땀이 나기 시작했다. 오늘따라 공항 주차장이 더 어두울 리는 없는데 온통 짙은 색 차들만 주차되어 있는 것같이 어두컴컴했다. 빌어먹을 가방은 점점 더 무거워졌다.

"키패드 없어요? 그거 누르면 소리가 나서 찾기 쉬운데."

그걸 누가 모르냐 인마, 벌써 수십 번도 더 눌렀다, 라고 말하고 싶은 걸 참느라 정식 씨는 입을 꽉 다물었다.

"공부하기 힘들지?"

"아뇨."

대답이 금방 나왔다.

"처음 유학 오면 대학생들도 영어 때문에 어려워하던데 너는 괜찮으냐?"

“저 영어 잘해요.”

“그래? 어디서 영어를 배웠는데?”

“작년 여름에 캐나다에 와서 미국 사람 집에서 한 달 살았어요.”

“외국 사람 집에서 한 달 살았다고 영어를 그렇게 잘해?”

“학원에도 다녔잖아요.”

질문이 채 끝나기도 전에 답이 척척 나왔다. 어린 게 얼마나 힘들었을까 애타고 불쌍하던 마음이 순식간에 사라졌다. 대신 요것봐라 맹랑한 녀석이네 하는 생각이 들었다. 잠시 말없이 운전하던 정식 씨는 라디오를 틀었다. 늘 고정적으로 맞추어놓은 클래식 음악 채널에서 오후 뉴스를 하고 있었다. 영어를 알아듣는 건지 못 알아듣는 건지 심각한 표정으로 라디오를 바라보던 성호가 잠시 후 창밖으로 시선을 돌렸다.

정식 씨는 라디오 볼륨을 낮추고 조심스레 그동안 밤마다 걱정하던 문제를 꺼냈다.

“애, 학교에 마약 하는 애들은 없니? 혹시 누가 너한테……”

“없어요. 우리 학교는요. 절대로 그런 거 못해요. 술 마시다 걸려도 그 자리에서 퇴학이에요.”

“그래? 그건 다행이구나.”

안심은 되면서도 그동안 쓸데없이 걱정했구나 싶으니 슬그머니 맥이 빠졌다.

“그래도 모르지. 내가 여기저기 물어보니까 특히 사립학교에 마약 문제가 심각하다던데 네가 아직 모르고 있는 거 아니냐?”

“아니요. 우리 학교에서는 절대로 못한다니까요. 인터넷도 못하게 막아놓고 핸드폰도 못 쓰게 하는 학교에서 그런 걸 그냥 두고 보겠어요?"

대답이 씩씩하다 못해 자신만만했다.

"너는 학교가 좋으냐?"

"네, 우리 학교에 다니는 애들은 다 어마어마한 부자예요. 어느 나라 왕자도 있고요. 귀족들도 있어요. 선생님들 중에는 대통령 보좌관 하던 사람도 있는걸요. 학교는 또 얼마나 큰데요. 옛날 성 같아요."

"그래? 학교가 마음에 든다니 다행이구나."

마치 자기가 왕자나 귀족이 된 것처럼 우쭐거리는 게 못마땅하기는 하지만 학교생활에 아무 문제없다는데 뭐라 더 할 말이 없었다.

집에 와서 큰딸이 쓰던 방을 보여주자 성호는 책상 위에 있는 컴퓨터를 보고는 히죽 웃으며 가방을 아무 데나 던져놓고 털썩 의자에 앉았다. 그 모습은 영락없는 열네 살짜리 철부지 소년이었다. 정식 씨는 서둘러 부엌으로 가서 불고기를 굽고 김치찌개를 데웠다. '그동안 제집에서 먹던 이런 음식들이 얼마나 먹고 싶었을꼬.' 어젯밤에 마누라가 혀를 끌끌 차며 정성스레 재운 고기를 한 점 집어 입에 넣으니 양념 맛이 제대로 들어 흡족했다. 밥통 속에는 그동안 먹던 현미밥 대신 하얀 쌀밥이 익어가고 있었다.

밥 먹으라고 부른 다음 물컵을 놓는데 부엌으로 들어오는 녀석이 신발을 신고 있는 게 눈에 띄었다.

"너 왜 집 안에서 신발 신고 있어?"

"신발 벗으라는 말 안 하셨잖아요."

"집에 들어오면 신발을 벗는 게 당연하지, 인마. 여기가 미국 집인 줄 아냐?"

그래도 허겁지겁 맛있게 밥 먹는 모습을 보니 안쓰러우면서도 귀여웠다. 잠시 후 집에 들어온 마누라는 애기 때 보고 처음 본 녀석이랑 무에 그리 할 말이 많은지 방에서 한참 동안 도란도란 얘기하더니 애가 먹고 싶은 걸 고르게 하겠다며 데리고 장을 보러 나갔다.

얼마 전부터 오십견으로 어깨가 아파 고생하는 마누라를 세탁소에서 부려먹는 것도 미안하던 판에 조카 손자 시중까지 들게 하는 게 영 찜찜했었는데 그나마 아이를 귀여워하는 것 같아 마음이 놓였다.

다음 날은 토요일이라 세탁소 일이 네 시에 끝났다. 마누라는 파마 약속이 잡혀 있다며 미장원으로 갔다. 정식 씨는 딸들이 어렸을 때 가끔씩 만들어 먹이던 스파게티를 성호도 좋아할 것 같아 집으로 오는 길에 장을 보러 갔다. 다른 음식은 못해도 스파게티 하나는 자신 있는지라 신경 써서 재료를 골랐다. 버섯은 상처 안 나고 깨끗한 것으로 고르고 샐러리도 연해 보이는 걸로 집었다. 고기는 간 소고기로 할까 소시지로 할까 망설이다 두 가지를 다 넣기로 했다. 위에다 뿌리는 치즈도 통에 든 것 대신 델리에서 파는 걸 샀다.

집에 와보니 녀석은 컴퓨터 앞에 앉아 한국 텔레비전 쇼를 보며 낄낄거리고 있었다. 어른이 집에 들어왔는데 내다보지도 않는 게 잠시 괘씸했지만 그동안 한국 텔레비전이 얼마나 그리웠으면 저러라 싶어 내버려두었다.

버터에 버섯과 양파를 볶자 온 집에 고소한 냄새가 퍼졌다. 오랜만에 요리를 해서 그런지 신이 났다. 스파게티 소스가 거의 다 되어갈 무렵 국수를 삶았다. 녀석이 어제 밥을 세 공기나 먹었으니 국수 한 통 갖고는 부족하겠다 싶어 펄펄 끓는 물에 한 줌 더 집어넣었다. 일곱 시가 다 되어 모든 준비가 끝났다. 맛있는 냄새가 고픈 배를 기분 좋게 자극했다.

정식 씨는 김이 무럭무럭 나는 국수 위에 소스를 듬뿍 얹고 파머잔 치즈를 넉넉히 뿌린 후에 성호를 부르러 갔다. 무슨 프로그램을 보고 있었는지 화들짝 놀란 녀석이 얼른 컴퓨터를 끄고는 마지못한 듯 의자에서 일어났다.

"오랜만에 만든 스파게티라 맛이 제대로 날지 모르겠다. 식기 전에 얼른 앉아서 먹어라. 치즈 원하면 더 뿌리구."

녀석은 접시를 한번 쓰윽 쳐다보더니 앉을 생각도 않고 그대로 몸을 돌이켰다.

"저 이런 거 안 먹어요."

"안 먹어? 왜?"

"저 원래 학교에서도 저녁 안 먹었어요."

"저녁을 안 먹다니. 학교에서 주는 음식이 맛이 없냐?"

"아니요. 그게 아니라요. 다이어트하느라구요."

화가 치솟았다. 자기 먹이려고 특별히 장을 봐서 만든 음식인데 이런 거라니? 어른이 이렇게 정성을 보였으면 먹는 시늉이라도 하는 게 옳은 일이거늘. 한창 자랄 나이에 다이어트는 무슨 빌어먹을.

마침 집에 돌아온 마누라에게 씨근덕거리며 그 얘기를 했다.

"맛있게 생겼구만 왜 그랬을까? 스파게티를 싫어하나?"

"암만 싫어해도 그렇지, 한번 쓰윽 쳐다보고 이런 거 안 먹어요 가 할 소리야?"

별일 아니라는 듯한 마누라의 대꾸에 화가 더 났다.

"그러게. 그건 잘못했네. 아직 어린애잖아요. 이따 배고프면 어제 사 온 과자라도 집어 먹겠죠 뭐. 좌우지간 요즈음은 애구 어른이구 모두 다이어트한다고 난리구만. 나도 이제부터 저녁을 좀 굶어볼 까?"

"뭐야? 없어서 못 먹는다면 모를까 멀쩡한 음식 두고 왜 굶어?"

"아니, 요즈음 없어서 굶는 사람이 어디 있답디까? 아직도 육이 오 전쟁 중인 줄 알우? 약쟁이가 약에서 헤어나지 못하는 것처럼 당신은 어떻게 옛날 사고방식에서 벗어나지를 못하우?"

육이오 때 배고픔을 많이 당했던 정식 씨는 다이어트하느라 밥 을 굶는다는 말을 들으면 화가 난다. 얼마 전 마누라가 흰쌀밥을 현미밥으로 바꿨을 때도 불만스럽기는 했으나 건강 때문이라는 바 람에 할 수 없이 참았다. 전쟁이 끝난 어느 날 보리가 하나도 안 섞 인 하얀 쌀밥을 먹었을 때의 그 황홀했던 기억이 되살아나 속이 쓰 렸지만 그래도 포기할 수 있었다. 그러나 건강이 아니라 그 어떤 이 유가 있어도 밥그릇에 밥을 반만 담아 주는 것은 절대로 용납을 못 한다.

대구 피난 시절, 그들이 세 들어 살던 방은 네 식구가 다리를 쭉 펴고 누울 수도 없을 정도로 작았다. 그 집은 방이 도무지 세 칸밖에 없는 작은 집이었다. 주인아저씨가 보도연맹 사건에 연루되어 죽은 후 아주머니가 어린아이 셋과 함께 안방을 쓰고 나머지 방 둘을 세놓아 살고 있었다. 그나마 건넌방에 세 든 사람들은 시골에서 공부하러 와 있던 학생들이어서 월세를 내는 대신 가끔 부모가 보리쌀을 보내오는 게 다였다. 그러니 말이 주인집이지 먹는 것은 오히려 세 들어 사는 사람들만도 못했다.

다섯 살짜리 주인집 막내 팔구는 큰누나가 밥을 짓느라 달그락거리는 소리가 들리면 얼른 마당에 내려와 서성이며 계속 이쪽을 흘깃거렸다. 그 꼴을 안 보려면 방이 비좁고 더워도 문을 닫고 밥을 먹는 수밖에 없었다. 멸치 국물에 수제비라도 끓이는 날이면 영락없이 칭얼거리는 소리가 들렸다.

"옴마야, 정식이네 가서 수제비 한 그릇만 돌라 캐라."

팔구 엄마는 그 말을 들었는지 못 들었는지 아무 대꾸가 없었다. 큰누나가 한 그릇 퍼다 줄 때까지 그 소리는 뜨문뜨문 계속됐다. 기운 없는 목소리로 칭얼대던 팔구가 왜 그렇게 밉던지. 팔구가 아직 살아 있다면 여전히 수제비를 좋아하려나?

이튿날, 예배를 마치고 교회 친교실에서 점심을 먹는데 모두들 국밥이 맛있다고 했다. 그러고 보니 국이 확실히 전보다 맛있는 것 같았다. 정식 씨는 흘낏 시계를 봤다. 1시 10분이었다. 2시에 시작될 제직회 전까지 집에 갔다 올 시간이 충분했다. 그는 얼른 식사를 마치고 부엌으로 갔다. 교인들이 거의 식사를 마쳐가고 있는데도 커다란 솥 안에는 따끈한 국이 많이 남아 있었다. 정식 씨는 큼지막한 대접에 국을 담아 플라스틱 랩으로 덮고 밥도 한 공기 펐다.

성호가 늦잠을 잤다 쳐도 열두 시쯤에는 일어났을 텐데 어제 저녁을 제대로 못 먹었으니 오죽 배가 고플까. 아무거나 집어 먹기 전에 얼른 가져다주고 싶어 마음이 급했다. 바깥으로 나오자 아침부터 오던 눈이 비로 변해 주룩주룩 내리고 있었다. 고개를 움츠린 채 걸었는데도 국그릇을 차 위에 올려놓고 열쇠를 찾아 차 문을 열고 나니 목덜미 속으로 빗물이 들어가 차가웠다.

성호는 아직도 자고 있었다. 깨울까 말까 망설이다 국을 냄비에 옮겨 담고 종이를 가져와 메모를 했다.

"성호야, 냄비 속에 맛있는 국 있으니 데워 먹어라."

반찬까지 곁들이면 더 좋겠지만 아쉬운 대로 국이라도 맛있는 걸 먹일 수 있어 다행이었다.

다시 교회로 갔다가 제직회를 마치고 집에 돌아왔을 때는 거의 네 시가 되어가고 있었다. 현관문을 열고 들어가는데 아무도 내다보지 않았다. 거실에는 불도 켜 있지 않았다. 정식 씨는 부엌으로 가보았다. 식탁 위에 맥도날드 햄버거 쌌던 종이와 먹다 남은 감자튀김 몇 개, 그리고 찢어진 토마토케첩 봉지가 있었다. 메모지는 반으로 접힌 채 아무렇게나 던져져 있었다. 냄비 속의 국은 조금도 줄지 않고 그대로였다.

"교회에서 돌아오는 나를 보자마자 맥도날드에 가자고 하더라구요. 눈 깜짝할 사이에 햄버거 두 개를 뚝딱 먹어치우는 걸 보니 배가 엔간히 고팠었나 봐."

화장실에 갔었는지 옷매무새를 고치며 부엌으로 오던 마누라가 말했다.

"할머니라는 사람이 어린애 속 든든하게 따끈한 국에다 밥 말아 먹일 일이지 햄버거 쪼가리를 사다 먹여?"

"아니, 요즈음 애들이 멀건 국에 밥 말아 먹는 걸 좋아하는 줄 아슈? 옛날 같지 않다니까요."

"흥! 밥만큼 좋은 게 어디 있겠다구…… 그나저나 이 녀석은 어른이 집에 왔는데 내다보지도 않고 어디서 뭐하는 거야?"

"방에서 컴퓨터 하는가 본데. 당신 들어오는 소리 못 들었나 보죠."

"못 들어? 그 방이 현관 바로 옆인데 그 소리를 못 들어?"

"그냥 냅둬요. 남의 집이니까 서먹해서 그랬는지도 모르잖우."

그렇게 녀석의 편을 들던 마누라가 어이없어한 사건은 바로 다음 날 일어났다. 요즈음 애들이 좋아하는 음식이 무얼까 고민하던 끝에 드라마에서 학생 아이들이 떡볶이 먹는 장면을 생각해낸 마누라는 세탁소에도 나가지 않고 성호가 일어나기만 기다렸다. 딸들이 고등학교 다닐 때 학교 친구들이 놀러 오면 가끔 만들어주던, 고기를 듬뿍 넣고 만드는 떡볶이는 미국 아이들 사이에도 인기가 좋았다. 애슐리라는 아이는 그걸 얼마나 좋아했는지 자기도 만들어보겠다며 레시피를 써달라고 조를 정도였다. 스파게티는 낯이 설기도 하고 또 느끼해서 싫어할 수도 있지만 한국 아이치고 떡볶이 싫어하는 아이는 없을 테니 얼마나 맛있게 먹을까, 생각만 해도 흐뭇했다.

부엌에 앉아 성호가 일어나기만 기다리던 마누라는 열두 시가 넘자 떡볶이를 만들어놓고 성호를 깨우러 갔다.

"성호야, 이제 그만 일어나야지."

밤새 무얼 했는지 성호는 꿈틀거리기만 할 뿐 일어날 생각을 안 했다. 식으면 떡이 굳어 맛이 없을 텐데 하는 걱정에 마누라는 목소리를 높였다.

"성호야, 할머니가 떡볶이 만들었어. 얼른 일어나서 먹자."

"저 간식 안 해요."

"야, 인마. 저거 간식 아니야. 아점이야. 아침 겸 점심."

녀석은 마지못해 일어나 화장실로 갔다. 마누라는 얼른 부엌으로 가서 상을 차리기 시작했다. 잠시 후에 나타난 성호는 프라이팬에 있는 떡볶이를 한번 쓰윽 쳐다보더니 시큰둥하게 말했다.

"저 그냥 시리얼 먹을래요."

떡볶이를 간식이라고 하는 것까지는 참겠는데 한 점 입에 넣어보지도 않고 안 먹겠다니? 몽땅 싸 들고 세탁소로 와서 아직도 따뜻한 떡볶이를 그릇에 담아 내밀며 마누라가 씨근덕거렸을 때 정식 씨는 자기도 당했으니 이제야 내 마음을 이해하겠구나 싶어 오히려 기분이 좋았다.

떡볶이를 먹노라니 또 불현듯 옛날 생각이 났다. 서울에서 대구까지 내려가는 길은 멀고도 멀었다. 콩나물시루처럼 피난민을 가득 실은 기차는 가는 시간보다 멈춰 서 있는 시간이 훨씬 길었다. 언제 다시 움직일지 기약 없는 기차에서 내려 밥을 지어 먹다 뚜우 기적이 울면 부랴부랴 싸 들고 다시 기차에 올라야 했다. 공산군이 언제 덮칠지 모른다는 불안감에 신경이 날카로워진 사람들은 별거 아닌 일로도 악을 쓰며 싸웠다. 그런가 하면 몇 날 며칠 섰다 갔다 하는 기차를 오르내리며 자기도 모르는 사이에 점차 그 생활에 길이 들기도 했다. 오래 서 있으려니 믿고 멀리까지 놀러 나간 아이를 찾으러 헤매는 사이에 그만 차가 떠나버려 기차 안에 남아 있던 식구들과 생이별하는 일은 그래도 약과였다. 기차 꼭대기에 올라앉아 불안해하던 사람들이 점점 마음이 해이해져 달리는 기차에서 떨어지는 사고도 종종 일어났다. 당연히 먹을 게 귀했고 늘 배가 고팠다. 그러다 대구에 도착하자 기차역에 가래떡 파는 아주머니들이 있었다. 그 가래떡이 얼마나 굵고 크던지 서울에서 먹던 것의 두 배는 족히 되는 것 같았다. 가래떡을 받아 들고 어린 나이에도 푸짐한 시골 인심에 이제는 살았구나 안심이 됐다.

"그런데 저 녀석은 밤새 잠 안 자고 뭘 하길래 그렇게 못 일어나는 거야? 저러다 학교에 가면 공부를 제대로 하겠어?"

"새벽에 잠결에 들으니까 한국에 전화하는 것 같더라구요. 어린게 엄마 아빠가 얼마나 보고 싶을까. 그 생각하면 안됐어. 또 친구들도 그립고 그렇겠죠. 엊그제 장 보러 가면서 물어보니까 여자 친구도 있다고 하던데."

"뭐? 꼭대기에 피도 안 마른 녀석이 여자 친구 좋아하네. 내가 그 나이 때는 매일 새벽에 일어나서 물지게 졌어. 학교 가기 전에 물통을 채워놓으려면 얼마나 일찍 일어나야 하는지 알아?"

옛날 얘기만 시작하면 목소리가 커지는 정식 씨에게 퉁박을 주려다 그녀는 잠자코 물컵을 건네주고 빈 그릇들을 치우기 시작했다. 열 번도 더 들어 그대로 외울 수 있을 정도로 낯익은 이야기들이었다.

"우리 집에 남자라곤 나 하나뿐이니 어떡해. 중학교도 들어가기 전부터 물지게를 졌는데 처음에는 얼마나 무겁던지 일어설 수도 없더라니까. 게다가 지게가 몸에 붙지를 않으니 출렁출렁 물을 흘리잖아. 집에 가면 통에 물이 반 밖에 안 남아 있어. 그런데 그게 다 요령이더라구. 몇 달 하고 나니까 두 손을 주머니에 딱 찔러 넣고 막 달려도 하나도 안 흘리는 거야. 무거운 것도 모르겠고. 아침마다 두 번씩 물지게를 지고 나면 오히려 몸이 가뿐해지지. 요즈음 애들한테도 그런 거 좀 시켜야 돼. 몸이 편하니까 어린 녀석들이 연애할 생각이나 하고 말이야. 도무지 정신상태가 틀려먹었다니까."

"그런 소리 말우. 전쟁 통에는 연애 안 한답디까? 암만 사는 게 힘들고 고달파도 사춘기가 되면 이성에 눈뜨는 게 당연하지, 안 그래요?"

"그건 그래. 그때는 학교 다닐 때 웬만한 거리는 다 걸어 다녔잖아. 우리 집에서 학교까지 걸어서 사십 분쯤 걸렸는데 그 중간에 자주 마주치는 여학생이 하나 있었어. 얼굴이 하얗고 예쁘장하게 생겼었지. 감히 얼굴을 바로 쳐다보지도 못하고 슬쩍슬쩍 훔쳐봤는데 날이 갈수록 점점 신경이 쓰이는 거야. 내 교복 때문에 말이야. 나한테는 옷을 물려받을 형도 없고 물려줄 동생도 없으니까 어머니가 몇 년 입으라고 커다란 교복을 사서 소매를 둥둥 걷어 입히셨거든. 그러니 몸통이며 길이는 또 얼마나 컸겠어. 그 여학생을 만나기 전까지는 아무렇지도 않게 입고 다녔건만 그만 창피해 죽겠는거라. 멀리서 그 여학생이 보이면 반가우면서도 일부러 외면하고 다녔지."

"저런, 안으로 좀 접어서 꿰매주시지 왜 그냥 입히셨을까."

"사는 게 팍팍해서 그런 데까지 신경 쓰실 여유가 없었지. 그때 큰누나는 벌써 시집가고 없었고. 하긴 큰누나가 있었어도 마찬가지였을 거야. 남자처럼 대범한 성격이라 세심한 면이 없었거든."

말하다 말고 정식 씨가 껄껄 웃었다.

"한번은 무슨 일이 있었는 줄 알아? 초등학교 다닐 땐데 소풍 가는 날이었어. 누나가 김밥이라고 싸줬는데 보니까 깨소금만 넣고 주먹만 하게 뭉친 밥을 김 한 장으로 쌌더라구. 창피해서 들고 갈 수가 있어야지. 몰래 방구석에 놓고 갔지. 그랬다가 집에 와서 누나한테 흠씬 두들겨 맞았어."

"저런, 소풍 가서 밥 굶은 것도 억울한 판에 매까지 맞았구먼. 불쌍하기도 하지, 쯧쯧."

놀리는 투로 말하는 마누라를 흘낏 쳐다본 정식 씨가 못 들은 척 말을 이었다.

"큰누나한테 맞은 게 어디 한두 번인 줄 알아? 대구로 피난 간 해 여름, 팔구네 집에서 다른 동네로 이사 간 지 사흘쯤 된 날이었어. 그 동네에 사는 애들이랑 어울려서 동천이라는 데로 멱 감으러 갔었지. 하루 종일 놀다 집에 왔는데 집에 아무도 없는 거야. 배가 고팠지만 워낙 피곤하고 지쳐 있던 터라 아무 데나 쓰러져 잤지. 한참 정신없이 자고 있는데 갑자기 엄마하고 누나가 달려들어서 두들겨 깨우더니 이리 치고 저리 치고 하는 거야. 나는 영문도 모르고 맞았는데 나중에 알고 보니까 수영도 못하는 내가 애들 따라

먹 감으러 갔다는데 늦도록 집에 안 오니까 물에 빠져 죽은 줄 알
고 울면서 찾아다니셨던 거래. 이사 간 지 사흘밖에 안 됐으니 집
을 못 찾아 헤매다 늦게 온 거였는데 말이야. 다시는 먹 감으러 가
지 못하게 하느라고 그렇게 두들겨 패신 거라네."

"그래서 그 담에는 안 갔어요?"

"안 갈 리가 있어? 그 당시에 장난감이 있길 하나, 학교 숙제가
있길 하나, 허구한 날 그 먼 길을 걸어서 먹 감으러 다녔지. 하루 종
일 물에서 놀다 보면 배가 무척 고파. 그러면 물에 둥둥 떠 흘러오
는 풋사과를 건져 먹었는데 아이구, 그게 얼마나 시던지."

정식 씨는 신맛이 다시 느껴지는지 진저리를 쳤다.

이튿날 갑자기 드라이클리닝 기계가 작동을 안 하는 바람에 정
식 씨 부부는 정신없이 바빴다. 워낙 오래된 기계라 새 기계로 바
꿔야겠다 작정하고 여기저기 알아보는 중이었는데 그만 서버린 것
이다. 정기적으로 와서 기계를 손봐주는 기술자는 미리 추수감사
절 휴가를 떠났는지 전화를 받지 않았다. 할 수 없이 손님 옷 중에
서 드라이해야 할 것들은 친구 세탁소로 보내야 했다. 그러자니 아
침저녁으로 세탁물을 실어 나르는 한편, 서둘러 5만 불이 넘는 기
계를 주문하느라 며칠 동안 성호에 대해 신경 쓸 겨를이 없었다.
다행스럽게도 녀석은 그들이 집에 오는 길에 사 들고 오는 햄버거
나 피자, 프라이드치킨을 무척 좋아했다. 낮 동안 애를 집에 혼자
놔두는 것이 미안하다고 마누라가 동동거렸지만 성호는 오히려 더
편안해하는 것 같았다.

추수감사절 날은 오랜만에 해가 반짝 나고 날이 푸근했다. 17파운드짜리 큼지막한 칠면조를 오븐에 넣고 나서 정식 씨는 성호를 데리고 근처 공원으로 갔다. 딸들이 집을 떠난 후 단둘이 먹자고 칠면조를 굽기가 성가셔서 안 했었는데 성호가 미국에 와서 처음으로 맞는 추수감사절을 칠면조 없이 보내게 할 수가 없어 굽기로 한 것이다.

적어도 세 시간은 구워야 할 테니 숲길을 한 시간쯤 걷다 집에 가면 적당할 것 같았다. 해가 났다고는 하나 공기가 싸늘했다. 얼굴에 닿는 바람이 차가웠지만 정신이 번쩍 들게 상쾌했다.

"아, 큰일 났다."

숲길로 들어서자마자 성호가 길 가운데 멈춰 서서 작은 소리로 외쳤다.

"왜? 무슨 일이야?"

"땅이 엉망이잖아요."

쌓였던 눈이 녹아 군데군데 진흙 밭이 된 길을 내려다보며 성호는 움직이려 들지 않았다.

"아, 이 운동화 내가 아끼는 건데…… 흙이 묻으면 안 되는 건데……"

그러고 보니 날렵하게 생긴 갈색 운동화의 콧등이 유독 하얗고 깨끗했다.

"야, 인마. 그거 고무잖아. 집에 가서 걸레로 닦아. 물로 빨든지."

정식 씨는 퉁명스레 말을 뱉고 성큼성큼 앞질러 걸어갔다.

"나 운동화 빨 줄 몰라요. 그런 거 해본 적 없어요. 아, 이럴 줄 알았으면 다른 신 신고 오는 건데…… 공원에 간다 그래서 길이 좋은 줄 알았잖아요."

똥 마려운 강아지처럼 낑낑거리던 녀석은 발끝으로 요리조리 땅을 골라 디디며 앞으로 나갔다. 다행히 숲 속에는 해가 비치지 않아 여전히 땅이 얼어 있어서 진흙길은 금방 끝났다. 신선한 공기를 쐬어 좋은지 성호의 표정도 조금씩 밝아졌다.

정식 씨가 어렸을 때는 반나절도 걷지 않아 발뒤꿈치를 홀렁 까지게 만들던 까만 고무신밖에 못 신었다. 비가 조금만 와도 진흙밭이 되는 길에서 걷다 보면 고무신은 진흙 속에 묻힌 채 발만 덜렁 빠져나왔다. 까치발을 하고 고무신 꺼내는 건 쉽지 않았다. 십중팔구 넘어졌다. 길옆 웅덩이에 고인 물에서 대강 흔들어 씻고 나면 발이 미끄덩거려 잘 걸을 수도 없었다. 소위 맹꽁이 운동화라고 부르던 납작한 까만 운동화를 신고 다니던 친구들이 얼마나 부러웠는지 모른다. 겨우 일주일 남짓 있을 거면서 운동화를 세 켤레나 들고 온 성호에게 괜스레 화가 나 정식 씨는 앞만 보고 말없이 휘적휘적 걸었다.

삼십 분쯤 걷자 얕은 언덕 위에 자그마한 쉼터가 나왔다. 높다랗게 쭉쭉 뻗은 나무들 밑에 벤치가 두어 개 놓여 있고 비탈길 아래로 시냇물이 굽이져 흐르는 게 보이는 곳이다. 가만히 서 있으면 나뭇잎을 스치는 바람소리와 새소리 외에 아무 소리도 들리지 않는다. 잠깐이나마 깊은 숲 속에 들어와 있는 것 같은 착각이 들게 하는 이곳이 좋아 그는 공원에 올 때마다 잠시 벤치에 앉았다 가곤 한다.

추수감사절이라 당연히 아무도 없을 줄 알았는데 이미 그 장소를 차지하고 있는 사람이 있었다. 키가 크고 약간 구부정한 미국 할아버지였다. 그는 한 손에 땅콩을 들고 짧게 휘파람을 불며 새들을 부르고 있었다. 정식 씨는 성호에게 눈짓을 하고 발소리를 죽여 살살 가까이 다가갔다. 노인이 땅콩 하나를 하늘로 던져 올리자 어느 나뭇가지에 앉아 있었는지 잿빛 새 한 마리가 휘익 날아 내려와 잽싸게 땅콩을 채서 저쪽으로 날아갔다. 노인이 흘낏 성호를 쳐다보더니 씨익 웃었다.

"자, 이번에는 노란 새를 한번 불러볼까?"

그는 벤치 위에 30센티 간격으로 땅콩 두 개를 놓고 휘파람으로 휘리릭 새소리를 냈다. 한참 기다려도 노란 새는 나타나지 않았다. 정식 씨는 마음이 조급해졌다. 얼른 새가 날아와 성호가 감탄하는 모습을 보고 싶었다. 여기까지 오는 삼십 분 동안 말없이 걸으면서 어린애한테 화를 낸 자신이 창피스럽기도 하고, 또 추운데 괜히 애를 데리고 나왔나 후회가 되기도 했던 것이다. 공원에 와서 걷는 것은 노인들이나 좋아하는 일이지 애가 좋아할 리 있나, 차라리 극장에 데려가는 게 낫지 않았을까 싶기도 했었다.

여전히 노란 새는 오지 않고 딱따구리 두 마리가 날아와 땅콩을 가져가버렸다. 노인은 벤치 위에 또 땅콩 두 개를 놓아두고 휘파람을 불며 공중으로 땅콩을 던져 올렸다. 정식 씨는 이제라도 얼른 돌아가서 극장에 가야겠다 생각하며 성호의 표정을 살폈다. 시큰둥하던 성호의 표정이 그 순간 활짝 밝아졌다. 정식 씨는 성호의 눈길을 따라 고개를 돌렸다. 어느새 노란 새 한 마리가 옆으로 날아와 물수제비뜨기 하듯 순식간에 땅콩 두 개를 타닥 집어서 공중으로 치솟았다. 그게 신호라도 된 듯 각종 새들이 몰려들기 시작했다. 노인이 주머니에서 땅콩을 한 줌 꺼내어 성호에게 주었다. 수줍은 듯 머뭇거리던 성호가 던져 올린 땅콩을 새 한 마리가 채 가자 녀석이 펄쩍펄쩍 뛰며 좋아했다. 이번에는 노인이 했던 것처럼 벤치 위에 삼십 센티 간격으로 땅콩을 주른히 늘어놓았다. 어디선가 온몸이 빨간 깃털로 덮여 있고 머리에 까만 깃털이 솟은 카디날 한 마리가 쏜살같이 날아오고 있었다. 정식 씨 가슴이 후루룩 뛰었다.

"아, 자전거 타고 싶다."

돌아오는 길에 하늘을 향해 고개를 쳐들고 한 바퀴 빙 돌고 난 성호가 불쑥 말했다.

"너네 동네 강남인데 거기 자전거 탈 데가 있니?"

"왜 없어요? 우리 집에서 조금만 가면 한강 고수부지인걸요. 친구들이랑 자주 갔어요. 제가 소위 압구정동 토박이 아닙니까. 거기서 나고 자랐으니까요. 아, 엄마 아빠랑 콘도에 가고 싶다. 스키도 타고 싶고. 저는 운동신경이 발달해서 웬만한 운동은 다 잘하거든요."

"심심하면 집에 가서 운동 삼아 낙엽이나 좀 긁지 그러냐."

"그 정도로 심심하지는 않아요."

새에게 땅콩을 주며 흥분할 때는 귀엽던 녀석에게 다시금 정나미가 떨어질 것 같아 정식 씨는 걸음을 빨리했다. 그는 자신의 운동신경이 발달되어 있는지 아닌지 잘 모른다. 바람 빠진 고무공을 차고 다니거나 흙바닥에 쭈그리고 앉아 구슬치기 하면서 운동신경

운운할 수는 없었으니까. 어디든 걸어 다녔으니 걷는 거 하나는 자신 있었다. 두세 시간을 걸어 동천까지 가서 실컷 물놀이를 하고 집까지 다시 걸어올 때는 그 길이 왜 그렇게 길게 느껴지던지. 하루 종일 굶어 허기진 몸으로 걷다 보면 눈에 띄는 게 온통 먹을 것들이었다.

여름에는 길거리에 참외 장수들이 많았다. 가로수 밑에 참외가 쌓인 리어카를 대어놓고 그 옆에 앉아 부채질을 하는 아저씨들 옆에는 늘 참외껍질들이 떨어져 있었다. 길을 가던 행인들이 참외를 사서 그 자리에서 깎아 먹고 버린 것들이었다. 같이 놀러 갔던 친구들은 그들이 먹는 모습을 물끄러미 바라보다 떨어진 참외껍질을 주워서 깎아 먹기도 했는데 그는 그게 그렇게 창피할 수가 없었다. 그 짓을 하는 친구들이 죽이고 싶도록 미웠다. 한번은 너무나 화가 나 길거리에 있는 돌멩이를 힘껏 걷어찬 바람에 하마터면 가게 유리창을 깰 뻔한 적도 있었다.

토요일이다. 다음 날 학교로 돌아갈 성호를 위해 마누라는 잡채를 만들고 미역국을 끓였다. 아침부터 시무룩하던 성호가 미역국을 맛있게 먹는 모습을 보며 마누라가 아이 앞으로 잡채 접시를 밀어주었다.

"많이 먹어라. 짐은 다 쌌니?"

"아뇨, 아직이요."

일주일 전 여기 왔을 때 당당하던 모습은 어디로 가고 표정이 어두웠다.

"이제 한 달, 아니 27일만 있으면 한국 간다."

고개를 숙인 채 국을 떠먹던 녀석이 한숨처럼 말을 뱉었다. 공항에서 집에 오는 길에 학교생활이 재미있어 아무 문제없다고 큰소리치던 녀석이다.

"아, 그때까지 어떻게 참나."

겨울 방학에 한국 갔다가 오기 싫으면 어떡할 거냐고 물었을 때 그럴 일은 절대로 없다고, 이 주일씩이나 있을 필요도 없다고 말하더니 일주일 사이에 완전히 태도가 변한 것이다. 도대체 뭐가 잘못된 거지? 우리가 애를 잘 돌봐주지 않아서 외로움을 탄 건가? 돌봐주기는커녕 아이를 수시로 미워했던 마음을 들킨 것만 같아 정식 씨는 덜컥 가슴이 내려앉았다.

"딱하기두 하지. 한국 갔다 오기 싫으면 오지 말아라. 일이 년쯤 있다 다시 오면 되지 뭐."

마누라가 성호의 등을 어루만지며 말했다.

"학교에서 다시 받아줄까요?"

"학교가 어디 거기뿐이라니? 거기서 안 받아주면 다른 학교 가면 되지."

"아뇨, 그게 아니라…… 한국에서 다니던 중학교 말이에요. 받아준다 해도 거기 공부를 따라갈 수 있을지……."

혼잣말하듯 중얼거리는 아이를 바라보며 말이 유학이지 성호는 피난 온 거라는 생각이 문득 들었다.

대구 피난 시절, 그는 이 학교 저 학교 옮겨 다녀야 했다. 다니던 학교가 서울로 환도해 가면 남은 피난민 아이들을 합쳐서 다른 학교로 보내곤 했기 때문이다. 처음에는 낯설고 어설펐지만 다른 지방 사투리를 쓰는 친구들과 금방 친해졌다. 가끔 사투리를 못 알아듣기는 해도 서로를 이해하는 데 아무 문제없었다. 피난민 학교라 건물도 없이 천막에서 공부를 해서 그랬는지 오 학년 때 담임을 맡았던 여선생님은 매일 무용만 가르쳤다. 남자아이들은 쑥스러워하면서도 공부 안 하는 게 좋아 팔다리를 아무렇게나 휘두르며 키들거렸다. 그러다 육 학년으로 올라가 처음 일제고사를 치른 날 그 학교에서 제일 무섭다고 소문이 났던 담임선생님은 아이들을 일렬로 세워놓고 손바닥을 때렸다.

"니 몇 개 틀렸제?"

"열 개 틀렸습니다."

"그으래? 그럼 열 대 맞아야제?"

그렇게 매일 매를 맞은 덕에 성적이 급속도로 올라 원하는 중학교에 들어갈 수 있었다. 무용만 가르치던 예쁜 여선생님도, 아프게 손바닥을 때리던 남차 선생님도 지금은 그립기만 할 뿐이다. 어디 그뿐인가. 저녁에 집에 가면 비록 보리밥일지언정 따뜻하게 지어놓고 기다리는 엄마와 누나들이 있었다.

천막 교실에서 피난살이를 했던 자신이 성같이 웅장하게 지은 학교에서 유학 생활을 하는 성호보다 오히려 행복한 어린 시절을 보냈다는 자각에 정식 씨는 울컥 눈시울이 뜨거워졌다. 짐을 싸기 위해 방으로 가는 성호의 뒷모습이 작고 어설퍼 보였다.

내일 아침 공항으로 가기 전 아이를 데리고 쇼핑센터에 가서 나이키 운동화를 사줘야겠다는 생각을 하며 정식 씨는 현미밥을 슬

쩍 옆으로 밀어놓고 성호가 먹다 남긴 흰 쌀밥을 슬그머니 앞으로
당겼다.

아이 러브
유

연주회를 하루 앞둔 디트로이트 오케스트라 홀은 가벼운 흥분으로 들떠 있었다. 리허설을 하기 위해 모인 단원들은 제자리를 찾아 앉자마자 악기를 꺼내어 음률 조절에 들어갔다. 오케스트라 뒤쪽, 합창단을 위해 마련된 계단식 벤치에 앉아 나는 무릎 위에 악보를 올려놓고 그들이 하는 양을 지켜보았다.

바이올린 섹션의 뒤쪽에 앉은 동양 여자는 화장기 없는 맑은 얼굴에 까만 머리를 뒤로 높이 올려 묶어 스무 살도 채 안 되어 보였다. 그녀는 대충 음을 고르더니 작은 소리로 빠른 대목을 연주하기 시작했다. 연습 때 잘 안 되던 부분인 모양이었다. 커다란 드럼을 서너 개, 앞과 옆에 둘러놓고 높은 의자에 올라앉은 짧은 머리의 백인 남자는 몸을 앞으로 기울여 드럼에 바싹 귀를 대고 손가락으로 탕탕 튕기면서 수도꼭지 같이 생긴 것을 조였다 풀었다 하며 조율을 했다.

트럼펫 주자는 몇 번 불지도 않고 손잡이를 쑥 잡아 빼더니 거꾸로 들고 흔들었다. 그 속에 고였던 침인지 물인지가 주르륵 바닥으로 떨어졌다. 나는 얼른 고개를 돌렸다. 클라리넷을 무릎에 올려놓은 여자는 입에 물고 있던 리드를 빼내어 보면대 위에 놓아둔 작은 통에 담긴 물에 한참 휘젓더니 다시 입에 물었다.

누구 하나 옆 사람과 잡담하는 사람은 없었다. 각자 자기의 악기를 들고 좋은 소리를 내기 위한 준비에 열중해 있었다. 무대 위는 각종 악기들이 내는 소리로 점점 들떠갔다. 객석은 통로 바닥에 죽 켜 있는 작고 노란 전등들 주위만 조금 환할 뿐 전체적으로 어두웠다. 여기저기 드문드문 앉아 있는 사람들이 보였다. 리허설을 구경하러 온 사람들인 모양이었다. 조명과 음향 담당자들이 왔다 갔다 하며 점검을 하고 있었다.

그들이 하는 양을 가만히 바라보고 있는데 문득 어제 아침에 받은 전화 생각이 났다.

"하이, 선희. 내가 누군지 알겠어요?"

나는 이런 식으로 전화 통화를 시작하는 타입을 좋아하지 않는다. 숨바꼭질하는 어린애들도 아니고 이게 뭐람, 그냥 끊어버릴까 하는 순간, 얼굴 하나가 툭 떠올랐다. 입술이 도톰하고 피부가 흑진주처럼 윤이 나던 타냐. 머루 알처럼 새까만 눈동자를 싸고 있는 흰자가 희다 못해 푸르스름하던 타냐는 내가 단골로 다니던 식품점의 점원이었다. 흑인 아이치고는 깔끔하고 새침하여 다른 흑인들이랑 잘 어울리지 못하고 백인들과도 물에 뜬 기름처럼 떠돌았던 아이. 자신을 공주처럼 떠받들고 살던 엄마가 세상을 뜬 후 마음을 못 잡고 헤매던 그녀가 어느 날부터인가 나에게 접근하기 시작했다. 갑자기 엄마 잃은 오리처럼 허둥대는 그녀가 안되어 몇 번 집에 데려다 저녁을 해 먹이며 가까이 지냈었는데 보이프렌드가 생겼다면서 식료품 가게를 그만두고 시집을 가버리고 말았다. 10년도 더 전의 일이다.

"타냐? 너 타냐 아니니?"

"아, 아직 나를 기억하고 있군요."

"그래, 이게 얼마 만이냐? 잘 지내고 있니? 네 남편은?"

"남편? 누구를 말하는 거죠?"

"쌔드릭 말이야. 너 쌔드릭이랑 결혼했잖아."

"세상에나, 쌔드릭이라니. 도대체 언제 적 얘기를 하는 거예요? 그 남자랑 헤어진 게 언젠데. 두 번째 남편하고도 헤어진걸요."

"그랬구나. 그런데 웬일이야, 나한테 전화를 다 하고?"

"그동안 사느라 정신이 없어 연락 못 드렸지만 생각은 늘 하고 있었어요. 특히 어려운 일이 생길 때면 당신 생각이 절로 나곤 했지요. 감기라도 걸려 몸이 아플 때면 예전에 억지로 마시게 한 생강차가 그립기도 했고요. 지금처럼 마음속에 있는 말들을 털어놓고 싶을 때는 정말 당신에게 전화하고 싶었어요."

정작 하고 싶은 말은 하나도 털어놓지 않고 다음에 다시 걸겠다고 했던 타냐를 24시간도 채 되지 않은 오늘 오후에 쇼핑센터에서 우연히 맞닥뜨렸다. 체중이 조금 불었을 뿐 얼굴 모습이며 분위기는 그대로였다. 그녀 옆에는 열 살 정도로 보이는 사내아이가 휠체어의 손잡이를 붙잡고 서 있었다.

“소개하지요. 얘들이 내 쌍둥이 아이들이에요. 이 녀석은 앤소니, 그리고 이 귀여운 아가씨는 르네. 얘들아, 인사드려라. 내가 늘 얘기했던 미시즈 강이야.”

동그란 눈으로 생글생글 웃는 귀엽게 생긴 사내아이와 악수를 한 나는 휠체어에 앉은 아이를 어떻게 대해야 좋을지 몰라 잠시 망설였다. 천재 물리학자 스티븐 호킹처럼 거대한 휠체어의 등받이에 머리를 고정시킨 여자애가 나를 향해 빙긋이 웃고 있는데 이 아이가 자기 엄마의 말을 알아듣기는 하는 건지 알 길이 없었다.

나는 아이의 손가락 하나를 살며시 잡고 흔들었다. 아이가 이상한 목소리로 뭐라고 대꾸를 했다. 무슨 말인지 전혀 알 수가 없었다. 옆에서 타냐가 반갑다는 소리라고 통역을 해주었는데 아이의 목이 옆으로 비틀려 있어 목소리가 제대로 안 나오기도 하지만, 아무 뜻 없이 지껄이는 걸 타냐가 알아서 해석을 해준 건지도 모르겠다는 생각이 들었다.

“어느새 아이들을 낳아서 이렇게 키웠구나. 혼자서 힘들지 않았니?”

전에도 젊은이답지 않게 신중하고 겁이 많던 타냐가 10년이 넘는 세월을 고통 속에 보냈다는 생각을 하니 가슴이 아팠다.

“아뇨, 나는 지금 어느 때보다 행복해요. 르네가 얼마나 똑똑한 줄 아세요? 반에서 1등을 놓쳐본 적이 없답니다. 내가 힘들고 지칠 때마다 일으켜 세워주는 애가 바로 르네인걸요. 농담은 또 얼마나 잘한다고요.”

쌍둥이 오빠의 두 배는 될 정도로 큰 얼굴, 상대적으로 짧고 비틀린 팔, 유리병 바닥만큼이나 두터운 안경 속의 눈을 희번덕이는 아이 옆에 서서 연신 웃으며 딸 자랑을 하는 타냐가 안쓰러워 뭐라 대꾸를 해야 할지 난감했다. 저 정도로 몸이 불구인 아이 머리가 좋아 공부를 잘한다는 말이 더 가슴 아팠다.

"그래? 기특하구나. 너는 요즘 무슨 일을 하니?"

"사회복지 기관에서 일하고 있어요. 임시 양부모가 맡아서 기르고 있는 아이들을 한 달에 한 번 정도 친부모와 만나게 해주는데 그 장소까지 아이들을 데려갔다 데려오는 일이지요. 시간에 많이 매이지 않기 때문에 그 일이 나에게는 여러모로 편해요. 보람도 있고요. 그런데 가슴 아픈 일이 너무 많아요. 아이는 엄마 만날 날을 학수고대하다 만날 장소까지 단숨에 달려가는데 엄마라는 사람이 나타나지 않아 아이의 가슴에 못 박는 일이 허다하다는 게 믿어지세요? 나는 우리 앤소니와 르네가 없으면 하루도 못 살 것 같은데 말이에요. 이 세상에는 아이보다 못한 부모가 너무나 많답니다."

목도 제대로 못 가누는 중증 장애아인 딸 옆에서 열을 내며 말하던 타냐의 얼굴을 떠올리며 나는 술렁거리는 무대 위에 시선을 고정시키고 가만히 앉아 있었다.

7시 30분 정각에 지휘자가 단 위로 올라섰다. 작곡가 겸 지휘자인 존 애덤스는 머리카락만 하얗달 뿐 자그마한 체구에 블루진 바지를 입은 모습이 꼭 개구쟁이 소년 같았다. 우리는 그가 911 사건을 주제로 작곡한 '혼들의 윤회'를 지난 석 달 동안 일주일에 한 번씩 모여서 연습했다. 나는 곡이 마음에 들지 않아 내내 그만둘 생각을 하며 다녔다. 박자가 수시로 변하는 통에 어렵기도 하지만 베토벤이나 모차르트 같은 고전 음악에 길이 든 터라 소위 현대 음악이 마음에 들지 않았던 것이다.

자동차 지나는 소리, 사이렌 소리, 발자국 소리들로 시작되는 곡은 길지는 않지만 잠시 정신을 다른 곳으로 팔면 박자를 놓치기 십상이었다. 그나마 우리끼리 연습할 때와 달리 오케스트라에 어린이 합창단까지 섞어놓으니 정신이 하나도 없었다. 그래도 한 시간쯤 지나고 나니 틀이 잡히는 것 같았다. 공연에 별 무리가 없을 듯싶은지 지휘자가 싱긋 웃으며 다음 곡을 연습하자고 했다. 인터미션 전에 오케스트라가 연주할 다른 곡을 연습하자는 뜻이다.

합창단원들이 자리를 뜰 시간의 여유도 없이 지휘자는 곧바로 지휘봉을 들었다. 통상, 합창단원들을 먼저 보내고 오케스트라만 남아서 연습을 하는 법인데 시간을 절약하기 위해 그렇게 하는 것 같았다. 10분이라도 지체되면 오케스트라 단원들에게 오버타임을 지불해야 되기 때문이라며 옆에 서 있던 여자가 하얗게 눈을 흘겼다. 우리는 주춤주춤 자리에 앉았다.

그들이 연습하는 곡은 리하르트 슈트라우스의 '죽음과 변신'이라고 했다. 리하르트 슈트라우스가 25세에 작곡을 했다는데 25세에 생각했던 죽음이어서인지 곡이 아름다웠다.

25세에 나는 무엇을 했던가? 25세가 되던 해 봄, 생전 처음 비행기를 타고 내린 곳이 디트로이트였다. 저녁에 해가 기울기 시작하면 순식간에 거리가 텅 비어버리는 도시. 운전 연습을 하기 위해 털털거리는 차를 끌고 나가면 거리의 맨홀에서 허연 김이 물물 올라와 흡사 괴기 영화의 장면 속으로 들어와 있는 것 같은 느낌을 주는 황량한 그곳에서 나는 무슨 생각을 하며 살았던가?

추석날 밤, 물리학을 전공하던 남학생이 끓인 콩나물국, 커다란 냄비에 고기를 숭덩숭덩 썰어 넣고 양파와 콩나물을 아무렇게나 던져 넣어 끓인 콩나물국을 먹은 후 우리는 곳곳에 녹이 슨 서너 대의 차에 나누어 타고 호숫가로 달려갔다. 달빛이 휘영청한 호수를 바라보며 목청껏 노래를 부르던 그들도 지금은 어디에선가 열심히 살고 있겠지. 마치 지금 연주를 하고 있는 오케스트라 단원들처럼 각자 자기의 악기를 연주하면서.

열 개의 손가락 중 어느 것 하나 중요하지 않은 것이 없듯이 클라리넷, 오보에, 바순, 트럼펫, 하프, 프렌치 혼 등 객석에서는 잘 보이지 않는 악기지만 중요하지 않은 소리는 하나도 없다. 오케스트라의 꽃은 스트링이며 그중에서도 바이올린이라 다른 악기들은 보조 역할을 할 뿐이라고 막연히 생각해오던 내 눈이 번쩍 떠지는 것 같았다. 인생길의 동반자처럼 내내 화음을 맞추며 동행하는 첼로와 비올라. 꽃이 만발한 들길에서 하늘을 날아오르는 새처럼 마음을 높이 띄워주는 피콜로와 플루트. 잡목 사이에서 툭 튀어나와 쪼르르 달려가는 토끼처럼 잠깐씩 등장하는 트라이앵글 역시 빼놓을 수 없는 존재였다.

다른 악기들이 쉬지 않고 연주하는 동안 가만히 앉아 있다가 가끔 한 번씩 일어나 공을 울리는 연주자가 그 순간을 놓치고 엉뚱한 곳에서 꽝 치면 어떻게 되는 거지? 여럿이 같이 연주하는 바이올린은 자신 없는 대목에서 슬쩍 음을 멈출 수도 있겠지만 내내 숨죽이고 자신이 출연할 순간만 기다리는 노릇은 훨씬 힘이 들 것 같다.

수억 개의 정충들이 하나의 난자를 향해 미친 듯이 돌진해 가도 그중에 성공하는 것은 딱 하나. 따라서 생명을 받고 이 세상에 태어난 것 자체가 엄청난 경쟁력에서 이긴 증거라고 말을 하던 생물학 전공의 미스터 박은 지금 무얼 하고 있을지 갑자기 궁금증이 일었다. 유난히도 시커먼 얼굴에 이목구비가 오종종하게 생겨 여학생들에게 전혀 인기가 없던 그는 학위를 다 끝내지 못하고 지도교수를 따라 다른 학교로 갔다.

학위를 받았는지 못 받았는지, 지금 어디서 무슨 일을 하고 있는지 모르는 미스터 박은 내 인생의 오케스트라에서 무슨 악기를 연주한 걸까? 악기를 연주하기는 한 건가? 불 꺼진 객석에 앉아 리허설 광경을 지켜보고 있는 몇몇 사람들 중의 하나는 아니었을까?

그럼, 모든 악기의 음 조절을 위해 기본음을 불어주는 오보에는 누구였지? 가끔 등장해 천상의 소리를 울려주는 하프는? 풍랑이 일 듯 거세게 몰아치는 드럼은? 그리고 낮은 음으로 스트링을 받쳐주는 더블베이스는?

연습이 끝나고 집으로 오는 차 안에서 니콜은 아까 하던 하소연을 다시 늘어놓았다. 밤길에 한 시간씩 운전해서 연습하러 가는 게 싫던 차에 마침 같은 교회에서 성가대를 하던 니콜이 합창단에 들어와 교대로 운전을 하며 같이 다니기 시작한 게 벌써 삼 년이 넘어간다.

"내가 우리 에이지아 성적표 안 보여줬지? 너무 기가 막히고 창피해서 보여줄 수도 없어. 2개만 D고 나머지는 다 F야."

"아니 어쩌다 그렇게 됐어요? 에이지아가 공부를 꽤 잘했었잖아
요."

"나랑 같이 살 때는 잘했지. 아니 어떻게 된 애가 체육까지 D를
받느냐구."

"지금은 같이 안 살아요? 그럼 누구랑 사는데?"

"지 엄마한테 갔어. 당신도 알다시피 에이지아랑 밍을 내가 맡
아 키운 게 7년이 넘었잖아. 그나마 밍은 내 아들이 낳은 애지만 에
이지아는 애비가 누군지도 모르는 걸 둘을 떼어놓을 수가 없어서
둘을 다 맡아 그렇게 열심히 키웠건만 틴에이저가 되니까 멋대로들
살고 싶어서 지 엄마한테 간 거야."

"엄마라니? 당신 며느리 말이에요?"

"며느리는 무슨? 내 아들이랑 결혼한 적도 없는데. 옆집 여자가
애를 낳아서 데리고 왔는데 내 아들을 빼다 박게 닮았으니 내 손
녀인가 보다 하는 거지. 그나마 에이지아는 애비가 누군지도 모른
다니까. 애 엄마 직업이 그 따위니 누구 새낀지 알 길이나 있겠어?"

"직업?"

"그래, 직업. 창녀 노릇도 직업이라고 해야 하나, 원. 그년이 창녀
노릇만 한 게 아니라 마약 딜러 노릇까지 하는 바람에 경찰이 들이
닥친 게 한두 번이 아니야. 오죽하면 내가 환갑이 넘은 나이에 애
들을 키우겠다고 데려왔겠냐구."

미국 사람들은 솔직한 건지 부끄러움을 모르는 건지, 한국 사람
들 같으면 감출 얘기를 거리낌 없이 해댄다. 아들이 도둑질하다 감
옥에 갔던 얘기며, 밍은 자기 손녀지만 에이지아는 아니라는 말을

아이들 앞에서 서슴없이 하는 통에 민망스러운 적이 한두 번이 아니다.

"그런 엄마한테 애들을 보내면 어떡해요?"

"내가 보낸 게 아니라니까. 전에는 바로 옆에 사는 엄마네 집에 발길도 안 하려 들던 아이들이 고등학교에 들어가면서부터 내가 정해놓은 규율이 싫어진 거야. 몰래몰래 즈이 엄마한테 드나들면서 화장도 하고 가슴이 다 드러나는 옷도 얻어 입고 하더니 아예 짐을 싸 들고 나간 거라구. 이제는 다시 돌아온대도 받아들일 생각이 없어"

"당신 아들은 뭐라 그러는데요?"

"내 아들? 그 녀석 얼굴 못 본 지가 몇 년인 줄 알아? 나는 그 녀석 어디 사는지도 몰라. 에이지아가 이제 열네 살이지만 조숙해서 화장을 하고 나가면 열일곱은 되어 보여. 게다가 얼굴까지 반반하니 몸 버리는 건 시간문제 아니겠어?"

"에이지아가 벌써 열네 살이에요? 밍은? 밍은 아직 어리잖아요."

"밍이 얼마 전까지만 해도 자기는 언니 따라가지 않겠다더니 개도 엊그제 갔어. 내가 지금 제일 걱정하는 게 뭔지 알아? 에미가 애들에게 창녀 노릇 시키는 거야. 돈벌이를 위해서는 뭐든지 할 년이니까. 이미 벌써 그 길로 들어섰는지도 모르지."

"설마……."

"이제 다시는 그 애들을 안 받아들일 거야. 엊그제 즈이 에미한테서 애들을 데려가달라고 전화가 왔었지만 어림없어. 나도 애들한테 정나미가 떨어졌다구. 이제는 빌어도 안 할 거야. 그래서 아까 학교에 가서 성적표 받아 온 거라구. 양육권 포기서 제출하는 데 그게 필요하다고 해서."

지난 몇 년 동안 코알라 곰처럼 어디를 가나 애들을 데리고 다니더니 마음을 단단히 다친 모양이다. 무엇이 니콜의 마음을 굳게 닫게 했을까? 아이들을 맡아서 키우는 동안 매달 꽤 많이 받던 정부 보조금 포기하는 것도 쉽지 않았을 텐데.

손주들 키울 때 무슨 보상을 바랐겠는가만 그렇게 정성을 들였던 아이들이 한순간에 돌아서는 것을 보고 실망이 컸나 보다. 그러나 저러나 자기 오케스트라에서 멜로디를 담당하던 바이올린을 밀어내면 앞으로 어떻게 연주를 하려는지 안쓰러웠다. 니콜은 차가 집 앞에 당도할 때까지 거듭거듭 이제는 아이들에게서 손을 떼겠다는 말을 했다. 마치 자신에게 주입이라도 시키려는 것처럼.

어젯밤에는 곧장 자러 가느라 몰랐는데 아침에 일어나 보니 부엌이 많이 흐트러져 있었다. 레인지 위에는 빈대떡 부스러기로 지저분한 프라이팬이 아무렇게나 놓여 있고 싱크대 안에는 오렌지 주스가 반쯤 담긴 유리 컵 두 개가 접시 위에 겹쳐 있었다. 나는 얼른 냉동 칸을 열어보았다. 아니나 달라 어제 하루 종일 지져서 봉지봉지 얼궈놓았던 빈대떡이 딱 두 봉지 남아 있었다. 혹시나 해서 냉장고 옆으로 돌아가 보니 어제 아침에 버무려 넣은 깍두기도 한 병밖에 보이지 않았다. 가슴이 후끈 달아올랐다. 누구 짓이지? 둘째인가, 셋째인가? 아니면 둘이 같이 와서?

그렇지 않아도 나누어 주려고 했건만 말없이 집어 간 걸 보니

화가 나서·견딜 수가 없었다. 나는 이층으로 달려 올라가 자고 있는 남편의 이불을 확 젖혔다.

"왜, 왜, 왜 이래?"

"빈대떡이랑 깍두기랑 당신이 줬어? 나 없는 새 당신이 누나들에게 줬냐구?"

"야, 뭐 그런 걸 갖고 그러냐? 당신 솜씨가 좋아서 맛이 기가 막히다 그러잖아. 그러니 어떻게 안 주냐? 어차피 나누어 먹으려고 많이 한 거 아니었어?"

"내가 주는 거하고 그냥 집어 가는 거하고 같애?"

"그냥 집어 간 거 아냐. 내가 줬다니까?"

"그러게 내 허락 없이 왜 줘? 이번 주말에 막내가 집에 온다 그래서 그 녀석 먹이려고 만든 건데."

"또 만들면 되겠구먼…… 내가 도와줄게."

궁시렁거리며 화장실 쪽으로 가던 남편이 우뚝 서더니 휙 돌아섰다.

"참, 둘째 누나가 가져온 의자 봤어? 꽃무늬 있는 동그란 의자 말이야. 당신이 전에 보고 좋다 그랬잖아. 어제 누나가 당신 준다고 가져왔어. 그러니 어떻게 빈대떡을 안 주냐? 셋째 누나가 질투로 눈을 번득이는 걸 당신이 봤어야 하는데, 히히. 참, 그리고 어제 큰누나한테서 전화 왔는데 지난번에 당신이 만들어 간 국 어머니가 좋아하신다고 한 번 더 만들어 오래. 자기가 하면 그런 맛이 안 난대."

어린 자식들 다섯을 오롯이 남겨놓고 남자 따라 집을 나가버렸던 어머니를 집에 모셔놓고 지극 정성으로 돌보는 큰 시누이를 나는 이해할 수가 없다. 새벽에 일어나 동생들 밥해 먹이며 학교에 다닐 때는 어머니가 그렇게 원망스럽고 미웠다면서 늙고 병들어 자신의 이름조차 잊어버린 어머니를 군소리 없이 5년째 돌보는 마음의 밑바닥에는 무엇이 있는 걸까?

넘어지며 자빠지며 자기들끼리 자라서 그런지 강씨 집 형제들의 우애는 남다르다. 집 사고 남편이 제일 먼저 한 일이 열쇠를 4개 복사해서 누나들과 형에게 나누어 준 일이었다. 여름휴가도 다섯 집이 같이 다니고 적어도 한 달에 한 번은 꼭 모여서 같이 밥을 먹는다.

누나들은 아무 때나 불쑥불쑥 들이닥쳐서 샤워 커튼까지 자기 마음에 드는 걸로 바꿔놓고 간다. 마치 인형에게 이것저것 옷을 갈아입히듯 자기들 마음대로다. 불평을 하면 잠깐 주춤하는가 싶어도 어느새 제자리로 돌아가 완전히 쇠귀에 경 읽기다.

한번은 첫째 누나가 사다 놓은 현관 바닥 깔개가 마음에 안 든다고 셋째 누나가 치워버렸다. 며칠 후에 깔개에 맞춰 신발장 덮개를 사 들고 왔던 첫째는 깔개가 없어진 걸 보고 셋째네 집에 갔다가 그 집에 깔려 있는 것을 보고 대노했다. 욕심도 많고 샘도 많은 셋째의 버릇을 고쳐야겠다고 생각했는지 첫째는 다음 가족 식사에 나타나지 않았다. 셋째가 싹싹 빌고 깔개를 도로 갖다 놓은 다음에야 그 문제는 해결이 났다.

남편이 막내라 주로 베풂을 받는 쪽이 우리지만 그래도 이런 생활에 적응할 때까지 오랜 세월이 걸렸다. 결혼 초에는 너무나 숨이 막혀 미쳐날 것 같을 때도 있었지만 포기를 하고 나니 이제는 그런대로 견딜 만하다. 그래도 가끔씩 속이 뒤집어지는 건 어쩔 수가 없다.

내 인생에서 시누이들이 연주하는 악기는 무엇일까? 바순? 트럼펫?

나는 서둘러 나갈 준비를 했다. 오늘은 할 일이 많다. 주말에 집에 올 막내가 먹을 음식도 만들어놓아야 하고, 저녁에 음악회에 가려면 자동차 엔진 오일도 갈아야 한다. 어제 니콜 차로 갔으니 오늘은 내가 운전할 차례인데 엔진 오일에 불이 들어오는 차를 끌고 나갔다가는 내내 니콜의 잔소리를 들을 게 뻔하다.

급하게 커피를 만들어놓은 후 옷을 갈아입고 나와 보니 부엌 카운터가 커피로 흥건했다. 서두르느라 커피포트를 제자리에 놓지 못해 흘러넘친 것이다. 시누이들이 와서 혀를 끌끌 차는 모습이 눈에 보이는 듯했다. 나는 대충 닦고 도요타 자동차 딜러로 달려갔다. 다른 것과 달리 오일 체인지는 딜러에서 하는 것이 더 싸고 세차까지 해주는 등 서비스도 좋다. 40분 정도 기다리는 동안 옆에 있는 커피숍에 가서 시럽을 듬뿍 뿌린 팬케이크에 곁들여 커피를 마실 생각을 하니 즐거웠다.

서비스 센터 안으로 차를 몰고 들어가자 해리슨 포드같이 생긴 중년의 남자 직원이 미소 띤 얼굴로 다가왔다. 오일 체인지를 하러 왔다고 하자 컴퓨터를 두드려보더니 그가 은근한 목소리로 물었다.

"미시즈 강, 사만 오천 마일 정기 점검할 시기가 지난 것 같은데… 오늘 하시겠습니까?"

"그게 뭔데요?"

"브레이크를 체크하고 타이어도 로테이트하고, 또 트랜스미션……."

"그거 다 하는데 얼마가 드는데요?"

"삼백오십 불입니다. 물론 오일 체인지 가격까지 포함이 된 거죠."

큰 키를 약간 구부리고 내려다보는 그의 눈동자가 유독 푸르다는 생각을 하며 나는 고개를 끄덕였다.

"그거 다 하는 데 몇 시간쯤 걸리나요?"

"대략 네 시간 정도 걸립니다. 바쁘시면 셔틀버스로 댁까지 모셔다 드리겠습니다. 저 안에 있는 대기실에서 잠깐만 기다리십시오."

대기실의 텔레비전에서는 모닝 쇼가 진행 중이었다. 가운데 탁자를 두고 디귿 자로 의자들이 죽 놓인 그곳이 병원 대기실보다는 분위기가 낫겠지만 오래 기다리고 싶은 생각이 들지는 않는 곳이었다. 한쪽 옆에 놓인 커피포트 속에 반쯤 남은 커피는 거의 탕약 색깔이었다.

잠깐만 기다리면 온다던 운전기사는 20분이 지나도 나타나지 않았다. 혹시 해리슨 포드가 잊어버린 게 아닌가 싶어 문을 빠끔히 열고 내다보았다. 그의 모습은 보이지 않았다. 나는 문을 열고 센터 안으로 들어갔다. 여전히 그의 모습은 보이지 않는데 내 빨간 차가 한쪽 옆에 세워져 있는 게 눈에 띄었다. 다른 차들은 후드가 열려 있거나 공중에 번쩍 들려 있는데 구석에 팽개쳐져 있는 내 차는 후줄근해 보이는 게 어딘지 과부가 데리고 들어온 자식 같아 안쓰러웠다.

두어 달 전 합창 연습하러 갔다가 주차장의 기둥을 긁어 오른쪽 범퍼에 벗겨져 나간 페인트를 덧칠한 부분이 유독 눈에 띄었다.

딜러에서 제대로 고쳤더라면 좋았을 것을 600불이나 달라기에 페인트 사다가 집에서 적당히 칠했던 것인데 그 부분이 멀리서도 눈에 잘 띄어 늘 가슴 한구석이 깔짝거리는 것이다.

멀쩡히 잘 달리는 차 오일 체인지나 할 걸 괜히 잘생긴 남자한테 꼬여 이게 무슨 꼴인가 싶기도 하고, 팬케이크는커녕 커피 한잔도 못 마신 생각을 하니 처량한 생각도 들었다. 이제라도 그냥 차를 끌고 가버릴까 하는데 휘청휘청 해리슨 포드가 걸어오는 게 보였다. 그는 나를 보자 성큼성큼 빠른 걸음으로 웃으며 다가왔다.

"아직 못 가셨군요. 잠깐만 기다리십시오. 제가 알아보겠습니다."

전화기를 집어 들고 몇 마디를 하던 그가 이쪽으로 고개를 돌렸다.

"아까 나간 셔틀버스가 서너 군데 들러 손님들을 내려놓고 지금 이 근처에 왔다는군요. 잠깐만 더 기다리시면 될 겁니다."

여전히 친절한 말투이기는 하지만 더 이상 은근한 태도는 아니었다. 그때 마침 들어오는 은색 렉서스를 본 그는 미소를 함빡 머금고 그쪽으로 갔다.

다시 대기실로 들어와 텔레비전으로 시선을 돌렸다. 교육학자와 심리학자가 나와서 아이들의 교육에 대해 저마다 자기 의견을 피력하고 있었다. 내 아이들은 이미 다 커서 집을 떠났지만 교육학을 전공한 나에게는 흥미 있는 토픽이었다.

십 분쯤 지났을까, 꾸부정한 할아버지 한 분이 들어와서 한번 휘이 둘러보고는 나갔다. 나는 별생각 없이 텔레비전에 신경을 집중했다. 잠시 후에 할아버지가 다시 나타났다. 그가 이번에는 곧장 내 쪽으로 왔다.

"미시즈 강?"

"예스."

"오케이, 레츠 고."

팔십은 확실히 넘겼을 것 같은 노인이 직원이라니. 나는 황급히 옆 의자에 두었던 핸드백을 집어 들고 할아버지의 뒤를 따랐다. 어깨가 구부정한 할아버지는 커다란 열쇠 뭉치를 들고 한참을 꾸물대다 차 문을 열어주었다. 엔진을 켜자 귀청을 울릴 정도로 요란한 음악소리가 쏟아져 나왔다. 노인이 로큰롤을 듣는다는 사실이 놀라웠다. 카세트 플레이어 주위로 1불짜리 지폐가 두어 장 꽂혀 있었다. 노골적으로 팁을 달라는 것 같아 언짢았다.

딜러를 벗어나 6차선으로 들어서려던 노인은 좌우를 살피지도 않고 오른쪽 깜빡이를 켜는 동시에 액셀러레이터를 밟았다. 순간 왼쪽에서 달려오는 차를 본 내 입에서 저절로 비명이 나왔다. 할아버지가 급히 브레이크를 밟았다. 몸이 왈칵 앞으로 쏟아졌다. 와짝 진땀이 났다. 나는 무릎을 약간 벌린 채 두 발을 단단히 바닥에 디뎠다. 노인은 아무 일도 없었다는 듯이 유유히 차를 몰아 큰길로 들어섰다. 로큰롤 음악소리가 너무 커서 작게 해달라고 말을 해야 하나 어쩌나 망설이고 있는데 몸이 점점 떨려왔다. 에어컨 바람이 쌩쌩 나오고 있었던 것이다.

"춥지 않으세요?"

"왓?"

잘 안 들리는지 노인이 오른쪽 귀에 한 손을 대고 내 쪽으로 몸을 돌렸다. 고개만 피뜩 돌리는 것이 아니라 온몸을 돌리니 차가 노란 선을 밟으며 오른쪽으로 기울어졌다.

"아니, 아무것도 아니에요."

나는 기겁을 하며 손을 내저었다. 몸을 앞으로 돌린 노인은 잠시 후에 내 말뜻을 깨달았는지 핸들을 쥐고 있던 손을 놓고 소매 끝으로 비죽이 나온 내복을 가리키며 윙크를 했다. 남들은 반소매를 입는 날씨에 내복이라니.

그 후 십여 분 정도 차는 스무드하게 잘 달렸다. 나는 팔짱을 풀고 창밖을 내다보았다. 멀리 보이는 나무들이 6월의 햇살 아래 싱싱하게 빛나고 있었다. 손님들을 위해 로큰롤을 틀어놓고 초여름에 내복을 껴입은 채 달리고 있는 할아버지의 옆얼굴이 즐거워 보였다. 할아버지가 돈을 벌기 위해서만 이 일을 하는 것 같지는 않았다. 일주일에 두어 번 나와서 일한다는데 월급을 많이 받을 리는 없고 보나 마나 퇴직 후에 남아도는 시간을 이렇게 활용하는 것 같았다. 어쨌든 열심히 일하는 할아버지의 모습이 보기 좋았다. 집으로 들어서는 골목이 저 앞으로 보일 때 나는 지갑에서 5불짜리 지폐를 꺼내어 카세트 플레이어 아래쪽의 틈새로 끼워 넣었다. 할아버지가 고맙다며 눈을 찡긋했다.

할아버지의 남은 인생이 단조가 아닌 장조로 연주되면 좋겠다는 생각을 하며 현관으로 들어서는데 전화벨이 울렸다.

"하이, 선희. 타냐예요."

"그래, 어제도 봤는데 웬일이니? 무슨 일 있니?"

"아니 그냥 좀 답답해서요. 지금 바쁘세요?"

"괜찮아. 무슨 일인지 말해봐. 애들한테 무슨 일 있니?"

"학교에서 연락이 왔는데 앤소니 성적이 너무 떨어졌다네요. 게다가 수업시간에 장난만 치고 다른 애들 공부까지 방해한다고 해서 오후에 선생님 만나러 가야 해요."

공부를 곧잘 하던 아이가 갑자기 성적이 떨어지면 나쁜 친구들과 어울리든지 마약에 손을 댄 것이 거의 틀림없는 일이라 걱정이 앞섰지만 그렇게 물어볼 수는 없었다.

"앤소니가? 르네는?"

"르네는 여전히 잘하지요. 학교 갔다 와서 둘이 같이 숙제를 하면 좋을 텐데 앤소니가 자존심이 상하는지 그러지 않네요. 애들 아빠라도 좀 도와주면 좋으련만……."

"애들 아빠랑 여전히 연락을 하고 사는 모양이구나. 다행이다. 경제적인 도움도 좀 받니?"

"몇 년 전 경찰 사칭죄로 직장에서 잘린 후로는 양육비를 한 푼도 안 내고 있지요. 베이비시터 값이라도 줄여볼까 해서 방과 후에 집에 좀 와 있으라고 했는데 그때 와서 앤소니 숙제하는 거나 좀 봐주면 얼마나 좋아. 둘이 앉아서 텔레비전만 보고 있다고요. 집에 들어가서 그런 모습을 보면 속에서 열불이 나요."

타냐의 목소리에서 화가 난 게 그대로 느껴졌다.

"그 사람 혼자 사니?"

혹시 저러다 그 사람이랑 다시 합치려는 게 아닌가 하는 생각이 들어 물어봤다.

"아니요. 재혼한 지 꽤 됐어요. 부인이랑 사이가 별로 좋은 거 같지는 않지만 자기가 돈을 못 버니 그냥 얹혀사는 것 같아요."

갈수록 답답한 얘기뿐이었다.

"저…… 이런 말 정말 하고 싶지 않은데 혹시 이십 불만 꿔줄 수 있어요? 내일 월급 받으면 갚을게요."

"이십 불? 겨우 이십 불 꿔달라고?"

말을 해놓고 보니 타냐의 자존심을 상하게 했을지도 모른다는 생각이 들어 나는 얼른 덧붙였다.

"그래, 걱정 마라. 언제 갖다 줄까? 아니 안 되겠다. 내 차가 지금 딜러에 있어서 나갈 수가 없구나. 네가 오면 안 되겠니?"

전화를 끊고 가만히 앉아 있으려니 유학생 시절 자동차에 기름 넣을 돈이 없어 쩔쩔매던 생각이 났다.

두 시간쯤 후에 나타난 타냐의 표정은 생각보다 밝았다.

"학교에 갔었어요. 앤소니 성적이 나쁜 이유를 알게 됐지요. 눈이 나빠져서 칠판이 안 보였다는군요."

"그래? 다행이구나. 이제 안경만 새로 하면 문제 해결이네."

진짜 다행이라는 듯이 대꾸를 하긴 했지만 칠판이 안 보일 지경이었으면서도 엄마가 돈이 없을까 봐 안경 새로 해달라는 말을 못 한 건지, 아니면 자기 아빠를 닮아 정말 공부 같은 건 아무래도 좋다고 생각을 한 건지, 어느 경우라고 해도 답답하기는 마찬가지였다.

타냐를 보내놓고 니콜과 함께 딜러로 가서 차를 찾은 후 디트로이트 오케스트라 홀로 향했다. 연주회가 있는 날이라 보통 때보다 화장을 짙게 한 니콜은 입술을 오므리고 콜라를 마시며 또 손녀딸들의 불평을 늘어놨다.

"아까 서류 하나 더 할 게 있어서 학교에 갔었는데 글쎄 복도에서 에이지아가 나를 보고 못 본 척하데. 괘씸한 것 같으니라구."

"아무리 그랬을라고요. 못 봤겠죠."

"내가 불러 세워서 야단을 치니까 그제서야 아는 체를 했다니까. 피 한 방울 안 섞인 자기를 그동안 내가 어떻게 키웠는데."

에이지아는 자기 손녀딸이 아니라는 말이 또 나올까 봐 나는 얼른 라디오를 틀었다. 베토벤의 합창교향곡이 흘러나왔다. 지난 시즌에 디트로이트 심포니와 그 곡을 했었기 때문에 잘됐다 싶어 나는 슬쩍 볼륨을 높였다.

까만 연미복을 입고 지휘대에 올라선 존 애덤스의 머리카락이 불빛을 받아 더 하얗게 빛났다. 그는 두 손을 모으고 약간 고개를 숙인 채 가만히 서 있었다. 사운드 시스템에서 차츰 소리가 들리기 시작했다. 거리의 소음이었다. 사람들의 발자국 소리, 차 지나가는 소리, 사이렌 소리, 그런 가운데 천천히 지휘봉이 올라가며 연주가 시작되었다.

지휘자와 악보를 번갈아 보며 노래를 하는 동안 가사가 가슴속을 파고들었다. 연습 때는 행여나 박자를 놓칠세라 신경 쓰느라 그냥 그러려니 했던 가사였다.

…… 그는 멋이 있었지요. 그가 나타나면 다른 사람들은 빛을 잃었다니까요. 그의 엄마는 지금도 그의 전화를 기다립니다. 매일 이 시간이면 전화를 했었거든요. …… 언니는 목소리가 참 고왔어

요. 고운 음성으로 많은 사람들을 즐겁게 했었지요. …… 사흘 후
면 그를 만난 지 석 달째가 돼요. 그게 바로 어제 같은데…….

어린이 합창 후에 슬그머니 사운드 시스템의 볼륨이 높아지며
사람들의 이름을 부르는 소리가 들렸다. 낮은 음성으로 하나씩 하
나씩, 배경 음악처럼 이름들이 불리었다. 9·11 때 죽은 사람들인
모양이었다. 곡은 차츰 고조되다가 '라이트! 라이트! 라이트!……'
오십 번도 넘게 '라이트'를 외치면서 클라이맥스에 올랐다. 그리고
는 들릴 듯 말 듯 작은 소리로 화음을 넣으며 합창은 끝나고 잠시
오케스트라의 연주가 이어지다가 지휘봉이 내려왔다.
　사람들의 이름이 다시 불리기 시작했다. 거리의 소음을 배경으로.
'릴리 탐슨…… 리처드 해치…… 아리알 곤잘레스…… 캐시
윤…… 아이 러브 유…… 아이 러브 유.'
　열두어 살쯤 되는 사내아이가 속삭이듯 말하는 '아이 러브 유'
는 깊은 여운을 남겼다. 그것으로 연주는 끝났다.
　인생의 오케스트라에서 바이올린 섹션이 몽땅 빠져나간다거나
트럼펫이 하나도 안 남아도 연주는 계속되겠지. 비록 기대했던 음
악은 연주할 수 없겠지만 어쩌면 더 독특하고 아름다울 수 있을지
도 몰라. 내일은 한국 마켓에 가서 배추 한 박스와 무 한 박스를 사
야지. 배추 한 박스로 김치를 담그면 여섯 병은 족히 나올 테고, 무
는 국이나 끓여 드시라고 두어 개씩 돌려야지. 달라기 전에 먼저
가져다주면 기분 나빠질 일도 없을 거야. 녹두는 타갠 걸 살까, 안
타갠 걸 살까. 타갠 거는 편하기는 하지만 너무 노란 물을 많이 들

였단 말이야……

오케스트라 단원들이 악기를 주섬주섬 싸서 무대를 떠나고 합
창단원들이 줄줄이 서서 계단식 벤치를 내려가는 동안 여러 가지
생각들이 머리를 스쳐 갔다.

담 넘는
남자

　저녁 설거지를 끝내고 거실로 나오는데 웬 남자가 이쪽으로 걸어오는 게 보였다. 바닥에 떨어져 있는 신문을 집으려던 나는 흠칫 놀라 그 자리에 멈춰 섰다. 해 떨어진 지 얼마 되지 않아 그다지 어둡지는 않았지만 얼핏 누군지 알아보기가 어려웠다. 나는 가만히 서서 그 남자가 가까이 올 때까지 기다렸다. 망설이듯 주춤주춤 가까이 오던 남자가 손을 약간 들며 미소를 지었다. 앞집에 사는 유대인 랍비였다. 나는 급히 거실을 가로질러 가서 현관문을 열었다. 양쪽 귀밑으로 곱슬곱슬한 머리카락을 몇 가닥 늘이고 머리 꼭대기에 손바닥만 한 동그란 모자를 얹은 작달막한 남자는 온화한 미소를 띤 채 말했다.

　"실례합니다. 부탁이 하나 있어서 왔는데요."

　"네, 말씀하세요."

　"저어, 제 차 문을 좀 닫아주시겠습니까? 딸아이가 차 문을 덜

닫았는지 실내등이 들어와 있어서요."

나는 그 말이 얼른 이해되지 않아 잠시 남자의 얼굴만 쳐다보았다.

"안식일이 시작됐거든요."

"아, 그렇군요."

오늘이 금요일 저녁이라는 데 생각이 미치자 그의 말이 이해됐다. 매주 금요일 해가 떨어지는 시각부터 토요일 해가 지는 시각까지가 안식일이라 그동안 유대인들은 아무 일도 못 한다. 퍼뜩 작년에 성지 순례를 다녀온 사촌 오빠의 말이 생각났다. 이스라엘에 도착한 이튿날이 금요일이었는데 저녁이 되자 호텔의 엘리베이터가 자동으로 층마다 서더라는 것이었다. 원하는 층수를 가리키는 단추를 누를 수 없는 그들을 위해 밤새도록 혼자 열렸다 닫혔다 하는 엘리베이터가 인상적이었다며 오빠가 어이없어했다.

"야, 안식일에 우리나라 육군 일 개 사단만 풀어놓으면 이스라엘 점령하는 건 식은 죽 먹기겠더라. 그 친구들 눈 번히 뜨고 당할 거 아냐?"

나는 급히 신발을 신고 남자를 따라갔다.

'만약 그때 내가 거실에서 이 남자를 보지 않았더라면 우리 집 문을 두드렸을까? 아니면 누군가 보고 문을 열어주기만 기다리고 마냥 서 있었을까.'

묻고 싶은 마음은 굴뚝같지만 차마 그럴 수는 없었다. 나는 차 문을 열었다가 쾅 닫아주고 돌아서며 또 부탁할 일이 있으면 언제라도 찾아오라고 웃으며 말했다. 이렇게 사소한 일로도 남을 도울 수 있다는 사실이 기분 좋았다. 그는 여러 번 고맙다는 말을 했다. 그러고 보니 대부분이 유대인인 이 동네에서 그동안 도움받기도 쉽지 않았겠다는 생각이 들었다.

현관문을 열고 집 안으로 들어오는데 정면으로 예수님 그림이 눈에 들어왔다. 예수님이 문밖에 서 있는 그림으로 이 집에 이사온 지 사흘 만에 송 권사가 사다 걸어준 것이다. 벽의 반을 차지할 정도로 커다란 그림이 유대인 랍비의 눈에 어떻게 비쳤을지, 픽 웃음이 나왔다.

조용한 집 안에 냉장고 돌아가는 소리만 크게 들렸다. 아까 저녁 먹으며 아빠 눈치를 살피던 호근이가 우물쭈물하다 친구들과 농구 구경을 가고 싶다고 말을 꺼냈을 때 남편은 말없이 아이를 노려보았다. 잠시 숨을 고른 후 남편은 억지로 가라앉힌 듯한 음성으로 설교를 시작했다. 목사네 식구들이 참석하지 않는 금요 철야기도에서 누가 은혜받기를 기대하겠느냐는 게 설교의 요지였다. 나는 못 들은 척 돌아서서 다 익은 생선전을 계속 뒤적였다.

"예수님 재림하실 날이 코앞에 닥쳤는데 어쩌자고 너희들은 세상일에만 그렇게 관심이 많으냐? 얼른 먹고 일어나. 교회 가자."

고개를 푹 숙인 채 남편을 따라 나가던 아이의 운동화 끈이 풀어져 너풀거리던 게 자꾸 눈에 밟혔다. 방과 후에 햄버거 가게에서 일하는 호정이가 돌아오려면 아직 서너 시간은 더 있어야 하니까 그때까지는 혼자 있을 수 있다. 나는 잠시 생각했다. 페퍼민트 차를 한잔 끓여 모차르트를 들으며 책을 읽을까, 소파에 누워 아무 생각도 안 하고 텔레비전이나 볼까, 아니면 뜨거운 물에 비누거품을 잔뜩 풀고 목욕을 할까 망설이는데 전화벨이 자지러지게 울렸다. 나는 전화기를 한참 바라보다 천천히 수화기를 들었다.

"사모님, 어디 편찮으세요? 오늘도 목사님 혼자 나오셨는데 무슨 일이 있으신가 걱정이 돼서요."

아들뻘의 남편을 목사님이라고 하늘같이 떠받드는 송 권사였다.

"네, 머리가 좀 아파서요. 한숨 자고 나면 괜찮아질 거예요. 걱정 해주셔서 감사합니다."

대답을 하자 정말 머리가 아픈 것 같았다.

"예, 우리가 합심해서 사모님을 위해 기도하지요. 몸이 약하셔서 참 걱정이네요. 머리에 손을 얹고 기도하면 나을 텐데……"

마지막 말은 나더러 들으라고 하는 소린지 혼잣소린지 우물우 물하며 전화가 끊겼다. 나는 예언하는 은사를 받았다는 송 권사와 마주치는 것을 가급적 피해왔다. 노인네가 어디서 기운이 나는지 매일 밤 대여섯 시간씩 기도한다는 소리에 기가 질리기도 했지만 무엇보다도 나를 바라보는 그 눈길이 싫었다. 목사 부인의 역할을 제대로 해내지 못하는 데 대한 질책과 못마땅함이 깔려 있는 눈길. 예언을 한다는 대목은 더 껄끄러워 어쩌다 마주쳐도 가능하면 눈 길을 피해왔다.

나는 CD 플레이어에 모차르트의 오보에 콘체르토를 얹고 볼륨을 높인 다음 목욕탕으로 가 물을 받았다. 비브라토 없이 단음으로 높고 곧게 흘러나오는 오보에의 음이 허공을 가로질러 가슴속으로 들어왔다. 나는 천천히 옷을 벗고 물속으로 들어가 앉았다. 머리를 뒤에 기대니 물이 가슴 위에서 찰랑거렸다. 눈을 감았다. 영화 아마 데우스의 한 장면이 떠올랐다. 피아노 위에 놓인 악보를 들고 경이에 가득 찬 표정을 짓던 살리에리. 그리고 그의 머릿속을 감도는 슬프도록 아름다운 음악. 그 곡명을 알아내기 위해 남편과 나는 영화가 끝난 후에도 자리에 남아 화면에 영화와 관계됐던 사람들의 이름이 다 나열되고 마지막으로 영화사 마크가 나올 때까지 꼼짝 않고 앉아 있었다. 유학생 시절 우리는 적어도 한 달에 한 번씩 꼭 영화를 보러 다녔다. 극장 값에 베이비시터 비용까지 합하면 그 돈도 만만치 않았지만 차라리 반찬 한 가지를 줄일지언정 그 즐거움을 포기할 생각은 없었다. 그때는 남편이 목사가 되기 훨씬 전이었다.

남편은 친구들 사이에서 불우한 천재라고 불리었다. 그는 중학교 때부터 가장 역할을 해야 했다. 서너 집 건너에 사는 젊은 과부에게 드나들던 아버지가 그들을 버렸던 것이다. 넋 놓고 앉아만 있는 어머니 옆에서 그까지 그러고 있을 수는 없었다. 그가 어떻게 가장 노릇을 했는지 나는 알지 못한다. 이야기가 그 대목에 이르면 그는 굳게 입을 다물었다. 중학교 삼 년 내내 전교에서 일등을 했어도 그는 가고 싶은 고등학교에 갈 수가 없었다. 학비는 물론 생활비까지 대주는 철도 고등학교로 진학했다. 대학도 전액 장학금을 주는 곳을 택해야 했다. 대학 졸업 후 풀브라이트 장학생으로 미국에 오는 날까지 그는 동생들의 뒷바라지를 했다. 그러나 미국에 도착하는 날로 그는 가족과 인연을 끊었다. 나는 지금도 그의 어머니나 동생들이 어디서 어떻게 살고 있는지 모른다.

가끔 일에 몰두해 있는 남편의 옆얼굴에서 선뜻한 냉기를 느낄 때가 있다. 그럴 때면 나와 아이들과도 얼마든지 인연을 끊을 수 있는 사람이라는 생각이 들었다. 그는 얼마 전까지만 해도 아이들에게 무척 자상한 아빠였다. 아이들도 넘어져 다치기라도 하면 엄마보다 아빠를 더 찾았다. 그는 우는 아이를 품에 안은 채 따뜻한 물로 상처를 씻고 정성스레 약을 발라주곤 했다. 호근이는 텔레비전에서 농구나 축구 경기를 볼 때 아빠가 옆에 있으면 더 신이 나서 떠들었고 호정이는 아빠랑 같이할 수 있기 때문에 작문 숙제를 좋아할 정도였다.

그는 아이들을 큰 소리로 야단치는 적이 없었다. 이해가 힘든 어린 나이에도 이치를 따져 설명하려 들었다. 그럴 때 호정이는 눈물을 뚝뚝 흘리면서도 들었지만 호근이는 몸을 비틀며 딴전을 부리기 일쑤였는데 그는 아이가 꼼짝 못하도록 양팔을 꽉 붙든 채 음성도 높이지 않고 설명을 하고 또 했다. 저녁에 아이를 씻기다 팔에 퍼런 멍이 든 걸 본 후로 그런 모습을 보는 내가 오히려 소리를 지르고 싶은 충동을 참아야 했다. 참을 수 없을 지경이 되면 일부러 찬장 문을 탕탕 닫고 물을 세게 틀어 설거지를 왈가당 달가당 했다. 그 통에 유리컵이 깨지면서 손을 심하게 베어 응급실에 간 적도 있었다. 걷잡을 수 없이 흐르는 피를 보며 그제야 마음이 가라앉던 기억이 난다.

오보에 콘체르토가 어느새 끝났는지 플루트와 하프를 위한 콘체르토가 시작되고 있었다. 나는 왼쪽 수도꼭지를 비틀어 뜨거운 물이 조금씩 나오게 했다. 뜨거운 물이 기다란 끈처럼 흐느적거리며 왼쪽 다리에서 허리, 가슴 쪽으로 올라왔다. 물을 휘젓자 뜨거운 물이 고루 퍼졌다. 점점 견디기 힘들 정도로 물이 뜨거워졌다.

상체를 조금 일으키니 물 밖에 나와 있던 살색과 물속에서 빨개진 살색이 금을 그은 것처럼 현저하게 차이가 났다. 잠시 그대로 앉아 있었다. 쳐들어온 물소리에 밀려 어느 사이엔가 음악소리는 멀찌감치 뒤로 도망가 있었다. 나는 물속에서 나와 가운을 걸치고 침대 위에 누웠다.

그의 빛나는 아이디어를 알아주지 않는 직장을 남편은 무척 한심해했다.

"무식한 놈들, 도대체가 생각이란 걸 안 하고 살아. 위에서 시키는 대로만 하려 드니 무슨 발전이 있겠어."

지도교수와의 알력 때문에 박사 학위를 중도에서 포기한 그가 처음부터 원하는 직장을 찾는 건 무리였다. 이력서를 수십 군데 내고 열심히 인터뷰를 하러 다녔지만 그의 욕구를 충족시켜 줄 만한 직장은 쉽게 찾아지지 않았다. 힘들게 받은 석사 학위는 직장에 따라 너무 높은 학력이거나 너무 낮아 걸림돌만 될 뿐이었다.

몇 달 후, 그는 최종 학력을 감추고 크라이슬러 자동차회사에 단순 노동자로 취직했다. 거기는 다른 곳에 비해 월급도 많고 다른 조건들도 월등히 좋았다. 그 직장에서 오 년 동안 일을 했으면서도 그는 단 한 명의 친구도 사귀지 못했다. 집채만 한 텔레비전 앞에 앉아 맥주를 마시며 큰 소리로 떠드는 걸 생의 즐거움으로 삼는 그들과 남편은 애초부터 어울릴 수가 없었다.

그는 텔레비전 보는 것을 즐겨 하지 않았다. 영화를 좋아하는 사람이 왜 텔레비전은 싫어하는지 이해할 수가 없었다. 저녁 설거지를 끝내고 텔레비전 앞에 앉는 내 옆에서 그는 타임지나 내셔널

지오그래픽 같은 잡지를 읽다가 자꾸 코앞으로 책을 들이밀며 말을 걸었다.

"이 거미줄 좀 봐. 거미가 자기 눈에만 보이도록 점점이 풀 같은 걸 발라놨지. 그러니까 다른 곤충들은 쩍 들러붙어서 못 움직여도 자기는 그 사이 사이를 피해 건너다녀서 끄떡없는 거야. 이놈들 무지하게 약은데."

내가 힐끗 책에 눈길을 주면 얼른 다른 페이지를 펴서 내밀었다.

"아, 이제야 왜 우리나라 남자들이 지렁이를 좋아하는지 알겠네. 지렁이가 자웅동체라는 거 당신도 알고 있었어?"

그가 텔레비전 보지 말라는 말을 한 적은 없다. 그러나 그가 옆에 있으면 열심히 화면을 쳐다보는 게 슬그머니 부끄러워지며 재미가 없어졌다. 차라리 뜨개질 바구니를 끌어당기거나 뜻도 잘 모르는 영어 신문을 집어 들게 됐다. 우리는 한국 신문을 구독하지 않았다. 한국 비디오테이프도 물론 빌려 보지 않았다.

어느 날 저녁 유일하게 가깝게 지내는 부부가 놀러 온 적이 있었다. 아이들을 일찌감치 재워놓고 우리는 카드 게임을 했다. 새로 배운 그 게임이 재미있어 나는 정신을 온통 거기에 쏟고 있는데 게임하는 틈틈이 잡지를 뒤적이던 남편이 시큰둥한 표정으로 아무 카드나 내는 바람에 번번이 우리가 졌다. 그러자 신이 난 친구 부인이 한국에서 한창 인기 중이라는 연속 방송극의 줄거리를 이야기하다 마침 그 테이프가 차에 있으니 가져다주겠다며 일어섰다. 그러자 남편이 삐죽이 웃으며 말했다.

"그런 게 그렇게 재미있어요?"

남편의 얼굴을 보더니 머쓱해하며 그냥 입을 다물고 말던 그 부인의 표정이 지금도 생생하다.

그즈음부터 남편은 성경을 열심히 읽기 시작했다. 그래도 한국 교회에는 다니지 않았다. 가끔 집 근처의 미국 교회나 성당에 가는 눈치였다. 그는 성경 외에도 많은 책들을 사다 읽었다. 모두 종교 서적들이었다. 텔레비전을 보는 내 옆에서 그는 말없이 종교 서적들을 읽었다. 어려서 학생조사서를 작성할 때 종교란에 기독교라고 적어 넣던 내가 그러는 남편을 특별히 싫어할 이유는 없었다. 단지 그의 눈에 내가 점점 더 속물로 비치리라는 사실만이 조금 걸렸다.

목욕물 때문에 뜨거워졌던 몸이 점점 식어가며 오한이 드는지 재채기가 거푸 났다. 나는 부엌으로 가서 싱크대 밑의 캐비닛을 열었다. 접시 닦는 세제와 쓰레기통 사이로 손을 들이밀자 포도주 병이 잡혔다. 나는 어두운 부엌에 서서 유리잔 가득 포도주를 따랐다. 잔을 들고 돌아서는데 지잉, 냉장고 돌아가는 소리가 났다. 냉장고 문을 열고 치즈를 꺼냈다. 치즈의 한쪽 귀퉁이에는 하얗게 곰팡이가 피어 있었다. 냉장고 문을 열어놓은 채 치즈를 싸고 있는 껍질을 벗겨내고 곰팡이가 핀 부분을 잘라 쓰레기통 속으로 던져 넣은 나는 한 손에 치즈를, 다른 손에는 와인 잔을 들고 소파에 가서 앉았다.

바깥은 그 사이에 완전히 어두워져 있었다. 나는 일어나서 커튼을 닫고 크리스마스 때 켜던 빨간 초와 초록색 초를 찾아와 불을 붙였다. 그리고 전기 스위치를 내렸다. 입 안에 물고 있다 삼킨 와인이 목줄기를 타고 내려가 빠른 속도로 위장을 휘도는 듯싶더니 아래로 내려가며 잠자고 있던 여성을 흔들어 깨웠다. 거푸 두 모금을 더 마셨다. 몸이 차츰 따뜻해졌다. 지난 가을 남편이 예수 재림 교회를 세우고 담임 목사가 된 이후로 우리는 한 번도 잠자리를 같이하지 않았다.

그는 남들처럼 제대로 신학교를 나와 목사 안수를 받은 게 아니었다. 이삼 년 동안 통신으로 몇 과목씩 공부를 하던 어느 날, 신학교라는 게 오히려 신앙생활에 방해만 될 뿐이라고 단호하게 말하고는 신학교와 인연을 끊었다. 그리고 계속 혼자 공부하는 눈치였다. 그러면서 그는 차츰 차츰 변해갔다.

우선 식생활이 변했다. 유독 고기를 좋아하던 사람이 고기를 멀리하는 듯싶더니 어느 날 갑자기 돼지고기를 상에 못 올리게 했다. 뭘 그렇게까지 유난을 떠나 싶어 나는 일부러 냉동고 속에 있던 돼지고기와 소고기를 같이 갈아 햄버거를 만들었다. 그리고 그것을 구워 양상추와 토마토와 함께 빵 사이에 넣고 마요네즈와 케첩을 발라 샌드위치를 만들어주었다. 그는 한입 베어 먹더니 말없이 고기를 끄집어내고 빵과 야채만 먹었다. 나는 못 본 체했다. 그는 아무 일도 없었다는 듯이 식사를 끝내고는 고기를 냅킨에 싸서 쓰레기통에 넣었다. 나는 거실 쪽으로 가는 그의 등에 대고 소리를 질렀다.

"도대체 돼지고기를 안 먹는 이유가 뭐야? 갑자기 유대인이라도 된 거야?"

"아니, 그냥 먹기가 싫어진 것뿐이야."

그는 가벼운 어투로 미소까지 띤 채 대답했다.

또 하나 달라진 것은 그의 관심이 나와 아이들에게서 딴 곳으로 옮겨 갔다는 것이다. 그는 더 이상 아이들과 놀아주지 않았고 숙제를 봐주지도 않았다. 저녁에 집에 오면 서재에 틀어박혀 좀체 나오지 않았다.

그러더니 어느 날 나를 붙들어 앉히고 성경 공부를 시작했다. 성경 공부의 주제는 단 하나였다. 임박한 예수님의 재림. 임박이 어느 정도냐 하면 그해 구월 말이라는 것이었다. 그는 여러 권의 책을 펼쳐놓고 그 이유를 설명했다. 구월 말에 예수님이 공중으로 재림하면 그 순간 예수를 잘 믿는 사람들은 눈 깜짝할 사이에 공중으로 들려 올려져서 하늘나라로 간다는 얘기인데 성경 지식이 없는 나는 도무지 이해하기 힘들었지만 열을 띠고 설명하는 그의 말을 계속 듣다 보니 차츰 그럴듯하게 들리기 시작했다. 고개를 끄덕이는 내 손을 붙잡고 그는 울면서 감사의 기도를 드렸다.

이튿날, 그는 우리를 데리고 백화점에 가서 호근이에게 입힐 흰 양복과 호정이와 내가 입을 흰 드레스를 샀다. 구월 말 공중에서 예수님을 만날 때 입을 예복이었다. 백화점에서 돌아오는 길에 그는 우리를 차 안에서 기다리게 하고 직장에 들어가 사표를 내고 나왔다. 본격적으로 하나님 사업을 하기 위해서라는 것이었다.

"그게 어떻게 하는 건데? 사업이라면 돈은 좀 들어오겠네."

농담 같은 내 말에 그는 빙긋이 웃기만 할 뿐 아무 설명도 하지 않았다. 원래 남편은 열 살이나 아래인 나를 어린애 다루듯 했다. 나 또한 여태껏 거기에 별 불만이 없었다. 머리 좋은 남편이 어련히 잘 알아서 하랴 싶어 웬만해서는 그의 말을 거스르지 않았다. 전기

세, 수도세까지 남편이 다 알아서 내기 때문에 나는 풍족한 생활비와 용돈으로 가끔 쇼핑을 즐길 뿐이었다.

그해 구월에 예수님은 오지 않았다.

그는 실의에 잠겨 서재에서 나오려 들지 않았다. 그러나 실망에 오래 잠겨 있지 않았다. 며칠 만에 웃음을 되찾았다. 그만 계산을 잘못했다는 사실을 깨달았다는 것이었다. 올해가 아니라 다음 해 구월에 예수님이 오신다는 징조를 찾아냈다며 다시 흥분하기 시작했다.

우리는 근처에 있는 작은 한인 교회에 등록하고 매 주일 예배에 참석했다. 그러나 서너 달 지나자 남편은 그 교회 사람들이 예수님 재림을 떨리는 가슴으로 기다리지 않는다고 불평하며 그만두었다.

차츰 생활이 쪼들리기 시작했다. 수입은 없고 지출만 있는 생활이 어려워지는 건 당연했다. 그래도 그는 직장 찾을 생각을 하지 않았다.

"내년에는 틀림없이 주님이 오실 텐데 두렵고 떨리는 마음으로 준비하며 기다려야지 세상일에 매달려 있을 수 없잖아."

그는 내 손을 잡고 안타깝다는 표정으로 말했다.

"그래, 좋아요. 내년에 오신다 칩시다. 그래도 그때까지는 살아야 되잖아요."

나는 남편의 손을 뿌리쳤다.

"걱정하지 마. 공중에 나는 새와 들에 핀 백합화도 하나님이 다 먹이시고 입히시는데 뭘 걱정해."

믿기만 하면 된다는 남편의 말과 달리 구월이 오기 전에 우리는 집을 팔고 아파트로 이사 가야 했다.

그해 구월에도 예수님은 오지 않았다. 간절히 기다렸던 만큼 실망도 클법한데 의외로 남편은 지난번보다 빨리 기분을 수습하고 더 열심히 성경 공부에 몰입했다. 그러나 나까지 성경 공부만 하고 있을 수는 없었다. 어느 날, 저녁 식사를 하는 도중에 나는 슬쩍 남편에게 물어보았다.

"여보, 나 부동산 에이전트 해보면 어떨까?"

"당신이? 그거 하려면 시험 봐서 자격증 따야 할 텐데 당신이 할 수 있겠어?"

아내가 직업전선에 나서겠다는데 전혀 반대 의사가 없는 남편을 보자 기분이 나빠져 나도 모르게 소리를 질렀다.

"공부하면 되지 그까짓 걸 왜 못 해?"

성경 공부하는 정열의 반만 쏟아도 너끈하겠다는 말은 하지 않았다.

목욕 후에 마신 포도주가 피곤한 몸을 풀어주었는지 소파에서 깜빡 잠이 들었던 나는 차 문 닫히는 소리에 깜짝 놀라 깨었다.

"촛불 켜놓고 혼자 뭐해?"

열쇠로 문을 열고 들어와 옆에 앉는 호정이한테서 프렌치프라이 냄새가 옅게 풍겼다.

"피곤하지? 목욕할래?"

나는 얼굴로 흘러내리는 호정의 머리카락을 귀 뒤로 넘겨주었다.

"좀 있다가. 엄마, 오늘 한 건 했어?"

“두 건. 한 채는 팔고 한 채는 사고.”

“와, 엄마 오늘 돈 많이 벌었네.”

우리는 농구선수들처럼 두 팔을 번쩍 들고 손바닥을 짝 부딪치며 하이파이브를 했다.

“그럼 이제 나 유럽 보내줄 수 있어?”

“학교 합창단에서 유럽 순회공연 간다는 거? 언제라 그랬지?”

“시월.”

“글쎄다. 아빠가 뭐라 그러실지…….”

그 말에 호정의 얼굴이 시무룩해졌다.

“걱정하지 마. 아빠한테 내가 잘 말해볼게. 늦었다. 가서 씻고 자라.”

“내일 토요일이니까 학교 안 가잖아. 늦게 일어나도 돼. 호근이는 아빠랑 교회 간 거야?”

호정이 피식 웃으며 물었다. 한쪽 입술이 살짝 올라가며 보조개가 패었다. 좁은 아파트에서 몇 년을 부대끼다 작년에 이 집을 산 즈음부터 햄버거 가게에서 일을 시작한 호정이는 아빠 앞에서 웃지 않는다. 남편과 비슷한 생각을 가진 사람들 몇이 모여 지난 가을에 세운 교회에도 나가지 않는다. 실은 나도 전에 다니던 교회에서 아직 적을 옮겨 오지 않고 있다.

“아빠네 교회는 교인 수가 몇 명이나 된대?”

“글쎄, 나도 잘 모르는데 한 스무 명쯤 되는 거 같더라.”

“우리가 그 교회 안 다닌다고 사람들이 뭐라 그러지 않나?”

“왜? 거기 다니고 싶니?”

"아니, 싫어. 난 그 사람들처럼 살고 싶지 않아."

호정이는 단호하게 말했다.

언제부터 비가 내리기 시작했는지 빗소리에 잠이 깨어 창밖을 보니 뿌옇게 새벽이 오고 있었다. 옆에서 남편이 엷게 코를 골며 자고 있었다. 나는 그를 향해 돌아누워 자는 옆얼굴을 가만히 쳐다보았다. 이 사람이 이십 년 가까이 같이 산 사람인가? 어떻게 이다지도 낯설 수가 있지? 내가 과연 이 사람을 안다고 말할 수 있을까? 나는 그만 서글퍼져서 자리에서 일어났다.

"호정아, 왜 그러니?"

화장실 가는 길에 호정이 방에 불이 켜 있어 들여다본 나는 깜짝 놀라 소리를 질렀다. 팬티 바람으로 거울 앞에 서서 여기저기 긁고 있는 아이의 몸이 온통 벌겠다.

"방에 벌레가 있나 봐. 잔뜩 물렸어."

"자다 말고 이불 속에서 뭐가 문단 말이야?"

말을 하며 아이의 몸을 살펴보니 다리며 가슴에 물린 자국이 열 군데도 넘었다.

"엄마, 이 방 옆에 붙어 있는 창고에 또 들짐승이 들락거리나 봐. 지난 봄에 토끼가 거기서 새끼 낳고 아예 살림을 차렸었잖아. 이번에도 그놈들 때문에 틈새로 벼룩이라도 들어온 거 아닌가 몰라."

호정이는 얼굴을 찡그린 채 계속 긁어댔다. 나는 아이에게 샤워를 하라 이르고 살충제를 찾으러 차고로 갔다. 전에 살던 사람이 호정이 방에 붙여 창고를 짓고 그 안에 정원 도구 따위를 넣어 두었는데 그 문이 잘 닫히지 않으면 토끼나 오소리 같은 짐승들이 드나드니 조심하라는 얘기를 해주었었다.

나는 차고에서 살충제를 꺼내 들고 밖으로 나갔다. 그 사이에 날이 완전히 밝아 손전등은 필요 없었다. 뒤뜰에 가보니 창고의 문이 조금 열려 있었다. 나는 땅에 떨어져 있는 나뭇가지를 들어 문을 살짝 열고 멀찍이 서서 안을 들여다보았다. 우선 움직이는 게 없어 일단 안심이 됐다. 한쪽으로 방충망들이 죽 세워져 있고 그 옆으로 갈퀴며 삽들이 놓여 있고 앞쪽으로는 화분들이 포개져 있는데 짐승 같은 건 없는 듯싶었다. 나는 살충제를 뿌리려고 한발 앞으로 나가다 기겁을 하고 물러섰다. 벽에 붙어 팔뚝만 한 크기의 희끗한 뭉치가 있는데 순간적으로 그게 짐승털이라는 생각이 들었던 것이다. 역한 냄새가 훅 풍겼다. 온몸에 소름이 쫙 돋았다. 몸이 덜덜 떨려 그대로 돌쳐서 뛰어오는데 코끝에서 냄새가 영 사라지지 않았다.

나는 남편에게 알려야겠다는 생각에 방으로 들어갔다. 그는 그때까지도 자고 있었다. 그가 누워 있는 침대 옆에 서서 나는 곤하게 자고 있는 사람을 깨워야 하나 말아야 하나 잠시 망설였다. 그때 침대 밑에 희끗한 게 눈에 띄었다. 나는 허리를 굽혀 그것을 집어 들다가 그 자리에 그냥 떨어뜨렸다. 그것은 채 마르지 않은 정액으로 뭉쳐진 휴지였다. 짐승 때문에 놀란 가슴은 여전히 두근거리는데 이번에는 머릿속까지 뒤죽박죽으로 엉클어지는 것 같았다. 나는 마당으로 나가 한참을 서성이다 들어왔다. 마음 같아서는 다시 뒤뜰로 가서 짐승을 몰아내든, 잡든 한바탕했으면 좋겠는데 그럴 용기가 나지 않았다.

나는 부엌으로 가서 손을 몇 번이나 씻은 후에 커피를 끓였다. 설탕도 크림도 타지 않은 진한 커피 잔을 들고 창가에 서서 바깥을 내다보며 마셨다. 그동안 잠깐 그쳤던 비가 세차게 쏟아지고 있었다. 커피 한잔을 다 마신 후 한잔을 더 따르려고 돌아서는데 유리창을 통해 유대인 랍비가 지나가는 게 보였다. 그는 까만 양복에 까만 모자를 쓰고 똑같은 복장을 한 두 아들과 나란히 걷고 있었다. 그리고 그 뒤로 까만 원피스를 입은 그의 부인이 딸의 손을 잡고 따라가고 있었다. 비가 억수로 쏟아지는데 우산도 받지 않고 차도 안 타고 천천히 그 비를 다 맞으며 소풍이라도 가는 양 그들은 여유 있게 유대인 회당이 있는 쪽으로 걸어갔다. 여기에서 회당까지 가려면 주택가를 빙 돌아가야 하기 때문에 이십 분은 족히 걸어야 한다. 나는 그들의 모습이 보이지 않을 때까지 목을 빼고 창밖을 내다보았다.

남편의 아침 식사가 끝나기를 기다렸다가 나는 창고 이야기를 꺼냈다. 그는 뒤뜰로 나갔다 곧 들어오더니 아무 말 없이 전화기를 집어 들었다.

"그새 도망가고 없습디까?"

"있어. 죽었더구먼. 그런데 죽은 지 꽤 된 거 같아. 너구리야."

그는 전화기를 내려놓고 전화번호부를 뒤적이기 시작했다.

"어디다 전화하는 거예요?"

"그거 치울 사람 불러야지."

"당신이 하면 안 돼요? 사람 부르면 돈 들잖아요."

"보기도 끔찍한데 그걸 내가 어떻게 치워."

그럼 당신이 할 수 있는 일은 뭐냐고 묻고 싶은 걸 참고 설거지
를 하는데 그가 전화에 대고 값을 흥정하는 소리가 들렸다.

"이따 와서 치워 갈 거야. 약도 좀 뿌리라 그랬어."

나는 수돗물을 잠그고 그를 향해 돌아섰다.

"호정이네 학교 합창단이 가을에 유럽으로 연주 여행 간다는 얘
기 들었죠?"

남편이 기분 좋을 때까지 기다리겠다던 애초의 계획을 버리고
단도직입적으로 말을 꺼냈다. 그는 말없이 고개를 들고 내 얼굴을
바라보았다.

"비용이 천 불쯤 들 거라는데요."

"그게 언제라 그랬지?"

"시월 중순이요."

순간 남편의 얼굴에 미소가 번지며 눈이 반짝 빛났다.

"그럼 구월 말까지 기다려보라 그래. 이번에는 틀림없이……."

나는 말이 끝나기도 전에 돌아서서 수돗물을 크게 틀었다. 남편
이 다가와 내 어깨에 손을 얹었다. 나는 젖은 손을 돌려 거세게 그
의 손을 뿌리쳤다. 잠시 후 그가 현관문을 열고 나가는 소리가 들
렸다. 나는 한참 동안 흐르는 물에 손을 대고 그 자리에 서 있었다.
분노가 걷잡을 수 없이 솟구쳐 올랐다. 나는 싱크대 안에 있는 유
리잔을 들어 벽을 향해 던졌다. 유리잔은 날카로운 음을 내며 깨져
바닥으로 흩어졌다. 그래도 분이 풀리지 않았다. 온몸을 벽에 부딪
쳐도 속이 시원해질 것 같지 않았다.

나는 설거지를 그대로 둔 채 거실로 가서 의자에 털썩 주저앉았

다. 몸에서 기운이 쭉 빠지며 가슴이 답답해왔다. 우리 속에 갇혀 꼼짝 못하고 있는 짐승이 이런 기분이겠지 싶었다. 뛰쳐나가고 싶었다. 벌떡 일어나 차 열쇠를 찾아 들고 현관 쪽으로 갔다.

막 문을 열려는데 앞집 현관문이 열리며 웬 남자가 나오는 것이 거실 유리를 통해 보였다. 그는 랍비처럼 키는 작지만 몸이 훨씬 가늘고 젊어 보였다. 그 역시 까만 양복에 까만 모자를 쓰고 있었다. 지금 나가면 그와 집 앞에서 만나 인사를 해야 할 것 같아 나는 그가 저쪽으로 갈 때까지 잠시 기다리기로 했다. 그는 집 앞 드라이브 웨이에 서서 좌우를 둘러보았다. 그러고는 재빨리 아까 그의 일행들이 간 반대쪽, 즉 철망으로 된 담이 있는 쪽으로 걸어갔다. 그 철망은 우리 집과 그리스 정교회를 가르는 담으로 그 너머가 그리스 정교회의 뒤뜰인데 거기에는 큰 나무들이 울창하게 자라고 있어 마치 깊은 숲같이 보이는 곳이다. 우리가 이사 왔을 때만 해도 거기에는 작은 문이 달려 있어서 동네 사람들이 그 문을 통해 저쪽 동네로 가곤 했었다. 그 숲 속 같은 뒤뜰을 가로질러 가면 둥그런 지붕을 얹은 그리스 정교회의 뒷면이 나오고, 교회를 지나 길을 건너면 유대인 회당으로 들어가게 되는데 그렇게 가면 여기서 회당까지 가는 데 오 분밖에 걸리지 않는다.

그런데 웬일인지 몇 달 전에 그리스 정교회 측에서 그 문에 굵은 자물쇠를 채워버렸다. 그 후 얼마 동안 사람들이 그 앞까지 갔다가 되돌아가는 모습을 여러 번 보았는데 요즈음은 그쪽으로 가는 사람이 없어서 나도 차츰 거기에 문이 있다는 사실을 잊어가고 있었다.

　그가 지금 그쪽으로 가고 있는 것이다. 나는 커튼을 조금 젖히고 지켜보았다. 그는 철망 앞으로 가더니 다시 한 번 좌우를 둘러본 후 철망 사이로 발을 착착 집어넣으며 잽싸게 담을 넘어갔다. 그 행동이 얼마나 재빠른지 날렵한 한 마리의 노루 같았다. 금세 숲 속으로 사라져 간 그의 뒷모습에 눈을 주고 있던 나는 닭 쫓던 개처럼 한참 동안 그 자리에 서 있었다. 한참을 그러고 서 있으려니 서서히 가슴속이 시원해지며 쿡쿡 웃음이 나오기 시작했다. 무더운 여름날 시원한 냉수를 한잔 쭉 들이켠 것 같았다.

　나는 들고 있던 열쇠를 내려놓고 돌아섰다. 담을 훌쩍 뛰어넘던 그의 모습이 신기루처럼 눈앞에서 사라지지 않았다. 나는 부엌으로 가서 깨진 유리 조각을 하나씩 하나씩 집기 시작했다.

인터넷
생일

현관문 들어서는 길로 지선은 곧장 남편의 서재로 향했다. 급히 벗은 구두 한 짝이 앞으로 튕겨져 나갔다. 그 바람에 넘어질 뻔한 그녀는 발목을 주무르며 컴퓨터 앞에 가 앉았다.

남편이 집에 올 때까지 한 시간 정도 남아 있었다. 서둘러 파워 버튼을 눌렀다. 위잉 소리를 내며 컴퓨터가 기지개를 켜자 가슴이 설레기 시작했다. 인터넷으로 연결되는 동안 재킷을 벗어 의자 등받이에 걸쳐놓은 지선은 다시 앉으려다 부엌으로 갔다. 마음이 급할 때 얼음같이 찬 냉수가 마시고 싶어지는 건 외할머니를 닮은 습관이다.

물 잔을 내려놓고 돌아서는데 카운터 오른쪽 구석에 놓인 전화기에서 반짝이는 빨간불이 눈에 들어왔다. 누굴까? 보나 마나 생일 축하한다는 현정이 전화겠지. 기껏 말 한마디 삐쭉하면 뭘 하누? 하다못해 카드라도 보내는 게 예의지. 지선은 응답기를 누르지 않고 그대로 서재로 향했다.

받은 편지함에 굵은 글씨로 쓰여 있는 (1)을 보는 순간 기분이 한 피치 올라갔다. 그러면 그렇지. 편지를 읽기 위해 클릭을 하고 우선 그가 메일을 보낸 시간부터 체크했다. 한메일은 한국 시간으로 되어 있기 때문에 이곳 미시간 시간으로 고치자면 13시간을 빼야 하는 번거로움이 있다. 그러나 지선은 초콜릿을 조금씩 떼어 먹는 아이처럼 일부러 천천히 시간 계산을 하며 메일 읽는 시간을 늦추었다. 안타까운 감미로움을 즐기려는 것이다.

계산을 한 결과 그가 메일을 보낸 것은 샌디에이고 시간으로 어젯밤 1시였다. 두 번이나 계산을 해도 결과는 마찬가지였다. 어제는 남편이 늦게까지 서재에 있는 바람에 자러 가기 직전에 급히 두어 줄 적어 보냈는데, 그럼 메일을 기다리느라 그때까지 못 자고 있었다는 말인가.

한국에서 온 친구가 태평양으로 지는 해를 보고 싶다고 해서 오후에 바닷가에 갔다 왔습니다. 다리 위에 서서 해가 지기를 기다리는 동안, 까만 물옷 입고 서핑을 하는 젊은이들도 보고, 고기 잡으러 바닷물 속으로 다이빙하는 펠리컨도 보았습니다. 그러면서 내내 당신 생각을 했습니다. 거기서 여기까지 고작 비행기로 네댓 시간밖에 안 걸리는데 오늘따라 왜 이렇게 멀게 느껴지는지요. 언제라도 시간이 되면 오십시오. 해지는 모습쯤 몇 번이라도 보여드릴 수 있습니다. 아니면 제가 그쪽으로 갈까요?

마지막 문장을 읽는데 그만 가슴이 후루룩 뛰었다. 문득 뒤를 돌아보았다. 집 안에 아무도 없다는 걸 알면서도 어쩐지 남편이 뒤에 서 있는 것만 같았다. 언제나 정해진 시간에 칼같이 돌아오는 남편이 특별한 사건이 생기지 않는 한, 뒤에 와 서 있을 리 없건만 뒷골이 땅겨 돌아보지 않을 수 없었던 것이다.

그와 이메일을 주고받기 시작한 지는 두 달 남짓밖에 되지 않는다. 그럼에도 불구하고 오래전부터 알아온 사람같이 느껴지는 건 서로 그만큼 잘 어울린다는 뜻이 아닐까? 그가 때때로 보내주는 시는 가슴뿐 아니라 영혼까지 흔드는 것 같았다. 컴퓨터 돌아가는 소리 외에는 아무 소리도 들리지 않는 밤, 컴퓨터 앞에 앉아 시를 읽노라면 단어 하나하나가 가슴속을 파고 들어와 살아 움직였다.

밤늦게 자리에 드는 경우에도 새벽이면 눈이 떠졌고 마음은 다시 컴퓨터로 달렸다. 아이를 잉태해본 적이 없는 밋밋한 배 위에 얹혀 있는 남편의 손을 살며시 떼어내고 자리에서 일어설 때 잠깐씩 미안해지던 마음도 날이 갈수록 점점 엷어졌다. 어쩌다 메일이 안 오는 날은 공연히 짜증이 나고 하루 종일 밥도 잘 먹히지 않았다.

"아빠, 나 현정이. 전화주세요."

자동응답기에 들어와 있는 현정이 목소리는 단칼에 무 자르듯 여운이 없었다. 오늘이 새엄마 생일이라는 걸 뻔히 알면서도 축하한다는 말 한마디 없다니. 사내아이라면 무심해서 잊었나 보다 해볼 수도 있겠지만 기억력이 뛰어나 오래전에 헤어진 친구의 생일까지 기억하는 현정이가 잊었을 리는 없고, 또 무엇엔가 화가 나 있는 모양이었다. 전 같았으면 왜 그랬을까, 눈치가 보이고 신경을 곤두세우겠지만 이제는 그러고 싶지 않다. 그와 이메일을 주고받기 시작하면서부터 변한 것 중 하나다.

남편과 결혼했을 때 현정이는 중학교 졸업반이었다. 한창 예민할 나이였는데도 별로 말썽을 부리지 않았고 공부도 꽤 잘하는 편이었다. 지선에게 전혀 관심을 보이지 않는 것이 문제라면 문제일까 반항 같은 것도 하지 않았다. 밥을 차려주면 말없이 먹고, 물어보는 말에 고분고분 대답도 곧잘 했다. 그러나 눈을 맞추려 들지 않았다. 그러자니 대화는 단답식이기 마련이라 말하는 쪽에서 먼저 맥이 빠졌다. 눈이 동그랗고 입술이 도톰한 현정이가 입을 야무지게 다물고 고개를 돌리면 말을 더 걸 용기가 나지 않았다.

외숙모의 눈도 동그랬다. 외숙모도 지선의 생일을 제대로 기억해준 적이 없었다.

"지선아, 왜? 숙제 다 했으면 가서 아줌마 상 차리는 거나 좀 도와주지 않고."

음성은 높지 않았으나 외숙모 음성에서는 언제나 찬바람이 느껴졌다. 안방으로 들어가려던 지선은 주춤 그 자리에 서버렸다. 열린 문 사이로 보이는 안방은 하얀 창호지 덧문을 뚫고 들어오는 저녁 햇살로 환했다. 옆에서 인형 옷을 갈아입히며 놀던 지영이 따라 나오려 했는지 문을 닫는 틈새로 외숙모의 음성이 들렸다.

"지영아, 이제 그만 놀고 가서 피아노 연습해야지? 넌 꼭 엄마가 하라고 해야만 하니?"

"엄만 왜 지선이는 가만 놔두고 나더러만 피아노 치래? 나 피아노 치기 싫어. 지선이처럼 부엌에서 소꿉장난하는 게 더 좋단 말야. 참, 엄마, 지선이 생일날 우리 반 애들도 몇 명 부르면 안 돼?"

"지선이 생일? 그게 언젠데?"

"엄만 참, 이번 토요일이라고 그랬잖아. 또 잊어먹었어?"

"그래? 이번 토요일? 어떡허나, 그날 약속이 있는데. 네 생일이 다음 달이니까 그때 같이하지 뭐."

외숙모의 음성에는 조금치의 망설임이나 걱정하는 기색이 없었다.

그날 저녁, 지영이 전해주는 말을 들으며 지선은 처음 듣는 것처럼, 그러나 오히려 잘된 것 같은 표정을 지었다.

"너희 반 애들하고 우리 반 애들 다 부르면 대단하겠다, 그치?"

말은 그렇게 했지만 정작 그날 지선은 친구를 부르지 않았다. 한 달이나 지난 생일 파티에 오라는 게 자신의 귀에도 어색하게 들리는데 친구들에게 어떻게 설명을 한단 말인가. 외숙모가 사준 새 옷을 입고 지영과 나란히 서서 촛불을 불며 보니 하얀 케이크 위에는 지영의 이름만 커다랗게 쓰여 있었다. 입고 있는 새 옷과 외할머니가 들고 온 선물 외에 합동 생일 파티라는 것을 표시하는 것은 아무 데도 없었다.

외할머니는 사나운 눈길로 외숙모를 힐끗 쳐다보고는 아무 말 없이 방으로 들어가버렸다. 자신도 자상한 성격이 아니면서 외할머니는 외숙모가 쌀쌀맞다고 좀처럼 외삼촌 집에서 자고 가는 일이 없었다. 그날도 이른 저녁을 먹자마자 외할머니는 기차 시간에 늦겠다며 서둘러 집을 나섰다. 주춤주춤 대문 밖으로 따라 나간 지선은 찬찬히 바라보는 할머니의 시선이 버거워 저절로 고개가 숙여졌다. 현관에서 아무거나 신고 나온 커다란 구두 때문인지 까칠한 다리가 더 가늘어 보였다.

"너는 하루에 밥을 한 끼씩밖에 안 먹는 거냐? 왜 그렇게 마른 게야?"

야단맞는 줄 알고 목을 움츠렸던 지선이 고개를 들고 할머니를 올려다봤다.

"먹고 싶은 게 있으면 아줌마한테 말해. 내가 아줌마에게 당부해놨으니까. 뭐 갖고 싶은 건 없구?"

"없어요."

"으휴, 즈이 애빌 닮아서 자존심은 다락같이 높아가지고…… 쯧쯧."

할머니는 혀를 차며 돈을 꺼내어 지선의 바지 주머니에 찔러 넣었다. 지선은 돌아서 가는 할머니의 등을 멀거니 바라봤다.

이듬해에도, 또 그 이듬해에도 사정은 비슷했다. 으레 그러리라 짐작하고 미리 마음을 다져서인지 더 이상 실망스럽지는 않았다. 그저 생일이 다가오는 게 조금씩 싫어질 뿐이었다.

색깔만 다를 뿐 언제나 같은 스타일의 옷을 입고, 같은 모양의 학용품을 가지고 다니는 지선과 지영은 언뜻 보면 친자매 같았다. 그러나 누구라도 조금만 눈여겨보면 둘이 영 딴판이라는 것을 곧 알 수 있었다. 머리를 두 갈래로 땋고 옷 색깔에 맞춰 리본을 달고 다니는 지영과 귀밑에서 쌍동 잘린 지선의 머리 모양이 달라서만이 아니었다. 지영의 얼굴에 가끔씩 나타나는 어리광스런 표정이 지선에게는 없었다.

"어린애가 어떻게 된 게 활짝 웃는 법이 없어. 쟤 얼굴 보고 있으면 나까지 심란해진다니까. 대신 차분한 면은 있지. 너도 알다시피 지영이는 덜렁거리기만 하고 애기 같잖니."

우연히 외숙모가 친구에게 하는 말을 들은 날, 지선은 벽에 걸린 거울을 떼어 들고 한참 얼굴을 들여다보았다. 눈도 길쭉하고 코도 길쭉한데다 머리까지 그 모양이니 자신이 보기에도 영 볼품이 없었다. 지선은 고무줄을 가져다가 머리카락을 양쪽으로 묶어보았다. 짧은 머리카락들이 이리저리 삐져나왔다. 화장실에 가서 머리에 물을 묻혀 꼭꼭 눌러놓고는 거울을 향해 미소를 지었다. 길쭉한 모양이 사라지니 조금 나아진 듯싶었다. 그때 화장실에 들어왔던 지영이 킥킥거리고 웃지만 않았다면 머리를 길러볼 생각을 했을지도 모른다.

지선은 외할머니를 제외하고는 어느 누구에게서도 예쁘다는 소리를 들어본 적이 없다. 외할머니도 직접 대놓고 지선에게 예쁘다고 한 것은 아니었다. 여름 방학에 지영과 지선이 외할머니 집에 놀러 갔다가 우연히 들었을 뿐이다.

"손녀딸들인가 봐요. 쟤는 눈이 똥그란 게 참 귀엽게 생겼네. 애, 니 이름이 뭐니?"

파 한 단 얻으러 온 옆집 아줌마가 가까이 있는 지선은 본체만체하고 지영에게 다가가 머리를 쓰다듬으며 호들갑스레 말했다.

"미안허우. 파가 있는 줄 알았는데 찾아보니 없구먼."

냉장고 문을 탁 닫으며 말을 던진 할머니는 뒤도 돌아보지 않고 방으로 들어가버렸다. 그날 저녁, 건넌방에서 잠이 들기 직전 지선은 할머니가 전화로 하는 소리를 들었다.

"애엄마라는 여자가 어째 그리 속이 깊지 못한지 원. 옆집 여편네 말이다. 둘이 있는데서 지영이만 이쁘다 그러면 지선이가 어떤 기분이 될지 모르나? 글쎄 말이다…… 두고 보렴. 이담에 어른이 되면 지선이가 훨씬 예뻐질 테니까…… 그렇다니까……."

살포시 들려던 잠이 멀리 달아났다. 다른 할머니들처럼 치마폭에 감싸준다거나 따뜻한 말을 해주는 법이 없는 할머니가 지영이보다 자기를 더 귀히 여긴다는 생각에 가슴이 싸아해지며 눈물이 나오려 했다. 그 후, 사람들이 예쁘다는 말을 못 하고 대신 나이에 비해 숙성하다느니 사려가 깊게 생겼다는 소리를 할 때마다 할머니의 말을 상기하며 위로를 삼았다.

대학 합격 발표를 본 다음 날, 외숙모와 함께 외출했던 지영이가 머리를 상큼하게 자르고 빨간 구두를 사 들고 들어왔다. 눈이 반쯤 감기도록 생글생글 웃는 지영의 얼굴이 하얀 코트에 반사되어 깜찍하고 예뻤다.

"지선아, 옜다. 너도 미용실 가서 머리 커트하고 옷도 한 벌 사 입으렴."

생선가게에서 물건 값 치르듯 아무렇게나 돈을 쥐고 내미는 외숙모를 향해 손을 뻗는다는 행위가 갑자기 수치스럽게 느껴졌다. 돈을 든 외숙모의 손이 공중에 머무는 시간이 어색하게 길어진다는 생각이 들기 시작했지만 팔이 얼어붙었는지 앞으로 나가지 않았다.

"얘, 뭐해? 돈은 일단 받아놓고 보는 거야. 어떻게 쓸 건지는 그다음에 생각하는 거라고 내가 한두 번 가르친 게 아니구먼. 쯧쯧."

지영이 수선을 떨며 돈을 채 가지 않았으면 어떻게 됐을까를 그 후에 생각해본 적이 있다. 시나리오를 여러 가지로 써봤지만 어느 것도 썩 마음에 들지 않았다.

지선은 미용실에 가지 않았다. 혼자 갈 용기도 없었지만 머리 모양을 바꾼들 근본적으로 달라질 게 없다는 생각에서였다. 미운 오리 새끼가 백조로 변하는 일은 실제 생활에서 일어나지 않는 법이니까.

집에 들어오는 남편의 손에는 역시 아무것도 들려 있지 않았다. 기대를 하지는 않았어도 실망스러웠다. 어제 저녁 식사를 하며 생일임을 슬쩍 비쳤을 때 그의 태도는 언제나와 마찬가지였다.

"그래? 나가서 아무거나 원하는 걸로 하나 사지 그래. 크레디트 카드 쓰면 되잖아."

친구 소개로 처음 만나는 자리에 부스스한 머리로 나타났던 그가 자상한 성격이 아니라는 건 알았지만 이렇게 무미건조한 사람일 줄은 몰랐다. 결혼을 하면 남들처럼 생일을 조금 특별하게 지낼 수 있으리라던 기대는 무참히 부서졌다.

지선은 삼십 대 중반까지도 결혼해야겠다는 생각이 별로 없었다. 교사라는 직업이 나름대로 보람 있고 수입도 괜찮은데다, 남의 집에 얹혀 있다는 느낌 속에 살아왔던 그녀에게 혼자 사는 즐거움은 손쉽게 포기할 수 없는 귀중한 것이었다. 수원 변두리에 있는 학교에 발령받아 외삼촌 집에서 나왔을 때 느낀 감정을 무엇에 비할 수 있을지. 축축하게 젖은 스타킹을 벗은 기분이라고나 할까. 하숙집 음식 맛이 형편없다거나 화장실이 불편한 것쯤은 전혀 문제가 되지 않았다.

그래도 네 살배기 지영이 딸이 고사리 같은 손 위로 흘러내리는 아이스크림을 주저 없이 엄마 치마에 쓰윽 문지르는 모습을 볼 때

라든가, 레스토랑 옆 테이블에서 앞니 빠진 사내아이가 베이컨을 칫솔질하듯 들고 옆니로 물어뜯는 모습을 볼 때면 아이가 갖고 싶다는 생각이 문득 들곤 했다. 그렇지만 여성 해방 운동가도 아니고 할리우드 배우도 아니면서 남편 없이 아이만 낳아 기를 수는 없는 노릇이라 사십이 가까워지면서 점점 초조해졌다.

연애를 안 해본 건 아니다. 죽어도 좋을 만한 사랑은 아니었다 할지라도 만날 생각에 잠을 설칠 정도로 좋아했던 남자 친구도 있었고, 친구 소개로 선을 본 적도 있다. 그러나 결혼을 결정하기 앞서 남자가 조금이라도 망설이는 태도를 보이면 지선은 매몰차게 먼저 돌아섰다. 자신의 조건이 남자 측 부모에게 좋게 보일 리 없다는 자격지심에 어쩌면 처음부터 방패막이를 치고 남자를 만났다는 말이 옳은지도 모르겠다. 서너 번 그런 경험을 하고 나니 나이는 어느덧 사십 줄에 들어서 있었다.

결혼에 대한 가능성마저 희미해져간다고 느낄 즈음, 아이 딸린 열다섯 살이나 많은 남자를 소개받았다. 처녀에게 소개하기에 당치도 않은 상대였지만 만나볼 생각이 든 것은 그가 미국에 살고 있기 때문이었다. 어려서부터 멀리 떠나고 싶다는 생각을 줄기차게 해온 지선에게는 머릿속이 복잡하거나 울적할 때면 버스 타고 공항에 나가 앉아 있는 버릇이 있다. 공항 커피숍에서 커피 한 잔 사 들고 벤치에 앉아 가방 끌고 오가는 사람들을 바라보노라면 기분이 차츰 좋아졌다. 그 버릇은 지금도 여전해서 가끔 공항에 간다. 원하면 언제라도 떠날 수 있다는 사실을 확인하고 나면 현실의 지루함을 견디기가 훨씬 쉬워지는 것 같다.

남편의 첫인상은 기대했던 것보다 괜찮았다. 적당히 구겨진 베이지 색 바지와 바랜 듯한 그린 색 티셔츠 차림은 그를 사십 대 초반으로 보이게 했으며, 머리카락도 바람에 불린 모습 그대로 부스스한 것이 한국에서 부대끼며 사는 사람들에 비해 덜 각박해 보였다.

두 번째 만나는 날, 그는 자리에 앉자마자 주머니에서 꾸겨진 봉투를 꺼내어 탁자 위에 올려놓았다. 오십만 불짜리 생명보험 증서와 서너 개의 은퇴 연금 증서였다. 가지고 있는 장난감 중에서 제일 좋은 것을 보여주며 으스대는 어린아이 같은 순수함이 느껴져 지선은 자신도 모르게 미소를 지었다.

반복되는 일상생활의 지루함에서 벗어나고 싶기도 하고, 또 담임을 맡은 반 아이들 중 몇이 신경을 건드리고 있던 차에 그 서류들은 무게를 지니고 다가왔다. 그들은 석 주 만에 결혼식을 올렸고 두 달 후 미국행 비행기를 탔다.

그가 사는 도시에는 한국 사람이 많지 않았다. 그것은 별로 문제되지 않았다. 부모님은 무얼 하시냐? 형제들은 없느냐? 결혼은 왜 안 하느냐? 심지어 월급은 얼마나 받느냐 등 친하지도 않은 사람들의 집요한 질문에 지쳐 있던 그녀는 그들의 호기심 찬 눈동자에서 벗어났다는 점만으로도 행복할 지경이었다. 이웃들에게는 어쩌다 마주칠 때 잔디밭 너머로 손 흔드는 것만으로 충분했다. 미국 사람들은 어느 날 갑자기 나타난 동양 여자가 남자의 둘째 부인이든 다섯째 부인이든 상관하지 않았다.

남편은 생활비를 넉넉하게 주었다. 따라서 일을 다녀야 할 필요가 없었고 급히 운전면허를 받을 이유도 없었다. 언어가 자유롭지 않으니 혼자 나가 다니고 싶은 마음도 생기지 않았다. 누군가를 위해 집을 치우고 음식을 만드는 기분도 나쁘지 않았다.

남편이 주는 돈을 받을 때는 껄끄러움이나 치사스런 생각이 안 든다는 사실을 퍼뜩 깨달은 날, 지선은 뒤뜰에 나가 잡초를 뽑으며 울었다. 다음 날도, 또 그 다음 날도 지선은 뒤뜰에 나가 앉았다. 제초제를 뿌리면 되니까 쓸데없이 고생할 필요 없다고 남편은 말했지만 넓은 잔디밭에 털퍼덕 주저앉아 잡초를 뽑는 일은 바닷가에 누워 파도소리를 듣는 것만큼이나 마음을 편안하게 해주었다. 잡초를 하나씩 뽑는 동안 그곳에 있었던 줄도 모르고 있던 멍울들이 어깨와 가슴에서, 소금 짐을 지고 물을 건너다 넘어진 당나귀의 등에서처럼 조금씩 녹아 내렸다.

조용하다 싶어 고개를 돌리니 좀 전까지 다리를 탁자에 올리고 비스듬히 누워 텔레비전을 보던 남편이 소파에 앉은 채 잠이 들어 있었다. 약간 벌어진 입과 코끝으로 흘러내린 안경이 그를 힘들고 지친 노인 같아 보이게 했다. 안쓰러운 생각이 들었다.

"가서 침대에서 주무세요."

"으응, 안 자. 나 안 잔다구. 참, 당신 생일 선물 샀어?"

"아니요."

"왜? 아무거나 하나 사라니까."

눈을 크게 뜨고 자세를 바로 한 남편의 고개가 오 분도 안 되어 옆으로 꺾였다. 그를 흔들어 깨워 침실로 보낼까 하다 지선은 그대로 시선을 텔레비전으로 돌렸다. 십 년 가까이 같이 살았어도 거리감이 느껴지는 것은 둘 사이에 아이가 없어서일까? 그것만도 아닐

232

것이다. 지선은 그가 아직도 죽은 전 부인의 사진을 버리지 못하고 있다는 것을 안다. 그의 책상 서랍 밑바닥에 감추어져 있는 것들 말고도 그녀의 사진은 곳곳에 숨어 있다. 책꽂이에 버젓이 꽂혀 있는 가족 앨범 속의 그녀는 기다란 꽃무늬 치마를 입고 활짝 웃으며 서 있다. 새파란 호수를 배경으로 고개를 약간 쳐든 채 구불구불 긴 머리카락을 한 손으로 모아 쥐고 넓은 벌판에 서 있는 그녀는 맨발이다. 이목구비가 뚜렷해 시원스레 잘생긴 얼굴이기도 하지만 거칠 것 없는 자유스러움과 밝음이 그녀를 환하게 감싸고 있어 눈이 부셨다. 처음 그 사진을 보았을 때 지선은 산 밑에 서서 높은 고지를 바라보고 있는 듯이 아득한 기분이 들었다.

그녀의 뇌리에는 영원히 지워지지 않는 또 하나의 사진이 있다.

누군가의 결혼식인지 정장 차림으로 꼿꼿이 서 있는 한 무리의 사람들. 사진 제일 윗줄에 있는 남자 얼굴이 동그랗게 오려져 있었다. 여름 방학이라 시골 외할머니 댁에 내려가 있다 벽장에서 찾아낸 그 사진은 흑백인데다 누렇게 변색되어 있어 제법 오래된 것 같았다. 사진을 들고 한참 들여다보았다. 한복 차림의 이모와 외삼촌 얼굴은 쉽게 알아볼 수 있었다. 남자 옆에 서 있는 여자 얼굴도 낯익었다. 아, 엄마다. 지선은 벌떡 일어나 사진을 들고 외할머니 방으로 뛰어갔다.

"할머니, 엄마 사진 찾았어요. 그런데 이 사람 얼굴은 누가 일부러 오려낸 것 같아."

그 사진의 주인공이 아빠일 거라는 느낌이 들었지만 아무 대꾸 없이 지선의 손에서 사진을 채 가던 할머니 표정이 심상치 않아 더 물어볼 수가 없었다. 지영의 입을 통해 그 사람이 아빠라는 걸 알게 된 것은 훨씬 후의 일이다. 다른 여자와 팔짱 끼고 걷는 아빠를 뒤쫓느라 빨간 신호등을 무시하고 길을 건너던 엄마가 차 사고로 현장에서 즉사했다는 말을 하는 지영의 눈에서 눈물이 뚝 떨어져 내렸다. 그 눈물을 보는 것이 현장에서 즉사라는 말을 듣는 것보다 더 끔찍하다는 생각을 하며 고개를 돌렸던 기억이 아직도 생생하다.

지선은 남편을 그대로 둔 채 일어나 서재로 가서 컴퓨터를 켰다. 그에게서 메일이 두 통 와 있었다. 첫째 메일에는, 친구 부부와 같이 바닷가 식당에서 싱싱한 게와 새우를 먹었으며 내일은 폴게티 뮤지엄에 갈 거라는 등 일정이 상세하게 적혀 있었다.

두 번째 메일은 간단했다.

혹시 오늘 생일 아니십니까? 이메일 주소 가운데 들어 있는 916이라는 숫자가 생일일 것이라 추측했던 제가 틀렸다면 용서해주시고, 맞는다면 생일을 축하드립니다. 멋진 파티를 해드릴 수 있었으면 좋았을 텐데⋯⋯. 어쨌든 좋은 하루 보내셨으리라 믿습니다.

멋진 파티? 파티는커녕 생일날 미역국이나 제대로 먹을 수 있었던 게 몇 번이나 되었을까. 조갯살을 듬뿍 넣고 미역국을 뽀얗게 끓여주던 외할머니는 지선이 고등학교 들어가고 얼마 안 되어 돌아가셨다. 그 후로는 미역국을 먹은 기억이 없다. 어른이 된 후, 다른 여자들처럼 생일날 미역국을 혼자 끓여 먹을까 생각해본 적도 있지만 그렇게까지 하고 싶지는 않았다.

결혼 후 사 년쯤이던가. 생일 전날 남편이 마음에 드는 선물을 사라며 돈 300불을 내밀었다. 300불이면 그 당시에도 생일 선물을 사기에는 제법 큰돈이었다. 처음 미국에 왔을 때 구경 삼아 나갔던 백화점에서 멋모르고 100불짜리 잠옷을 집어 드는 그녀에게 떨떠름한 눈길을 보내던 남편의 표정을 떠올리며 가방 속 깊이 돈을 집어넣었다.

다음 날 아침, 산부인과 의사와 정기 검진 약속이 되어 있어 지선은 외출복을 입고 거울 앞에 섰다. 거울에 비친 자신의 모습이 지금까지와 달라 보였다. 아이보리 색 블라우스에 녹색 목걸이와 귀걸이를 하고 눈을 반짝이며 서 있는 여인이 자신이라는 것이 믿어지지 않았다. 왜 늘 어두운 색조의 옷만 입느냐고 친구들이 통박을 주어도 고칠 수 없던 버릇이 차츰 변하고 있다는 생각을 하며 그녀는 거울을 향해 한번 활짝 웃어주고 활기 있게 집을 나섰다. 검진 후 쇼핑몰에 들를 생각을 하니 비가 뿌리는 날씨조차 기분 좋게 느껴졌다.

그날 지선은 아무것도 사지 않았다. 진료를 끝낸 의사가 성병 치료약을 먹어야 한다고 말했을 때 그녀는 의사의 오진일 거라고 생각했다. 성병이라니? 남자라고는 남편밖에 모르는 자신이 어떻게 성병에 걸릴 수 있다는 말인가. 혹시 쇼핑몰 화장실 같은 데서 성병이 옮을 수도 있느냐고 묻는 그녀를 빤히 바라보던 의사는 그럴 확률은 거의 없다면서 처방전을 두 장 내밀었다.

"성병 치료약은 반드시 파트너와 같이 먹어야 합니다."

딱하다는 표정으로 다짐을 두듯 두 번이나 말하던 의사의 목소리가 집에 돌아오는 내내 귀에서 사라지지 않았다. 남편은 자기가 성병에 걸렸을 리 없다고 펄쩍 뛰었다.

"당신도 알다시피 내 성격에 더러운 창녀에게 갔겠어? 아니면 당신 두고 바람을 피웠겠어? 그러고 싶어도 나한테 그럴 시간이 어디 있어? 안 그래? 오진일 거야. 그 의사 면허증은 제대로 갖고 있는 인간이야?"

눈을 부릅뜨고 화를 내던 그는 마치 의사가 성병을 옮겨주기라도 한 것처럼 손가락 끝으로 처방전을 집어 들고 한참 동안 들여다보았다.

"지난번 출장 갔을 때 모텔이 지저분해서 기분이 안 좋았는데 그럼 거기서 옮았나?"

남편은 고개를 저으며 작은 소리로 중얼거렸다.

그들은 의사 처방대로 꼬박 이 주일 동안 독한 항생제를 먹었다. 원래 위장이 약해 비타민조차 제대로 못 먹는 지선에게 이 주일은 무척 길었다. 약을 다 먹은 후 그녀는 의사에게 가지 않았다. 애초부터 고약한 분비물이 나온다거나 가렵다거나 하는 증상이 없기도 했지만 그 독한 약에 살아남을 균이 있을 것 같지 않았다.

누가 팥을 콩이라고 하면 그럴 수도 있지 않을까 싶어 다시 들여다볼 정도로 남의 말을 곧이곧대로 믿는 지선은 남편의 말을 의심하지 않았다. 사실 남편은 결벽증이라고 불러도 좋을 만큼 깨끗한 것을 좋아한다. 손을 수시로 씻는 것은 기본이고 식당에서 수저를 다시 씻어 오라고 돌려보낸 적도 한두 번이 아니다. 그런 사람이 아무하고나 잔다는 것은 상상하기 힘들었다. 남편의 말대로 지저분

한 모텔에서 병이 옮았을 가능성이 차라리 더 그럴듯했다. 확률이 거의 없다는 것과 전혀 없다는 것은 다르니까. 그러나 그 사건은 마음속에서 완전히 사라지지 않고 문득문득 고개를 들었다. 성매매 행위에 철퇴를 가해 미스터 클린이라는 별명까지 얻었던 뉴저지 주지사도 고급 콜걸과 놀아난 바람에 주지사 자리에서 물러났는데 남편이 안 그랬다는 보장이 어디 있는가 하는 생각이 드는 것이다. 설사 그가 그랬다 쳐도 치가 떨리게 분하지 않은 걸 보면 아직 깊은 정은 들지 않은 게 아닌가 싶기도 하다.

우선 이메일 주소에서 생일을 알아낸 예리한 통찰력에 대해 감탄스러움을 표현한 후, 오늘 있었던 일을 쓰려던 지선은 아무 특별한 일도 일어나지 않은 생일에 대해 어떤 식으로 써야 할지 생각이 떠오르지 않아 깜빡이는 커서만 바라보다 화장실로 갔다. 거울 속에는 탁한 피부의 여인이 지친 눈빛으로 바라보고 있었다. 오늘따라 입술 양옆의 피부가 더 늘어져 보였다. 거울 위에서 비추는 전등 빛에 눈가의 주름도 선명하게 드러났다.

'내가 지금 이게 뭐하자는 짓이지?'

며칠 전에 본 영화가 떠올랐다. 사십 대의 이혼녀가 같은 직장에서 일하는 총각의 데이트 신청을 받고 옷장에서 이것저것 옷을 꺼내어 입어보다 어느 순간 맥이 빠져 혼잣말을 하던 장면이었다.

지선은 다시 컴퓨터 앞에 앉아 써놓은 글을 다 지웠다. 그리고 생일의 생 자도 비치지 않고 글을 써 내려갔다.

낮에 미국 친구를 만났습니다. 전에 잠시 미국 교회 다닐 때 사

권 친군데 가끔 만나 점심을 같이 먹습니다. 이혼을 하는 과정에서 속상한 일이 생기면 털어놓을 곳이 필요한 모양입니다. 오늘도 시간이 있느냐고 묻는 전화 목소리가 밝지 않더군요. 한 달 전에 비해 살도 많이 빠지고 후줄근해 보였습니다. 송곳니가 빠져 새로 해 넣어야 되는데 경제적으로 여의치 않다면서 자꾸 손으로 입을 가리더군요. 그 모습을 보고 있자니 마음이 많이 아팠습니다. 남편과 사이가 좋을 때는 예쁘던 얼굴이 얼마나 흉하게 변했는지요. 억지로라도 마음을 편하게 먹는 노력을 해야겠다는 생각을 했습니다. 친구와 좋은 시간을 보내셨다니 부럽습니다.

지선은 보내기 버튼을 누르기 전에 잠시 망설였다. 나도 훌쩍 여행을 떠나고 싶습니다라는 말로 마무리 짓고 싶은 마음을 억제하기 힘들었다. 그러나 그 한 줄의 글이 불러올 여파를 생각하니 겁이 났다. 그녀는 서둘러 보내기를 누르고 자리에서 일어났다.

남편은 이미 코를 골며 자고 있었다. 지선은 잠옷으로 갈아입고 그 옆에 누웠다. 차 지나가는 소리가 어렴풋이 들렸다. 이 밤에 어디로 가는 걸까? 앰뷸런스 사이렌 소리도 들렸다. 소리가 급한 걸로 보아 어디서 차 사고라도 난 모양이었다. 사고가 난 차 안에 누가 타고 있었을까? 혹시 이렇게 늦은 시간에 같이 있으면 안 되는 사람들이 타고 있었던 것은 아닐까?

요즈음 들어 그와 만나는 장면을 상상하고 있는 자신을 발견할 때가 종종 있다. 주로 분위기 있는 레스토랑에 마주 앉아 있거나, 공원을 걸으며 얘기를 나누는 장면들인데 그러다 보면 같이 차를 타고 가는 경우도 생기겠구나 하는 데에 생각이 미쳤다. 공연히 가슴이 뛰었다.

남편도 잠결에 사이렌 소리를 들었는지 몸을 뒤챘다. 이 사람이 결혼해서 얻은 것은 무엇일까? 필요할 때 번거롭게 헤맬 필요 없이 손쉽게 욕구를 충족시키고, 저녁에 집에 들어오면 저녁상이 차려져 있고, 가끔 부부동반 모임에 같이 가줄 사람이 있으면 족한 듯한 그에게 자신이 바라는 것은 무엇인가?

남편은 정관수술을 해서 아이를 더 낳을 수 없다고 했다. 신혼여행 갔던 나이아가라 폭포 앞의 호텔에서 그는 머뭇거리며 그 말을 했다. 현정이 낳을 때 거의 목숨을 잃을 뻔했던 부인을 위해 혼자 결정하고 수술을 받았다는 것이었다. 현정이가 있으니 사내아이 하나만 생기면 좋겠다고 얘기를 꺼냈던 지선이 그때 느꼈던 감정은 놀라움이나 실망보다 부끄러움이었다. 떡 줄 사람은 생각도 하지 않는데 김칫국부터 마신 사람의 심정이 똑 이랬지 싶었다. 지선은 차라리 잘된 일이라고, 그렇지 않아도 이 나이에 애라도 낳자 그러면 어떡하나 걱정했노라고 서둘러 말했다.

요즈음 지선은 끈이 끊겨 하늘을 떠다니는 풍선 같다는 느낌이 자주 든다. 집 근처의 주립공원에 가서 걸을 때 그런 생각을 더 많이 하게 된다. 숲 속으로 난 2마일짜리 트레일을 돌고 나와 넓게 펼쳐진 평원의 바깥 길을 걷노라면 곳곳에 놓여 있는 벤치에 눈길이 간다. 오래전부터 그곳에 있어 비바람에 나무 색이 바랜 벤치나, 요즈음 새로 놓은 니스 칠이 잘된 벤치에나 한결같이 글자들이 새겨져 있다.

대부분 '누구누구를 추억하며'라는 글귀 밑에 사람 이름이 쓰여 있는데 가장 흔한 것이 '사랑하는 엄마를 추억하며'이다. 지나다니며 그런 글귀를 읽노라면 어쩔 수 없이 쓸쓸해진다. 자신을 사랑하는 마음으로 추억해줄 사람이 몇이나 될까. 먼 훗날까지 갈 것도 없이 지금 현재는 어떤가. 마음 문이 조금씩 열리는 듯하던 현정이는 대학 기숙사로 가버렸고, 남편은? 글쎄. 십 년을 같이 살았으니 정이야 들었겠지만 둘이 서로 사랑하고 있느냐고 누군가 묻는다면 선뜻 대답이 나올 것 같지 않다. 얼굴을 붉히며 싸우는 일이 없으니 그만하면 된 거라고, 남들도 다 그러고 사는 거라고 하다가도 이게 아닌데 싶은 생각이 불쑥 들 때면 왠지 억울하기도 하고 아쉽기도 했다.

지선은 가만히 누워 천장에서부터 벽으로 걸쳐 일렁이고 있는 나무 그림자를 바라보았다. 남편하고 사랑을 나눈 지도 꽤 오래되었다. 이쪽의 감정은 개의치 않고 본인의 욕구에 따라 일방적으로 요구하고 서둘러 끝낸 후에 돌아누워 자버리는 그와의 사랑을 특별히 좋아하는 것도 아니면서 그것마저도 한참 뜸해지면 섭섭한 마음이 드는 건 무슨 조홧속인지 모르겠다.

한동안 관심을 갖고 읽던 심리학책에서는 그런 것들이 다 어려서 사랑을 받지 못하고 자란 탓이라 분석하고 있다. 처음 그 구절을 읽었을 때, 똑같이 맨주먹으로 발가벗고 태어나 자신의 의지와 상관없이 그런 환경에 놓였다는 것이 불공평하다는 생각에 울분이 솟았다. 그러나 그것은 곧 체념으로 변했다.

그녀는 어려서부터 그악스럽게 싸워본 적이 없으며 경쟁할 일이 생기면 미리 포기해버리곤 했다. 학교에서든 어디서든 선택된다거나 지목받는다거나 하는 것을 원치 않아 가능하면 몸을 움츠려 사람들 눈에 띄지 않으려 애썼다. 고등학교 2학년 때 담임선생님은 학년 말이 다 된 어느 날 지선이 자기 반이라는 사실에 놀라는 표정을 지었다.

"너도 우리 반이었니?"

낯선 사람 보듯 하는 선생님 앞에서 지선은 자신이 그런 걸 원해왔으면서도 창피하고 참담했다.

그런데 얼마 전부터 그렇게 살아온 것이 억울하다는 생각이 서서히 고개를 들기 시작하는 것이다. 자신이 원하는 것을 표현하지 못하고 상대방이 알아주기를 기다리며 가슴 졸이던 날들, 하고 싶지 않은 일이 주어졌을 때 항의 한마디 하지 않고 진저리를 치면서도 해내던 날들, 심지어 국수를 싫어하는 남편 때문에 라면조차 입에 안 댄 채 살아온 날들이 바보스럽고 허무했다. 그와 이메일을 주고받기 시작한 게 그때쯤이 아닌가 싶다.

어느 날, 시무룩한 그녀를 보며 당신 갱년기인가 보군? 한마디 던지고 남편이 골프장으로 간 후에야 월경이 몇 달째 비치지 않는다는 생각이 들었다. 그때부터일 것이다. 살아 있다는 사실에 더 애착이 가며 무언가 일을 저지르고 싶다는 느낌이 가슴을 휘젓기 시작한 것이.

더 늦기 전에 피아노 레슨도 받고, 눈 쌍꺼풀 수술도 하고, 머리도 치렁치렁 길러보고. 연애도 한번 화끈하게 해보고. 영화에서처럼 발가벗고 카펫 위에서 뒹굴며 교성도 질러대고…… 생각들이 안개 속에 숨어 있던 반란군처럼 불쑥불쑥 고개를 들었다. 한번 머릿속으로 들어온 생각들은 날이 갈수록 조금씩 자라나고 있다.

매일 있었던 일을 간단하게 써 보내던 그가 만나고 싶다는 마음을 보인 것은 얼마 되지 않는다. 처음에는 그냥 해본 말이려니 해서 모른 척했다. 그러나 일단 그 말을 꺼낸 후부터 그는 거의 매일 그 문제를 언급한다.

'당신을 더 깊이 알기 원합니다.' '얼굴도 못 본 사람에게 편지만 보내려니 점점 맥이 빠지려 합니다.' '당신이 원하면 나는 언제든, 어디든 갈 수 있습니다.' 등의 글을 읽고 있노라면 라벤더 향의 비누로 목욕을 하고 난 것처럼 감미로운 기분이 되었다. 엊그제 온 영시에는 남녀의 육체적 사랑이 놀랍도록 아름답게 묘사되어 있었다.

남편의 코 고는 소리가 점점 크게 들렸다. 잠이 쉽게 찾아와줄 것 같지 않았다. 지선은 그와 만나는 장면을 다시 머릿속으로 그리기 시작했다. 우아한 드레스 차림으로 와인을 마시고, 가슴을 설레며 입맞춤을 하고…….

낮에 쇼핑몰에서 본 비췻빛 드레스가 떠올랐다. 점심을 먹은 후, 우울해하는 친구의 기분도 풀어줄 겸 생일 선물을 보러 갔던 길이었다. 경쾌한 음악이 흐르는 쇼핑몰 안에는 사람들이 별로 많지 않았다. 그들은 보석상에서 사파이어 반지도 껴보고, 구두 가게에서 6인치는 족히 됨직한 하이힐도 신어봤다.

생일 선물로 비싼 보석반지를 사서 끼고 들어가면 남편이 뭐라 그럴까 상상하며 웃던 그녀의 눈에 쇼윈도에 걸린 비췻빛 드레스가 들어왔다. 목선이 깊이 파인 심플한 디자인의 짧은 드레스였다. 자신의 취향과 전혀 맞지 않는 그 옷이 이상하게 마음에 끌렸다. 용기를 내어 그 옷을 입어보았다. 몸에 꼭 맞았다. 아주 잘 어울린다고, 완전히 다른 사람이 된 것 같다고 친구가 감탄을 해댔다. 자신의 눈에도 썩 괜찮아 보였다. 한참을 망설이다 그런 옷을 입고 갈 만한 데가 없다는 말을 하고 돌아서는 지선에게 그건 모르는 일이라고 친구가 한마디 했었는데 지금 그 드레스를 입고 앉아 있는 자신을 상상하고 있는 것이다.

그 남자와의 잠자리는 어떨까? 영화에서 보는 것처럼 숨이 막힐까? 지선은 옆에서 자고 있는 남편을 바라봤다. 이 남자 옆에서 이렇게 앞으로도 쭉 그날이 그날 같은 삶을 살아야 하나? 편안하게 안주할 수 있는 성을 빠져나가 폭풍의 언덕을 헤매는 짓을 과연 자신이 할 수 있을까. 생일 선물조차 화끈하게 못 사는 주제에? 한숨이 푹 나왔다.

한참을 뒤척이던 지선은 고개를 베개에 묻으며 피식 웃었다. 그 사람이 같이 살자 그런 것도 아닌데 미리 그런 것까지 생각하고 있는 자신이 우스웠던 것이다.

'그래, 누구든 5천 불쯤 기증해서-사랑하는 지선을 추억하며-라는 글이 새겨진 벤치를 어느 한적한 공원에 놓아줄 수 있으면 되는 거 아닌가.'

내일은 공원에 놓인 벤치에 대한 글을 써 보내야지. 지선은 눈을 감고 머릿속으로 문장을 다듬어나가기 시작했다.

도
둑

"도둑이 들었어!"

양손에 식료품 봉지를 들고 힘겹게 열쇠를 돌리는데 남편이 안에서 현관문을 벌컥 열며 외쳤다.

"도둑? 도둑이라니?"

"집에 도둑이 들었다구. 좀 전에 들어와 보니까 뒷문이 활짝 열려 있잖아. 경찰 불렀어. 곧 올 거야."

성혜는 신발 벗을 생각도 잊은 채 그대로 카펫 위에 서서 거실을 둘러보았다. 온 집 안에 불이 켜 있어 보통 때보다 환하다는 것뿐 별로 달라진 것 같지 않았다.

"침실에 가봐. 엉망이야. 그런데, 가게에선 아까 나갔다던데 왜 이제 오는 거야?"

"동양 마켓에서 세일한다길래 갔었지. 뭐 별로 싸지도 않더구먼. 괜스레 휘발유 값만 들었네."

허둥지둥 부엌으로 가 짐을 식탁 위에 내려놓고 돌아서다 성혜는 뒤쫓아 오던 남편과 부딪칠 뻔했다.

"컴퓨터하고 비디오카메라 가져간 건 확실하구……."

"그리고?"

"내가 그동안 모아뒀던 돈 천 불이 없어졌어."

"온 세상에, 웬 돈이 천 불씩이나 있었대?"

자동차 정비소에서 받는 월급을 몽땅 내놓고 용돈을 받아쓰는 남편에게 천 불은 다른 사람의 만 불에 해당할 만큼 큰돈이다. 그는 거의 울상이었다.

"그렇게 많은 현금을 집에 그냥 놔두는 사람이 어디 있어요?"

현금을 도둑맞은 경우라 할지라도 보험회사에서 어느 정도 보상해준다는 사실을 친구의 경험을 통해서 알고 있는 성혜는 노랑이 남편이 어느새 그렇게 돈을 모았는지가 더 궁금했다. 평생 도둑은커녕 소매치기조차 당해본 적이 없는 그녀는 도둑을 맞았다는 사실이 영화의 한 장면 같기도 해서 오히려 가벼운 흥분을 느끼고 있었다.

"에구머니나!"

그녀는 활짝 열린 침실 문 앞에서 우뚝 멈춰 섰다.

"영화 장면 같지?"

뒤따라오던 남편이 말했다. 쓰러져 있는 로션 병들 틈에 마구 뒤섞어 엉켜 있는 귀걸이와 목걸이들, 그리고 뚜껑이 열린 채 흩어진 크고 작은 상자들로 엉망인 경대가 먼저 눈에 들어왔다. 방바닥은 옷장 속에서 끄집어낸 옷가지며 구두, 핸드백 등으로 발 디딜 틈이 없었다. 거기에다 아침에 급히 나가느라 정리하지 않은 침대 위의 어수선한 이불까지 한몫 보태어 그야말로 난장판이었다. 이제야 도둑맞은 실감이 났다.

그녀는 침을 한번 꿀꺽 삼킨 후 발 끝으로 옷가지들을 이리저리 밀며 경대 앞으로 갔다.

"아무것도 건드리지 마. 경찰이 올 때까지 현장을 그대로 보존해야 돼. 지문 채취도 할 테니까."

남편이 TV 탐정극에 나오는 형사처럼 다급한 목소리로 외쳤다.

성혜는 얼른 반쯤 빠져나와 있는 옷장 둘째 서랍 속을 이리저리 더듬었다. 긴 소매 셔츠들 사이에서 봉투가 만져졌다. 남편 쪽으로 등을 돌린 채 서서 봉투를 열어보았다. 오십 불짜리 다섯 장이 그대로 들어 있었다. 그녀는 얼른 돈 봉투를 도로 깊숙이 밀어 넣었다.

엉망으로 어질러진 경대는 어디부터 손을 대야 좋을지 엄두가 나지 않았다. 그녀는 유일하게 뒤집어지지 않은 자줏빛 벨벳 상자부터 열어봤다. 각각 다른 굵기의 금목걸이 대여섯 개가 그대로 들어 있었다. 값나가지 않는 귀걸이들도 여기저기 흩어져 있기는 하지만 대충 다 있는 것 같았다. 한국에서 갖고 온 알록달록한 왕골 바구니 속에 처박아두었던 망가진 시계 서너 개와 싸구려 브로치들도 그대로 들어 있었다. 그런데…… 성혜의 숨길이 빨라졌다.

"어머나, 진주목걸이가 없네. 저런, 반지들도 몽땅 없어졌잖아."

그녀는 쓰러진 로션 병을 바로 세우며 장신구들을 넣어두었던 상자와 바구니들을 다시 한 번 재빨리 훑어봤다. 오른쪽 구석에 엎어져 있는 작은 갈색 상자 하나가 눈에 들어왔다. 얼른 그것을 집어 들자 네모난 솜이 툭 떨어졌다. 그 상자 속에 솜을 깔고 넣어두었던 아이들의 젖니 두 개와 가느다란 돌 반지 두 개가 보이지 않았다.

"설마 이것까지……?"

그녀는 침대 위에 털썩 주저앉았다. 그 바람에 침대 위에 있던 스카프가 주르륵 밑으로 떨어졌다. 그쪽으로 흘끗 눈길을 주던 성혜의 눈이 반짝 빛났다.

"여기 있다!"

구겨진 이불 사이로 삐죽이 보이는 이빨 두 개를 찾아 들고 벌떡 일어서는 그녀와 옷장을 향해 서 있던 남편이 동시에 외쳤다. 휙 돌아선 남편의 높이 치켜든 손에는 흰 봉투가 깃발처럼 흔들리고 있었다.

"여름 양복바지 주머니에 넣어둔 걸 모르고 괜히 딴 주머니만 뒤졌잖아."

만면에 웃음을 띤 남편이 의기양양하게 말했다. 내 돈 찾았으니 이제 모든 근심 걱정이 다 사라졌다는 듯 남편은 연신 허허거리며 웃음을 참지 못했다. 허긴, 가게에 가서 파 한 단만 사다 달라 부탁해도 돈 먼저 달라고 손을 내미는 사람이니 자린고비 소리 들어가며 모은 돈 찾은 기쁨을 어디에 비기겠는가.

때마침 문 두드리는 소리가 났다. 남편이 한걸음에 달려 나가 문을 열었다. 문밖에는 몸집이 커다란 백인 경찰이 서 있었다. 그는 키만 큰 게 아니라 저 체격으로 도둑을 어찌 따라갈까 싶게 뚱뚱했다. 남편은 열심히 상황 설명을 하며 그를 뒷문 쪽으로 인도했다.

경찰이 임신부처럼 느릿느릿 그 뒤를 따랐다. 그는 손잡이가 뜯겨 나간 뒷문을 한 번 흘낏 볼뿐 지문 채취는커녕 자세히 들여다보지도 않았다. 남편은 잠시 엉거주춤 서 있다가 경찰을 침실로 인도했다. 그는 침실 문 밖에 서서 두 손을 맞잡은 채 고개만 끄떡끄떡할 뿐 아무 말이 없었다. 다시 거실로 나오며 그는 그제서야 뒷주머니에서 수첩을 꺼내 들고 무엇을 도둑맞았느냐 물었다.

"컴퓨터하고 비디오카메라…… 그리고 우리 와이프 패물들…… 현재는 그 정도만 발견했습니다."

경찰이 성혜 쪽으로 몸을 돌리며 물었다.

"패물이라면 정확하게 무엇이 없어졌으며 가격은 얼마짜리들입니까?"

갑작스러운 질문에 성혜는 당황했다. 경찰이 수첩에 받아 적을 자세로 서서 묻고 있으니 정확하게 답을 해야 된다는 생각에 머릿속이 혼란스러워졌다.

"진주목걸이하고……."

"얼마짜리죠?"

"글쎄……. 그게 결혼 전에 시어머니한테서 받은 거라…… 어쨌든 좋은 거예요. 진짜라구요. 우리나라 사람들은 결혼 선물로 가짜를 주는 법이 없거든요."

일단 말문이 열리고 나니 점점 용기가 났다.

"천천히 생각해보세요."

이 밤에 밖에 나가봤자 재미있는 일도 없으니 여기 죽치고 있는 게 낫겠다는 듯 그가 느긋한 표정으로 말했다.

“글쎄 그게 얼마나 될까? 아무튼 비싸고 좋은 거예요.”

“진주목걸이 외에 또 뭐가 없어졌습니까?”

“반지가 모두 없어졌어요. 루비, 사파이어, 옥. 결혼기념일 때 받은 것들이지요. 상아는 아프리카 갔던 친구가 사다 준 거구요. 잠깐!”

갑자기 말을 멈추는 성혜에게 경찰이 눈길을 던졌다. 뚱뚱한 몸매에 어울리지 않게 눈빛이 날카롭게 빛났다.

“졸업반지도 없어졌어요. 고등학교 졸업반지. 내가 참 아끼던 건데.”

순간 경찰의 눈매가 풀리며 입가에 미소가 떠올랐다. 자기도 모르게 그녀도 따라서 씩 웃었다. 그 모습을 바라보던 남편이 혀를 끌끌 찼다. 얼른 경찰이 다시 정색을 했다.

“여기가 비교적 안전한 동네인데 이런 일이 생겨서 유감입니다. 내일 아침에 보험회사로 연락하세요.”

경찰이 말을 끊고 잠시 두 사람을 번갈아 바라보다 성혜한테 시선을 주며 말을 이었다.

“충고 하나 하지요. 보험회사에 보고할 때 보석 값을 조금 높여서 적으세요. 보험회사에서는 백 퍼센트 다 지불하지 않고 언제나 깎으니까.”

이튿날, 아침상을 치우자마자 성혜는 보험회사에 전화로 도둑맞은 사실을 알리고, 파트타임으로 일하는 가게에 조금 늦게 나가겠다 말한 후 근처 쇼핑몰로 향했다. 그 몰 안에는 보석상이 여러 개 있다. 그녀는 우선 입구에서 가까운 오스터만 보석상으로 들어갔다. 필리핀 계통인지 가무스름한 피부에 얼굴이 동글납작한 아가 씨가 기다란 생머리를 한 손에 쥔 채 흰 수건으로 열심히 진열장을 닦고 있다가 그녀를 반겼다. 성혜는 마주 웃어준 후, 진주목걸이 진 열장이 있는 쪽으로 갔다. 그 안에는 비슷한 모양의 목걸이들이 죽 진열되어 있었는데 가격이 천차만별이었다. 이백 불짜리가 있는가 하면 이천오백 불짜리도 있었다. 그녀는 이천오백 불짜리를 손가락 으로 가리키며 꺼내서 보여달라고 말했다. 아가씨가 안 내키는 듯 한 표정으로 진열장을 열쇠로 열더니 천천히 목걸이를 꺼내서 자 주색 벨벳 천 위에 조심스럽게 내려놓았다. 성혜는 그것을 냉큼 집 어 들어 앞 이빨로 갈작갈작 긁기 시작했다. 아가씨의 눈이 똥그래 지며 입이 딱 벌어졌다. 계면쩍어진 성혜는 슬그머니 목걸이를 내려 놓으며 작은 소리로 중얼거렸다.

"진주는 이빨로 긁어봐야 진짜인지 가짜인지 아는 법이랍디다."

"난 생전에 그런 소리 처음 듣네요. 진주가 얼마나 약한 건데. 그 렇게 이빨로 긁으면 상처 나잖아요."

그녀가 볼멘소리를 하며 목걸이를 진열장 안에 다시 넣고는 열 쇠를 소리가 나게 짤각 잠그고 저쪽으로 가버렸다. 그제서야 성혜 의 머릿속에 이런 보석상에서 가짜 진주를 팔 리가 없다는 생각 이 떠올랐다. 그렇다면 우선 천연 진주냐, 양식 진주냐에서 값의 차 이가 크게 날 테고, 양식 진주라 해도 어디서 어떻게 양식했느냐 에 따라 값이 달라질 뿐 모두 다 진주임에는 틀림없을 터였다. 그녀 는 그만 면구스러워 서둘러 그곳을 나와 다른 보석상으로 갔다. 화 장을 곱게 한 초로의 백인 여인이 반갑게 웃으며 맞아주었다. 성혜도 마주 웃으며 우선 반지가 있는 쪽으로 갔다. 한차례 경험을 해서 그런지 훨씬 마음에 여유가 있었다. 그녀는 끼고 있는 다이아몬드 반지가 잘 보이도록 왼손을 진열장 위에 살짝 얹었다. 그렇지 않아도 큰 키에 하이힐까지 신은 점원이 서둘러 다가왔다.

"뭘 보여드릴까요?"

"루비하고 사파이어 반지에 관심이 있는데 우선 구경 좀 할게요."

진열장 안에는 여러 가지 스타일의 루비 반지가 찬란한 빛을 뿜으며 담뿍 들어 있었다. 그중에서 양쪽으로 깨알 같은 다이아가 다섯 개씩 붙은 커다란 루비 반지가 낯이 익었다. 가격표에는 오백 불이라고 적혀 있었다. 그런데 서너 개 건너에 있는 비슷하게 생긴 반지는 삼백 불의 가격표를 달고 있었다. 오히려 루비 알은 먼저 것보다 컸다. 반지 값도 천차만별인 것이다. 십 년 전에 남편이 사준 반지도 저렇게 생겼는데 비록 다이아가 양쪽에 세 개씩밖에 안 박혔지만 없어진 반지 값을 누가 알랴 하는 생각에 성혜는 흥분하기 시작했다. 옆 진열장의 사파이어도 사정이 비슷했다. 성혜는 점원에게 옥 반지는 없느냐고 물었다.

"나한테 오렌지색 옥 반지가 있었는데 잃어버렸거든요."

"저런, 어쩌다 잃어버리셨어요?"

긴 속눈썹의 점원이 안타깝다는 듯 눈을 찡그리며 그녀를 가게 중앙에 있는 진열장 앞으로 데리고 갔다. 그리고 보라색 매니큐어가 칠해진 기다란 손가락으로 진열장 속을 가리켰다.

"유감스럽게도 우리는 옥 반지를 취급하지 않아요. 옥 제품이라면 저거 하나뿐이지요."

그녀가 가리키는 것은 금으로 안장을 해 얹은 손가락 한마디 크기의 녹색 옥으로 만든 코끼리 펜던트였다. 가격은 놀랍게도 오천구백 불이었다. 그럼 알사탕만 한 내 옥 반지는 도대체 얼마란 말인가? 설마 시어머니가 그 시절에 그렇게 비싼 걸 사주었을 리 없는데……. 머릿속에서 생각들이 롤러코스터를 탄 것처럼 오르락내리락했다.

성혜는 보험회사 직원이 오겠다는 시간에 맞추기 위해 서둘러 집으로 향했다. 보험회사 직원은 갓 학교를 졸업했을까, 앳되고 순하게 보이는 아가씨였다. 목소리가 굵직한 양복 차림의 중년 아저씨가 올 줄 알았는데 그녀를 보는 순간 마음이 놓였다. 아가씨는 코트를 벗어 얌전하게 개켜서 옆에 놓더니 소파에 앉아 손바닥만 한 녹음기와 그것보다 더 작은 카메라를 꺼냈다. 그녀는 우선 성혜를 향해 미안하다는 듯이 살풋 웃고 나서 사근사근한 목소리로 묻기 시작했다.

컴퓨터와 비디오카메라를 산 영수증이 있느냐? 영수증이 없으면 제품 설명서든 뭐든 그걸 증명할 만한 서류가 있느냐? 보석 감정서가 있느냐? 하다못해 사진이라도 있느냐? 그러더니 한 움큼의 서류를 내밀었다. 그 서류는 한 페이지에 한 품목씩 품종이며 가격, 산 날짜 등을 상세하게 기재하도록 요구하고 있었다. 페이지마다 맨 위에는 거짓으로 기재할 시 형사 처벌을 받을 수도 있다는 무시무시한 내용의 스티커가 붙어 있었다.

아가씨는 잘 생각해서 기재한 다음에 연락을 달라고 말하고는 사뿐히 일어나서 방방으로 다니며 사진을 찰칵찰칵 찍고 돌아갔다.

그때부터 성혜의 갈등이 시작됐다.

하루 종일 머릿속에서 숫자가 왔다 갔다 했다. 진주목걸이 값을 얼마라고 적을까? 이천오백 불은 너무 많겠지? 그렇다고 오백 불이라고 하기는 왠지 억울하고. 그러나 저러나 영수증이 없는데 진주목걸이가 있었다는 걸 어떻게 증명하지? 성혜는 혹시 그 목걸이를 하고 찍은 사진이 있는지 찾기 시작했다. 시어머니가 돌아가셔서 물어볼 수 없는 게 어쩌면 다행인지도 모른다는 생각이 들었다. 행여라도 그것이 싸구려였다면 그건 차라리 안 듣느니만 못할 테니까. 곤란스러운 건 그것뿐이 아니었다. 시댁에서 함에 넣어 보낸 옥반지는 비싼 거라 쳐도, 인사동에서 이천 원씩 주고 산 옥 반지 다섯 개는 다 합해봐야 여기 돈으로 환산해서 십 불밖에 안 되는데 창피스러워 적을 수도 없고 안 적을 수도 없는 노릇이라 난감했다. 하지만 비록 싸구려라 해도 아끼던 반지 잃어버리고 속상한 마음 보상받으려면 십 불은커녕 천 불도 모자라는 것 아닌가?

한편, 요즈음 들어 부쩍 손마디가 굵어지고 거칠어진 손에 어울리지 않아 그냥 넣어두었던 반지들인데 보상만 잘 받을 수 있다면 오히려 도둑맞은 게 잘됐지 싶은 생각도 들었다. 성혜는 골치 아픈 숫자는 잠시 미루고 보험회사에서 돈이 나온 후를 먼저 생각해보기로 했다. 보상금이 나오면 멋있는 코트나 한 벌 살까, 아니면 미국에 온 지 십 년이 넘도록 한 번도 못 가본 LA에서 고등학교 동창회를 한다는데 거기나 갔다 올까. 잘하면 두 가지를 다 할 수도 있겠다는 생각에 이르자 가슴이 부풀어 올라 점심시간이 지났는데도 밥 먹고 싶은 생각이 들지 않았다.

얼마나 그 생각에 골몰했는지 두 번씩이나 손님에게 잔돈을 잘 못 내주는 바람에 눈총을 받았다. 집에 와서도 시금칫국에 간을 본 걸 잊고 정신없이 소금을 한 숟가락이나 더 넣는 바람에 버리고 새로 끓여야 했다. 저녁 식사를 끝내고 나서 그녀는 뉴욕과 미시간에 있는 아이들에게 도둑맞은 사실을 알렸다. 어려서부터 마음이 여리던 막내 지훈이는 연신 "엄마 괜찮아? 놀랬지?"라고 묻는데 뉴욕에서 법과대학에 다니는 수지는 대뜸 질문부터 해댔다.

"이웃집에 물어봤어? 컴퓨터 들고 나가는 거 본 사람이 있을지도 모르잖아."

"그렇구나. 그 생각을 못 했네. 내일은 동네 사람들한테 좀 물어봐야겠다."

성혜는 밤새 머릿속에서 숫자를 썼다 지우느라 잠을 설치고 새벽녘에야 겨우 잠이 들었다. 늦게 일어나 보니 남편은 벌써 출근하고 없었다. 그녀는 잔디를 가로질러 앞집으로 갔다. 그 집에는 부부가 같은 경찰서에서 근무하다 은퇴한 흑인 부부가 살고 있다. 도둑이 들었었다는 성혜의 말에 부인이 눈을 깜빡깜빡하더니 '아아.' 하고 신음 비슷한 소리를 냈다.

"그날 오후 당신 집 잔디밭에 어떤 동양 녀석 하나가 서 있는 걸 본 기억이 나요. 우편함 체크하러 나갔다 보니까 녀석이 팔짱 끼고 서서 당신 집을 유심히 보고 있더군요. 난 으레 지훈이가 집에 다니러 왔나 보다 했지요. 뒷모습이 꼭 지훈이 같았거든요. 그런데 웬일로 저 애가 머리를 붉게 물들였나 궁금하긴 했어요."

성혜의 머릿속으로 순간 얼굴 하나가 휘익 스쳐 갔다.

"붉게 물들였다고 했어요? 노랗게 물들인 게 아니구요?"

"아니요, 확실히 붉은 머리였어요. 체격은 지훈이하고 거의 같았
구요. 가만, 당신 집 앞에 빨간 머스탱이 주차되어 있었는데 그 녀
석 차였을 겁니다."

"틀림없나요?"

"내 전직이 경찰이었잖습니까. 틀림없어요. 낡은 빨간 머스탱이
었어요. 지훈이한테 물어보지 그래요? 물론 지훈이 친구를 의심하
는 게 아니라 지훈이 친구의 친구일 수도 있으니까요."

성혜의 머릿속으로 하나의 얼굴이 뚜렷이 자리를 잡았다. 이제
부터 할 일은 그 녀석 차가 과연 빨간 머스탱인가만 밝혀내면 된다.

재호가 엄마와 단둘이 이사 온 게 삼사 년 됐을까? 아빠는 사업
때문에 서울에 있고 엄마가 재호 공부를 위해 잠시 와 있는 거라
는데 어딘지 석연치 않은 구석이 있었다. 재호 엄마는 사람들하고
잘 어울리려 들지 않고 겨우 한두 사람하고만 왕래했다. 가끔 동
양 마켓에서 만나면 직업도 없는 사람이 언제나 고급 실크나 모직
으로 만든 유명 제품 옷을 입고 있었다. 게다가 활짝 웃는 법이 없
는 그녀에게서는 어딘지 비밀스러운 냄새가 풍겼다. 미인 축에 드
는 갸름한 얼굴에 커다란 눈이 겁먹은 사슴 같아, 애처로운 마음에
말을 붙이고 싶어도 행여 눈이라도 마주칠세라 물건만 들여다보다
얼른 돈을 치르고 나가는 바람에 뒤통수만 바라본 적도 한두 번이
아니었다. 남자들은 하나같이 재호 엄마 앞에서 절절맸다. 노년, 중
년 가릴 것 없이 그녀의 시선을 붙잡기 위해 공연히 큰 소리로 웃
기도 하고 평소에 안 하던 우스갯소리도 하려 드는 게 가관이었다.

그 덕에 많은 여자들이 그녀를 고운 눈길로 보지 않았다. 가끔 재호 아빠가 왔다 가곤 하는 모양인데 아무도 그를 보았다는 사람이 없었다. 그가 대단한 재벌이라느니 정치가라느니 하는 소문만 무성했다. 지훈이와 재호는 삼 년 동안 같은 고등학교에 다녔다. 지훈이도 재호의 집안에 대해서는 아는 게 없는지 물어도 모른다고만 했다. 찢어진 청바지에 긴 머리를 너풀거리고 다니는 재호가 집으로 찾아올 때마다 성혜는 영 불안하고 싫었다. 그러다 작년에 지훈이 미시간대학에 가고 싶다고 했을 때 혼자 가슴을 쓸어내렸었다. 재호는 여기서 삼십 분 거리에 있는 주립대학에 들어갔다. 한 달 전 한국 식당에서 본 재호는 머리를 노랗게 물들여 어깨까지 늘어뜨리고 있었다.

성혜는 그 길로 박금자 씨네 세탁소로 갔다. 시원시원하고 우스갯소리 잘하는 금자 씨는 입이 무거운 편이라 가끔 가슴이 답답할 때면 그곳을 찾아가는 게 성혜의 버릇이다. 재호 엄마도 자주 들르는 눈치이긴 한데 금자 씨 입에서 재호 엄마에 대한 얘기가 나온 적은 아직까지 한 번도 없다.

치맛단을 줄이며 얘기를 듣던 박금자씨가 빨간색 머스탱 대목에서 고개를 갸우뚱했다.

"혹시 한국 아이들 중에 빨간 차 타고 다니는 애 모르세요?"

"빨간 차 타는 놈이 어디 한둘인가? 우리 큰며느리가 친정아버지한테 얻어서 제 남편 갖다 준 차도 빨간 색인데."

"그건 커다란 밴이잖아요. 조그만 머스탱 말이에요."

"글쎄……."

그때 깡마른 사라 엄마가 세 살배기 딸의 손을 잡고 세탁소로 들어왔다. 그 뒤로 키가 작고 입이 커다란 사라 할머니가 따라 들어왔다. 반갑다고 웃는 사라 할머니의 얼굴에서 순식간에 눈이 사라지고 커다랗게 벌린 입속에 이빨이 하나 가득 드러났다. 아무래도 저 할머니는 남보다 이빨이 대여섯 개는 더 많지 싶다.

옛날에 어느 도사는 앉은 자리에서 천리를 본다던데 사라 할머니는 집 안에 앉아서 여기 사는 한인들의 찬장 속 숟가락 숫자까지 다 꿰고 있는 양반이다. 그녀에게는 전화선이 생명선이다. 이 근방은 물론, 두어 시간 떨어진 신시내티 한인들 소식이며 심지어 클리블랜드 소식까지 훤한 건 보통 재주가 아니지 싶다. 입이 커서 그런지 말만 많은 게 아니라 목소리마저 화통 삶아 먹은 것처럼 크다. 그 반대로 사라 엄마는 묻는 말에나 간신히 대답을 할 뿐 웬만해서는 먼저 입을 여는 법이 없다. 고부간에 성격이 저렇게 달라서야 어찌 문제가 없겠는가. 눈치를 보면 사라 엄마도 가끔 박금자 씨를 찾아와 두어 시간씩 앉았다 가는 모양이었다.

"들어오면서 들으니까 차 얘기하는 것 같던데 지훈이 엄마 새 차 사려구? 요즈음은 그 지프차가 인기인 것 같더구만. 다리 번쩍 들고 올라타는 걸 왜들 좋아하는지 통 알다가도 모르겠다니까. 색깔은 뭘로 할 건데?"

사라 할머니의 입은 한번 열리면 쉽게 닫히질 않는다. 입속에 있는 이빨들도 제마다 우쭐우쭐 한마디씩 거드는 것 같았다.

"아니에요, 우리 집에 도둑 든 얘기하고 있었어요."

그 순간 사라 할머니의 눈이 반짝 빛났다. 언뜻 입맛 다시는 소리까지 들리는 듯싶었다. 사라 엄마에게서 세탁할 옷을 받아 정리하던 박금자 씨가 힐끗 이쪽을 쳐다봤다. 성혜는 아차 싶었지만 차라리 잘됐다 싶어 이야기를 꺼냈다. 혀를 끌끌 차기도 하고 저런, 저런 하며 반주를 넣던 할머니가 그예 못 참겠는지 말의 중동을 자르며 물었다.

"재혼가 하는 놈이 머리에 물을 들였지 아마?"

"그 애 머리는 노랗죠. 붉은색이 아니에요."

박금자 씨가 이쪽을 돌아보며 또박또박 박듯이 말했다.

"그 사이에 또 물들였는지 알아? 그놈들 심심하면 하는 짓이 그 짓일 텐데."

박금자 씨와 사라 엄마 입에서 동시에 짧은 한숨이 새어 나왔다.

"그나저나 재호 엄마는 요즘 통 나가 다니지를 않는가 봐. 봤다는 사람이 없어. 그래선 재호 아버지가 왔나? 지훈이 엄마가 한번 가보지 그래. 슬쩍 떠보기도 하고 좋잖아?"

몸을 성혜 쪽으로 기울이며 사라 할머니가 은근한 말투로 계속했다.

"재호 아버지가 한국에서 잘나가는 사람이었잖아. 그런데 얼마 전에 밀려났다는 얘기가 들리더라구. 두어 달 전에 재호 엄마를 클리블랜드에서 봤다는 사람이 있어. 고급 식당에서 머리가 허연 노인이랑 나오더래. 재호 아버지겠지?"

성혜는 은근한 말투와 비열한 웃음에 정이 떨어지면서도 호기심을 누르기 힘들었다.

"그럼 재호 엄마가 세컨드란 말이에요?"

"보나 마나 뻔하지 뭐. 그렇지 않고서야 그렇게 죽자고 입 다물고 앉아서 암상을 떨 수가 있어? 내가 목사님이랑 심방 가보려고 했던 게 몇 번인지 알아? 매몰차게 거절하더라구. 다 지 영혼이 불쌍해서 그런 건데. 싫다는데야 난들 어쩌누. 그러나 저러나 자동차 색깔이 빨갛다 그랬지? 가만 있자, 그놈 차 색깔이 뭐더라…… 걱정 마, 내가 알아봐줄게."

이제 성혜네 도둑맞은 이야기가 퍼지는 건 시간문제다. 늦어도 내일 오후면 알 사람은 거의 다 알게 될 것이다. 문제는 과연 재호의 이름이 어떤 식으로 거론되느냐에 있다. 성혜는 께름칙한 마음으로 세탁소를 나섰다. 박금자 씨의 걱정스러운 눈초리가 뒤를 따랐다.

재호네 아파트는 큰길에서 얼마 벗어나 있지 않은데도 나무들로 둘러싸여 있어 마치 숲 속에 들어앉아 있는 것 같다. 11월 하순이라곤 하지만 아직 본격적인 추위가 오지 않아 단풍만 곱게 든 채 아름드리나무들이 꿋꿋하게 서 있었다. 한낮이라 그런지 주차장에 차들이 별로 없었다. 성혜는 천천히 차를 몰아 재호네 아파트 쪽으로 갔다. 이층의 그 집은 커튼이 굳게 닫혀 있었다. 건물 앞에 빨간 차가 한 대 주차되어 있었다. 가슴이 쿵 내려앉았다. 그 순간 이층의 커튼이 조금 흔들리는 듯했다. 그녀는 차종을 확인할 사이도 없이 액셀러레이터를 밟으며 급히 그곳을 떠났다.

그날이 다 가기 전에 성혜는 다섯 군데에서 전화를 받았다. 한가한 한인 사회에서 누군가가 도둑을 맞았다는 건 커다란 뉴스거리가 아닐 수 없다. 게다가 사건의 한가운데에 재호가 있다는 점에서 흥미가 증폭되는 듯했다. 그들은 한마음이 되어 재호를 도둑으로 단정 지었다. 머리 모양이며 옷 입고 다니는 꼬라지로 봐서 그럴 줄 알았다는 둥, 어른한테 인사도 제대로 안 하고 옆눈으로 흘끔거린다는 둥, 심지어 재호 엄마의 옷차림새까지 도마에 올랐다. 성혜도 주저 없이 재호에 대한 평소의 느낌을 피력했다. 그들은 자나 깨나 불조심하듯 아들 단속, 남편 단속에 힘을 기울여야겠다 다짐하며 새삼 우정이 돈독해지는 것 같은 느낌을 안고 통화를 끝냈다.

보험회사에서 놓고 간 서류를 다 작성하는 데는 무려 사흘이나 걸렸다. 컴퓨터와 비디오카메라에 대한 건 이미 첫날에 작성이 끝나 있었다. 남편은 꽤 꼼꼼한 편이어서 보관해둔 영수증을 찾아오는 데 시간이 채 오 분도 걸리지 않았다. 패물을 적는 칸만 하얗게 빈 채 성혜를 기다리고 있었던 것이다. 그녀는 도무지 마음을 정할 수가 없었다. 이럴 때 남편은 전혀 도움이 되지 않는다. 서류 위에 붙어 있는 스티커에서 형사처벌이라는 단어를 본 후로 그녀가 입만 열면 고개를 내저었기 때문이다.

"당신, 괜히 큰일 날 짓 하지 마. 그러다 도둑이 잡히기라도 하면 어떻게 되는지 알아? 감옥가고 싶으면 혼자 가라구."

누가 사기라도 치겠다 그랬나 지레 펄펄 뛰었다.

"그 목걸이가 얼마짜린지는 당신도 모르잖우. 그게 천연 진주라면 값이 엄청나다구요. 어쩌면 오천 불보다 더 할지도 몰라."

"이것 봐, 그거 천연 진주 아니야. 그 정도는 나도 알아. 우리 엄마가 며느리에게 그렇게 비싼 진주목걸이 줄 사람이 아니라는 건 당신도 잘 알 거 아냐. 그리고 루비 반지는 왜 오백 불이라고 적었어? 그거 삼백 불 주고 산 거라 그랬잖아."

"결혼기념일에 받은 걸 잃어버렸으니 정신적 고통에 대한 보상도 포함시켜야 할 거 아니에요."

"그럼 옥 반지는? 그건 이천 원씩 주고 샀다며? 그새 환율이 그렇게 변했나? 언제부터 이천 원이 이백 불이 됐단 말이야? 당신, 전에는 애들 젖니를 보석 반지보다 더 귀하게 여기더니 어쩌다 그렇게 돈을 밝히게 됐지?"

"돈을 밝히다니! 그게 아니에요. 난 괜스레 억울한 일은 당하지 말자 하는 것뿐이라구요. 게다가 내달에는 지훈이 학비도 내야 하는데…… 당신이 돈만 많이 갖다 줘봐요, 내가 이러겠나."

말은 그렇게 하면서도 마음이 편치 않았다. 속마음을 들켜버린 것 같기도 하고 정말 내가 왜 이렇게 됐나 싶기도 해 우울해졌다. 결국 사흘째 되는 날 오후에 보험회사 여직원의 독촉 전화를 받고서야 간신히 혼자 작성을 마쳤다.

그날 밤, 안부 전화를 건 수지에게 붉은 머리 얘기를 꺼내자 대뜸 반박이 나왔다.

"엄마, 난 지금 엄마가 누구 생각하는지 알아. 하지만 그건 아주 위험한 생각이야. 쓸데없는 편견을 갖고 사람을 의심하는 건 좋지 않다고요. 지훈이한테는 말도 꺼내지 마세요."

이 녀석이 법대엘 들어가더니 어른을 뭘로 보나 싶어 부아가 났다.

"애가 왜 이래! 그럼 동양 아이라던데 그 녀석 말고 누구겠니?"

"하여튼 괜히 생사람 잡는 짓 하지 마세요."

어려서부터 귀가 얇아 남의 말 잘 듣는다는 소리를 들어오던 그녀의 가슴속으로 걱정이 안개처럼 서서히 스며들었다.

재호 엄마가 약을 먹고 병원으로 실려 간 사건은 그로부터 이 주일 후에 일어났다. 이틀 밤을 꼬빡 새며 옆에 붙어 앉아 있다 나온 박금자 씨의 전화를 받고 성혜는 가슴이 철렁 내려앉았다.

"아니, 왜? 어쩌다 그랬대요? 아직도 병원에 있나요? 재호는? 많이 상하지는 않았구요?"

말이 두서없이 나왔다.

"내일 퇴원할 거야. 왜 그랬는지는 나도 잘 모르겠어. 요즈음 재호 아빠 문제로 괴로워하긴 했는데…… 며칠 전에 신문에 난 거 못 봤어? 하긴 봤어도 누군지 몰랐겠구만. 재호 아빠가 한국에서 구속됐어."

"그럼, 요즈음 한국을 들었다 놓은 사건의 주인공이 재호 아빠란 말이에요?"

"으응, 아무한테도 아는 척하지 마. 거기다 엎친 데 덮친 격으로 지훈이네 도둑맞은 얘기를 누군가 한 모양이야."

그 소리에 가슴이 덜컥 내려앉았다.

"재호는 그런 애가 아니라면서 울더라구. 그렇지 않아도 비에 젖은 새 같은 사람한테 누가 그렇게 심한 말을 했는지 원."

꼭 자기 들으라고 하는 원망 같아서 얼굴이 달아올랐다. 박금자 씨와 통화가 끝나자마자 다시 전화벨이 울렸다. 사라 할머니였다.

"얘기 들었지? 내일 퇴원한다는 거 보니까 약을 많이 안 먹었나 봐. 다행이지 뭐. 그런데 왜 그랬을까? 혹시 쇼 아니었을까? 왜 그

런 거 있잖아. TV 연속극 같은 데서 보면 도둑질한 년이 억울하다
고 더 펄펄 뛰는 그런 거 말이야."

성혜는 가슴이 벌렁거려 아무 말도 할 수가 없었다.

재호 엄마를 들여다봐야 하는 건지 아닌지 몰라 일주일을 고민
하다 성혜는 박금자 씨를 찾아갔다. 세탁소 문을 열려는데 커다란
유리문을 통해 함초롬히 앉아 있는 재호 엄마가 눈에 들어왔다.
순간 그대로 돌아서고 싶은 충동이 일었다. 잠시 멈칫하는 동안 재
호 엄마와 눈이 마주쳤다. 할 수 없이 문을 밀고 안으로 들어갔다.
재호 엄마가 연한 미소를 띠며 엉거주춤 일어섰다. 그녀의 화장기
없는 얼굴은 입고 있는 흰 스웨터보다 더 창백했다. 갈색 바지는
남의 것을 빌려 입은 것처럼 헐렁했다. 성혜는 자신도 모르게 팔을
내밀어 재호 엄마의 두 손을 붙잡았다. 자그마한 손이 얼음처럼 차
가웠다.

"왜들 그러세요? 우리 재호가 뭘 어쨌다고……."

그렁그렁하던 재호 엄마의 눈에서 눈물이 주르륵 흘렀다.

석 주 후에 보험회사에서 수표가 왔다. 성혜가 써 넣은 가격에
서 이십 퍼센트를 제했는데도 액수가 제법 많았다. 수표를 보는 순
간 그동안 재호 엄마 때문에 무겁던 마음이 일시에 가벼워졌다. 횡
재라도 한 기분이었다. 그런데 묘한 것은 시간이 지남에 따라 점점
억울한 생각이 들기 시작했다는 점이다. 이십 퍼센트씩이나 제할
줄 알았더라면 더 높여 적을 걸 하는 생각에 가슴이 다 저렸다. 남
편의 걱정과 달리 아무런 조사 없이 돈이 제꺽 지불된 걸 보면 미

국 사람들이 참 순진하고 어리숙하다는 생각도 들었다. 수지가 가져간 첼로와 지훈이가 학교에서 잃어버린 자전거도 이제 보니 그때 도둑맞은 것 같다고 보험회사에 전화하고 싶은 마음이 뭉게구름처럼 일었다. 방 안을 왔다 갔다 하며 머릿속으로 한참 생각을 굴리고 있는데 문 두드리는 소리가 났다. 그녀는 수표를 손에 든 채 문을 열었다. 임신부처럼 배가 나온 경찰이 빙긋이 미소를 띤 채 서 있었다.

"하이, 미시즈 킴. 좋은 소식이 있어서 왔습니다."

"네? 무슨……."

"얼마 전에 이 집에 들었던 도둑이 잡혔거든요. 두어 달 전에 출감한 상습범이 어제 다른 집을 털다 잡혔는데 이 집 것도 훔쳤다고 자백을 한 거죠. 다행히 훔친 물건들을 아직 처분하지 못하고 있더군요. 지금 경찰서로 같이 가서 물건들을 확인하시겠습니까?"

수표를 쥔 손에서 스르르 힘이 빠져나갔다.

나이아가라
가는 길

옥분 씨는 8시 정각에 경희네 집 앞에 차를 댔다. 볼품없이 덩치만 큰 경희네 갈색 밴 옆에는 아이스박스와 여행 가방들 외에도 비닐봉지가 여러 개 줄지어 있었다. 다른 사람들은 벌써 도착한 모양인데 차고 문만 덜렁 열려 있을 뿐 아무도 보이지 않았다.

먹던 토스트 조각을 마저 입에 넣고 하얀 바지 위에 떨어진 빵가루를 털며 옥분 씨가 차에서 내리는데 기다렸다는 듯이 와르르 웃음소리가 들렸다. 노란 백일홍을 한 송이 꺾어 들고 뒤뜰에서 돌아 나오는 재단사 아줌마 뒤에서 재영이 할머니가 뚱뚱한 몸을 흔들며 허둥허둥 쫓아오고 있었다.

"이것 좀 보세요. 세상에나, 저 조그만 복숭아나무에 어쩜 복숭아가 저렇게 많이 달렸데요?"

꽃과 나비가 잔뜩 그려진 노란색 블라우스를 입은 재영이 할머니가 옥분 씨에게 다가와 복숭아 든 손을 내밀었다. 옥분 씨는 한

발 뒤로 물러섰다.

"저 아침 먹고 왔어요."

"이게 보긴 이래도 엄청 달아요."

복숭아를 입에 넣어주기라도 할 듯 다가오는 재영이 할머니 뒤에서 경희 엄마가 외쳤다.

"자, 얼른 출발합시다. 지금 떠나도 저녁이나 돼야 나이아가라에 도착할 거예요."

옥분 씨는 한숨을 푹 내쉬고 운전석 옆자리에 올라앉았다. 애초부터 가고 싶었던 여행도 아니고 할 수 없이 따라나선 길인데 꼬박 이틀을 저들과 함께할 생각을 하니 지레 머리가 아팠다.

옥분 씨 양장점에서 일하는 재단사 아줌마가 경희 엄마 따라서 나이아가라 폭포 구경 간다고 했을 때 어떻게든 막았어야 했다. 불법 체류자인 주제에 캐나다 국경까지 갔다가 이민국에 잡히기라도 하면 어쩔 셈이냐고 좀 더 겁을 주었어야 했다. 옥분 씨는 강하게 말리지 못한 걸 다시 한 번 후회했다.

오지랖 넓은 경희 엄마에게서 전화가 온 것은 사흘 전이었다. 불법 체류자로 삼 년 동안 양장점 뒷방에서 생활한 아줌마가 한국으로 돌아가기 전에 마지막으로 여행을 시켜주자는 것이었다. 딱히 그렇게 말은 안 했어도 은근히 이쪽을 악덕 주인으로 몰아가는 말투가 비위에 거슬렸지만 안 된다고 할 구실이 얼른 떠오르지 않았다.

그동안 공짜로 일한 것도 아니고 품삯을 꼬박꼬박 받아 간데다 가게 뒷방에서 생활한 덕에 아파트 세까지 절약한 게 누구 덕인데 여행까지 시켜주어야 하느냐는 소리가 목구멍까지 올라왔지만 참 있다. 자기는 가끔 바람 쐬어준답시고 데려가 알량한 된장찌개 한 그릇 먹여 들여보냈으면서 막판에 생색을 뿌옇게 내려는 게 얄미웠다.

한국으로 돌아가게 된 일만 해도 그렇지, 쑥뜸만 안 떴어도 아무 문제없었을 것을……. 그 생각을 하면 지금도 가슴이 벌떡거린다. 옷감에 냄새 배니까 냄새 많이 나는 음식은 해 먹지 말라고 그렇게 일렀으면 알아서 처신을 했어야지 허리 조금 아프다고 쑥뜸을 해대는 미련퉁이라니. 창문 틈으로 새어 나오는 냄새를 맡고 지나가던 아이들이 마리화나 피운다며 고발을 했던 것이다. 환갑이 다 된 아줌마가 출동한 경찰에게 허리를 까 보이며 뜸 뜬 자리를 보여주어 오해는 풀렸지만 겁이 나 당장 한국으로 돌아가겠다고 난리를 부렸다.

그렇지 않아도 아줌마가 슬슬 부담스러워지던 판에 옥분 씨는 차라리 잘됐다 싶었다. 언제부터인가 사람들이 자기보다 아줌마의 솜씨를 더 쳐주는 것 같아서였다. 뒷방에만 있는 아줌마의 존재를 모르는 손님들이 옥분 씨 솜씨가 좋아졌다며 친구들을 소개해 데리고 오는 건 좋은데 암만해도 아줌마가 눈치를 채는 것 같았다. 손님이 오면 괜스레 앞으로 나와 얼쩡거리다 영어 한마디 못 알아들으면서 알아듣는 척 고개를 끄덕이니 여간만 신경 쓰이는 게 아니었다.

아무려면 시골 양장점에 있던 아줌마와 국제 복장학원에서 마귀할멈 같은 원장의 욕을 먹어가며 배운 자기의 솜씨가 같을까만 아줌마는 제 솜씨가 제일인 줄 알고 고개를 빳빳이 들기 시작했다.

구전의 삼십 퍼센트를 받기로 하고 일을 시작했던 아줌마가 며칠 동안 뿌루퉁해 있더니 사십 퍼센트를 달라는 데는 어이가 없어 말이 안 나왔다.

삼 년 동안 국으로 가만히 있던 아줌마가 혼자서 그런 생각을 해냈을 리는 없고 보나 마나 여우같은 경희 엄마가 들쑤신 것임에 틀림없었다.

당장 내보내고 싶지만 한인 사회에 소문이 나쁘게 날까 봐 그럴 수도 없고 난감하던 차에 이런 일이 생겼으니 오히려 잘됐다 싶었던 것이다. 그러나 당장은 좀 곤란했다. 한 달 안으로 해줘야 하는 웨딩드레스가 둘이나 있고 까탈스러운 미시즈 파커의 투피스는 암만해도 아줌마가 해야 별 탈이 없을 터였다.

내일이라도 떠날 것처럼 짐을 싸는 아줌마를 간신히 달래서 두어 달 더 있게 했는데 이제는 주말마다 놀러 나가겠다며 속을 썩인다. 그것 역시 경희 엄마 때문이다.

일 년 전에 과부가 된 경희 엄마는 남을 위해 희생 봉사하는 어린 양 같은 표정을 짓고 있지만 사십 대 초반의 혈기 왕성한 여인이 공연히 집에 혼자 있기 싫어 핑계 김에 나가 다니려는 속셈인 걸 모를 옥분 씨가 아니다. 남편 살아 있을 때 동서남북 잘 돌아다니던 성질이 혼자됐다고 사라질 리가 있는가. 참하게 일 잘하고 있는 아줌마를 들쑤셔서 공원에 데려간다, 배 타고 섬에 갔다 온다 한 게 벌써 몇 번째인지 모른다. 못마땅한 걸 꾹 참고 있었더니 이제는 아예 일박이일로 나이아가라 폭포까지 갔다 오자는 것이다.

일언지하에 거절하고 싶은 마음을 누르고, "나도 가고 싶기는 한데……"라고 말을 꺼내는데 경희 엄마가 "한 선생님도 같이 가실 거예요." 했다. 옥분 씨는 얼른 말을 바꿨다.

"한 선생님이? 정말? 그분은 얼마 전에 나이아가라에 갔다 오셨을 텐데."

"여기 살면서 거기 몇 번씩 안 가본 사람이 어디 있어요? 한국에서 손님만 오면 모시고 가는 정규 코스인데. 그래도 답답하다면서 같이 가시겠다네요."

한 선생은 근처 대학에 교환 교수로 온 남편 따라 이곳에 온 지 육 개월 남짓 되는 동양화가다. 자그마한 키에 옷차림이 단정하고 말투도 조용조용해서 그 앞에 서면 저절로 몸을 사리게 되는 여자다. 남편 직장 상사에게 줄 크리스마스 선물로 고심 중이던 옥분 씨는 한인회 모임에서 한 선생을 처음 봤을 때 속으로 손뼉을 쳤다. 두어 장쯤 그려달래서 양장점에도 하나 걸고 남편에게 잘해주는 미스터 존스 집에도 한 점 척 걸어주면 그에서 더 좋은 선물이 없을 듯싶었다.

얼마 전, 한국 가게에서 한 선생을 만났을 때 얼른 달려가 캔에 든 식혜를 내민 것도 그런 깊은 뜻이 있어서였는데 한 선생이 단 음료를 마시지 않는다며 사양하는 바람에 뜻을 이루지 못했다. 미소 띤 얼굴로 말은 부드럽게 하지만 조그만 입을 꼭 다무는데 말을 더 붙여볼 틈이 없었다.

이번에 한 선생과 같이 여행 가면 자연히 가까워질 테니 기회를 봐서 부탁할 수도 있을 것 같았다. 또 그런 사람을 사귀어두면 남들 보기에도 그렇고 결코 손해날 일은 없을 것이다. 그래서 같이 가기로 한 여행인데 어젯밤에 경희 엄마가 전화 걸어 또 속을 뒤집었다.

"저어…… 여행 갈 사람이 하나 더 늘었네요. 아줌마가 친구 한 사람 데리고 가도 되겠느냐 물어서 그러라 했어요. 재영이 할머니 아시죠?"

"재영이 할머니? 나 그 사람 잘 모르는데…… 그럼 생판 모르는 사람이랑 한방에서 자잔 말이에요?"

갈수록 태산이라더니 혼자 가는 여행도 아니면서 자기 멋대로 이 사람 저 사람 끌어들이는 처사가 영 마음에 안 들었다.

"아줌마 때문에 가는 여행인데 아줌마 부탁을 거절할 수가 없더라구요."

경희 엄마 목소리에는 조금도 미안해하는 구석이 없었다.

"암만 큰 방을 얻는다 해도 침대는 두 개밖에 없을 테고 한 침대에 두 명씩밖에 못 자는데 다섯 명이면 호텔 방을 두 개 얻어야잖아. 그렇게 되면 비용도 늘어나구……."

"참, 그게 그렇게 되네요. 그 생각을 미처 못 했네……."

경희 엄마의 목소리에 힘이 빠지는 듯하더니 다시 힘차게 솟구쳤다.

"걱정 마세요. 내가 바닥에서 자죠, 뭐."

대답할 가치도 없어 전화를 끊으려는데 경희 엄마가 급하게 덧붙였다.

"반찬 한 가지 해 오는 것 잊지 마세요. 가는 길에 피크닉 삼아 먹으면 재미있을 것 같아요."

재영이 할머니와는 한인회 모임에서 두어 번 인사를 나누었을 뿐이다. 머리가 허연 재영이 할아버지를 봐서 할머니 나이도 만만 치 않으련만 주름살 하나 없는 팽팽한 얼굴이 뽀얗기까지 한 게 어 딘지 거부감을 일으켜 일부러 가까이 가지 않았었다. 아무래도 재 혼한 사이라는 말이 헛소문이 아니지 싶다.

게다가 다 늙은 사람이 보라색 선글라스가 뭐람. 거기다 유난히 시커멓게 문신한 눈썹에 소복한 눈두덩이 왠지 징그러웠다. 눈썹 문신을 남들은 자연스럽게 하더구만 미장원에서 싸게 한 것이 틀림 없었다. 재영이 손에 검은 크레용을 쥐어주고 그리라 해도 그것보 다는 잘했을 것 같다. 활짝 웃을 때 드러나는 금이빨은 또 얼마나 촌스러운지.

운전을 하던 경희 엄마가 테이프를 밀어 넣자 트로트가 흘러나 왔다.

"샹하이 샹하이 트위스트 추면서 난생 처음 그녀를 만났 고······."

재단사 아줌마와 재영이 할머니가 신이 나 따라 부르기 시작했 다. 옥분 씨는 힐끗 고개를 돌려 뒤를 보았다. 세탁소를 하는 경희 네가 옷 실어 나를 때 사용하는 기다란 밴은 중간에 있던 의자들 을 떼어내서 제법 넓었다. 그곳에 아이스박스며 크고 작은 가방들 과 비닐봉지들이 첩첩이 쌓여 비무장 지대처럼 앞좌석과 뒷좌석 을 갈라놓고 있었다. 재영이 할머니는 뒤에 있는 긴 의자 한가운데 에 버티고 앉아 손뼉을 짝짝 치며 노래를 부르고 있었다. 오른쪽에 앉은 아줌마는 어깨춤까지 추는데 왼쪽의 한 선생은 팔짱을 낀 채 창밖만 바라보고 있었다. 어딘지 심기가 편치 않아 보였다.

"가차이서 보니깐 나훈아 피부가 참 곱더만. 김지미가 반할 만해."

"에이, 그래도 남진이만은 못하지. 남진이는 정말 멋있게 생겼더라. 노래는 또 얼마나 잘해? 온몸이 자지러질 것 같더라니깐."

노래를 따라 부르다 간간이 말을 주고받던 그들이 잠시 조용하다 싶더니 느닷없이 한약 냄새가 풍겼다.

"아줌마! 괜찮아요?"

경희 엄마가 고개를 빼고 백미러를 올려다보며 큰 소리로 물었다.

"으응, 괜찮아. 그냥 가슴이 좀 울렁거려서 우황청심환 하나 먹었어."

바람이 좀 심하게 불면 부러질 것같이 가늘가늘한 아줌마가 계면쩍은 듯 대답했다. 심장마비로 돌아가시기 전에 아버지가 우황청심환 먹는 것을 보았던 옥분 씨는 놀라서 경희 엄마를 쳐다봤다.

"걱정 마세요."

옥분 씨의 마음을 읽었는지 경희 엄마가 힐끗 쳐다보며 씩 웃었다. 백미러에 걸린 탁구공만 한 미러볼이 흔들리며 내뿜는 햇살이 그녀 얼굴과 어깨 위에서 작은 물방울처럼 부서졌다. 차를 타며 그 미러볼을 처음 봤을 때 '유치하기는. 카바레인 줄 아나. 미러볼을 차에 다는 사람이 어디 있담.' 하고 비웃었는데 반짝반짝하는 게 은근히 예뻤다. 하나 사고 싶다는 생각이 들었다.

잠시 후, 조용하다 싶어 뒤를 돌아보니 한 선생은 단정히 앉아 앞을 바라보고 있고 재영이 할머니와 재단사는 고개를 옆으로 꺾은 채 자고 있었다. 너무 좋아서 어젯밤 한숨도 못 잤다는 말이 사실인 모양이었다.

90번 도로를 타고 두어 시간 달리자 클리블랜드였다. 복잡한 클리블랜드 외곽을 돌아 또 한참을 가자 펜실베이니아로 온 것을 환영한다는 사인이 나왔다. 잠에서들 깨어나는 모양인지 뒤에서 부스럭거리는 소리가 들렸다.

"화장실 가고 싶은 분 안 계세요?"

경희 엄마가 또 고개를 빼고 백미러를 올려다보며 물었다.

"그나저나 내 옷 가방이 안 보이네."

묻는 말에 대꾸는 않고 재영이 할머니가 엉뚱한 소리를 했다.

"거기 어디 있겠죠. 지금 휴게소 가는 길이니까 내려서 내가 찾아볼게요."

휴게소로 나가기 위해 깜빡이를 켜며 경희 엄마가 달래는 투로 말했다.

옥분 씨가 화장실에 다녀와 보니 재영이 할머니는 얼굴이 벌게서 차 바닥에 앉아 있고 경희 엄마는 의자 밑을 들여다보고 있었다.

"암만 해도 차에 안 실었는개비네. 이 노릇을 어쩌면 좋아."

"그 속에 중요한 것 들었어요?"

"갈아입을 옷이랑 칫솔 같은 거지 뭐. 그런 건 다 괜찮은데 잠옷이 없으니 밤에 어쩐대? 큰일 났구먼."

"그냥 옷 벗고 이불 덮고 자면 되지 뭘 걱정이유?. 형님이나 나나 다 늙은 처지에 별걱정을 다 허우."

옆에 있던 아줌마가 한마디 했다.

"우리끼리야 상관없지만 선생님도 계신데 워치게 그랴? 그런데 그게 어디로 숨었으까이?"

재영이 할머니가 아랫도리를 가리는 시늉을 하며 난감한 표정을 지었다.

"차 옆에 있던 짐들은 다 실었는데⋯⋯. 혹시 집에서 안 갖고 오신 거 아니에요?"

"무슨 소리! 집에서 재영이 녀석이 만지려는 걸 빼앗아 들고 나왔던 생각이 확실히 나는데."

재영이 할머니가 단호하게 외쳤다. 한 선생이 우선 점심부터 먹자고 제안했다.

주차장 너머 널찍한 잔디밭 위로 커다란 나무가 그늘을 만들어 주고 있어 좋아 보였다. 마침 그 밑에 피크닉 테이블이 있어 일행은 차 안에서 먹을 것들을 꺼내어 그리로 옮겼다.

"점심 한 끼 먹는데 웬걸 이렇게나 많이 싸 왔어요?"

닭튀김, 호박전, 콩나물 무침, 굴 겉절이, 멸치 볶음, 오징어 볶음 등 차례로 뚜껑을 벗는 그릇들을 바라보며 한 선생이 감탄했다.

"재영이 할머니 음식 솜씨 좋잖아요. 맛있는 것 많이 해 오라고 내가 부탁했지요."

종이컵에 물을 따르며 아줌마가 선생님께 고자질하는 초등학생처럼 자랑스럽게 말했다.

"미안해요. 나는 엊그제 저녁 초대받아 나갔다가 늦게 들어오는 바람에 반찬을 못 해 왔어요."

말과는 달리 전혀 미안해하는 표정이 아닌 한 선생을 한번 흘낏 쳐다본 옥분 씨는 작은 그릇을 테이블 한쪽 구석에 올려놓았다. 어젯밤 냉장고를 뒤져 몇 년 전에 넣어두었던 묵은 김을 찾아내 간장 붓고 무쳐 온 것이다.

"차암 좋다. 바람도 살랑살랑 불고. 이렇게 밖에 나온 게 얼마만인지 모르겠네. 어젯밤에 잠이 안 와서 일어나 앉아 있으니까 우리 영감님이 그렇게 좋으냐고 놀리드만요."

재영이 할머니가 밥 먹다 말고 하늘을 올려다보며 말했다.

"영감님이 같이 가자는 말씀 안 하세요?"

"같이 가긴 어딜 같이 가요? 그 좋은 세월 혼자만 놀러 다닌 영감 어디가 이뻐서 데리고 가요?"

한 선생이 묻는 말에 재영이 할머니가 손사래를 치며 소리를 높였다.

"아까 보니까 여자들끼리 간다고 걱정이 이만저만이 아니시던데. 옛날에는 속을 좀 썩이셨나 보죠?"

"속이요? 그거 말로 다 못 하지요. 여자에 노름에. 우린 이혼해서 한참 따로 살다가 재혼한 거예요."

우등상 받았다는 자랑이라도 하듯 너무나 시원스레 말을 하는 통에 한 선생과 옥분 씨는 동시에 재영이 할머니를 쳐다봤다.

"그거 알 만한 사람들은 다 아는데…… 결혼한 지 삼 년 만에 이혼했다가 이십 년 후에 다시 만나 사는 거라니까요. 그때 고생한 생각하면 지금도 영감이 미워 죽겠어요."

"가만, 가만. 아들딸이 셋이라면서 그럼 얘기가 어떻게 되는 건가?"

고개를 갸우뚱하는 옥분 씨의 무릎을 경희 엄마가 툭 쳤다. 그걸 봤는지 못 봤는지 재영이 할머니는 아예 수저를 내려놓고 얘기를 시작했다.

"시집간 지 열흘도 안 됐는데 아이를 하나 데리고 들어오더라구요. 장가들기 전에 여자 건드려서 낳은 애죠 뭐. 그 여잔 벌써 도망가고 없대요. 그러니 어떡해요. 내가 키워야죠. 그 애가 지금 엘에이에서 순두부집 하고 있는데 나한테 참 잘해요. 우리 영감이 그때 미군 부대엘 다니드랬는데 돈을 잘 벌었어요. 우리 친정은 못살았구요. 게다가 친정아버지가 얼마나 엄하셨는지 난 그때까지 댕기 머리에 치마저고리 입고 다녔다니깐요. 어느 날 사촌 언니 스카트 한번 빌려 입고 집에 들어갔다가 아버지한테 혼이 난 이후로 양장은 꿈도 못 꿨어요. 그때 방직 공장에 다녔는데 오죽하면 나 혼자 흰 저고리에 검정 치마 입고 다녔겠어요. 난 친정이 가난한 것도 싫었지만 아버지가 너무 무서워서 선 한 번 보고 돈이 많다 그러길래 그냥 시집간 거예요. 그런데 첫애, 그러니까 재영 에미 낳고 얼마 안 있어 영감이 월남엘 가겠다고 돈을 꾸어 오라는 거예요."

"월남엘 가는데 돈이 왜 필요해요?"

닭다리를 하나 집어 들며 옥분 씨가 물었다.

"군인으로 간 게 아니라 쇼단 끌고 간 거거든요. 일테면 매니저지요. 그래서 할 수 없이 시고모한테서 꿔서 줬는데 그 돈 갚느라고 혼났어요. 돈 벌어 오겠다고 큰소리친 사람은 돈은커녕 소식 한 자 없죠. 어떡해요. 할 수 없이 애 둘 데리고 시고모 집으로 들어갔죠. 아침이면 시고모가 보리쌀 한 봉지를 줘요. 그걸로 하루 먹으라는 거죠. 반찬이요? 반찬이 어딨어요. 김치도 없는데. 그때 김치 먹고 싶던 생각을 하면 지금도 난 먹다 남은 김치 한 쪽 못 버려요. 저녁에 시장에 나가서 장바닥에 떨어진 배추 이파리 주어다 된장국이나 끓이면 다행일까. 몇 달을 그러고 나니까 안 되겠더라구요. 그래서 남의집살이를 들어갔어요. 애들이요? 애들 데리고 남의집살이를 어떻게 해요? 요즈음 같은 파출부가 아니거든요."

"그러면……. 식모?"

통통한 재영이 할머니의 얼굴을 바라보며 옥분 씨가 물었다.

"그럼요. 바로 그거예요."

식모라는 단어가 껄끄러운지 잠시 멈칫하다 대답하는 재영이 할머니에게 옥분 씨가 재차 물었다.

"그럼 애들은요?"

"시고모가 돌봐주셨죠. 할 수 있나요 뭐? 자기 조칸데. 그러구 있는데 애들 아버지가 나왔어요. 그런데 만나서 첫마디가 이혼하자는 거예요. 월남 여자한테서 애까지 낳았다는데 너무 기가 막혀서 처음에는 눈물도 안 나오더라구요."

"그 애가 김치로군요."

이제야 알겠다는 듯이 경희 엄마가 고개를 끄덕였다.

"맞아요. 한국 생각이 나서 이름을 그렇게 지었대나 뭐래나."

"정나미가 떨어져서 이혼을 했군요."

말없이 듣기만 하던 한 선생이 종이 냅킨으로 입가를 꼭꼭 찍으며 중얼거렸다.

"처음에는 안 된다고 버텼죠. 스물여덟에 애 둘 데리고 이혼이라는 게 말이 돼요? 친정아버지가 살아 계셨더라면 맞아 죽을 일이죠. 허지만 허구한 날 졸라대니 견딜 수가 있어요? 헐수 헐수 없어서 도장을 찍었죠. 내 생일이 3월 3일이에요. 말띠 생이 삼짇날에 태어났으니 이별 수가 있어서 그렇다네요. 그러니 팔잔가 부다 했죠. 그리군 내내 밤마다 울면서 살았어요.”

“재혼할 생각은 없었어요?”

“재혼이요? 에이 그런 생각은 해본 적도 없어요. 한 번 시집갔으면 됐지 어떻게 또 가요?”

당연한 걸 왜 묻느냐는 태도였다.

“그럼 내내 재영이 할아버지랑 다시 합칠 생각을 하고 살았단 말이에요?”

“뭐 꼭 그렇다기보담은…….”

재영이 할머니가 우물쭈물 말을 흐리자 얼른 재단사 아줌마가 나섰다.

“그래서 결국 할아버지랑 다시 살게 됐잖아요. 형님, 이십 년 만이라구 했던가?”

“이십이 년. 영감이 월남 여자랑 미국에 와서 살다가 헤어지구 나서 아이들을 보내라구 연락을 했두만요. 그리구 얼마 후에 아이들이 날 초청해서 왔다가 영감이랑 합쳤지요. 그것도 벌써 한 십 년 됐네.”

“그런 영감님이 밉지 않으세요?”

경희네 뒤뜰에서 따 온 복숭아를 한입 베어 물며 옥분 씨가 물었다. 어린아이 주먹만 한 복숭아는 가게에서 파는 것보다 훨씬 달

278

고 맛있었다.

"두 분 사이가 얼마나 좋은데요. 아까두 보셨잖아요. 할아버지가 마나님 걱정을 얼마나 하시는지 우리 차가 낡아서 에어컨 틀면 안 된다고 신신당부 하시던 걸요. 가다가 중간에 서기라도 하면 큰일 난다구요."

경희 엄마의 말에 재영이 할머니는 쑥스러운지 부끄럼 타는 처녀처럼 얼굴을 옆으로 꼬았다.

"내 걱정을 많이 하지요. 도착하는 즉시 전화하라고 몇 번씩 이르고. 그래도 가끔씩 옛날 생각이 나면 괘씸해서 밥도 해주기 싫다니까요."

"자, 나머지 얘기는 가면서 듣기로 하고 슬슬 움직여볼까요?"

경희 엄마가 일어서는 것을 신호로 모두 일어나서 상을 치우기 시작했다. 옥분 씨는 하나 남은 복숭아를 얼른 집어 주머니에 넣었다.

차에 기름을 넣는 동안 옥분 씨는 주유소에 들어가서 신문을 한 부 샀다. 골치 아픈 영어 신문을 읽고 싶다기보다 자신이 재단사 아줌마나 재영이 할머니와는 다른 사람이라는 걸 한 선생에게 보이고 싶은 마음이 더 컸다.

대충 신문을 뒤적뒤적하다 바깥을 보니 어느새 차는 톨게이트로 들어섰고 곧 이어 펜실베이니아를 벗어났다. 그러고는 뉴욕 주였다. 아직 두어 시간은 더 가야 할 텐데 벌써부터 길 옆으로 나이아가라 폭포 안내 광고가 나타나기 시작했다.

"드디어 뉴욕 주로 들어왔습니다."

경희 엄마가 고개를 뒤로 돌리며 외쳤다.

"네에, 알았습니다."

재단사 아줌마와 재영이 할머니가 참새 새끼들처럼 입을 짝 벌리고 대답하며 웃었다.

"한국 가면 뉴욕 갔다 왔다고 자랑해야지."

공개 방송에 출연 중인 여학생처럼 두 손을 쳐들고 흔들어대는 아줌마를 보며 옥분 씨는 혀를 끌끌 찼다.

"그 뉴욕이 아니라 뉴욕 주라구요. 뉴욕 주의 오른쪽 끄트머리에 뉴욕 시가 있는데 우린 지금 그리로 가는 게 아니라 북쪽으로 올라가는 거예요."

"암만 그렇더래두 한국에서 뉴욕 갔다 왔다면 거기 간 줄 알지 뭐. 상세하게 설명할 필요 있나? 안 그래요, 형님?"

"그럼, 그럼. 그냥 뉴욕 갔다 왔다 그러면 돼."

신이 나서 한껏 높아진 재영이 할머니의 음성을 들으며 옥분 씨는 아까 그녀가 점심 먹으며 했던 말이 생각났다.

'한 번 시집갔으면 됐지 어떻게 또 가요?'

이혼하고 다른 여자한테 간 남자를 그래도 남편이라고 이십 년 세월 동안 기다렸다는 게 말이나 되는 소린가. 어젯밤 남편 옆에 누워 과연 내가 이 남자랑 계속 살아야 할 것인가 말 것인가를 심각하게 생각했던 옥분 씨였기에 그 말이 더 가슴에 와 닿았는지도 모르겠다.

미군과 결혼한 언니 초청으로 미국에 온 옥분 씨는 주위에서 만나는 사람들이 모두 국제결혼한 여자들이었다. 그들은 언니, 동생 하며 서로 잘 도와주기도 하지만 별것도 아닌 일에 틀어지기도 잘

했다. 입 안에 있는 밥이라도 내줄 듯 살갑게 굴다가도 돌아서 욕하기 일쑤였다.

중학교도 제대로 못 마친 언니와 달리 고등학교 졸업장을 쥐고 복장학원까지 다녔던 옥분 씨는 사람들이 자기를 그들과 같이 취급하는 게 싫었다. 그랬기에 유학생이던 지금의 남편이 관심을 보였을 때 이것저것 따져보지 않고 그를 받아들였다. 그의 나이가 다섯 살이나 어리다든가, 전공을 자꾸 바꾸는 탓에 미국 온 지 육 년이 넘었는데도 대학 졸업을 못 한 것 정도는 문제도 삼지 않았다. 학자 집안이라면서 자기를 마다하지 않는 것만도 감지덕지였다. 자기 시민권이 탐나 결혼을 서두르는 게 아닌가 하는 의심이 잠깐 들기도 했지만 그런들 어떠랴 싶었다.

젊은 남편에게 예쁘게 보이고 싶어 쌍꺼풀 수술도 하고 피나는 노력 끝에 살도 뺐건만 남편은 아는지 모르는지 도무지 반응이 없다. 물에 물 탄 듯, 술에 술 탄 듯, 매사에 시큰둥하여 남의 집 불구경하듯 한다. 처음에는 그가 남다르게 점잖아서 그런 줄 알았다. 그런데 그게 아니었다. 선비처럼 희고 말간 얼굴은 게을러 밖에 나가기 싫은 덕분이었고, 말랑말랑 부드러운 손은 벽에 못 하나 박을 생각을 안 하기 때문이었다.

그가 단 하나 흥미를 보이는 것은 카드놀이뿐이었다. 다행히 판돈이 크지 않아 아직 빚을 지지는 않았지만 그것도 시간문제인 듯싶었고, 부부 사이에 다정한 말이 오고 가지 않은 지는 오래됐다. 남들 앞에서조차 그녀와 말을 나누지 않는 그를 과묵한 사람이라고 변명하는 것도 이제는 지겨웠다. 결혼 초에는 자기를 무시해서 그런다고 싸움을 걸기도 했지만 그와는 싸움조차 제대로 되지 않았다.

미국 남자와 사는 언니는 가끔 얻어맞아 멍이 드는 일은 있을지 언정 적어도 자기처럼 회색 지대에 살지는 않는 것 같아 부러울 지경이다. 사람이 산다는 게 벼락 치고 비 쏟아지다가도 햇볕 쨍한 맛에 사는 건데 이건 맨날 그날이 그날이니 지레 숨이 막혀 죽을 것 같다. 오십이 낼모레인데 더 늦기 전에 이혼하고 새 남자를 만나야 하는 게 아닌가 하는 생각이 요즘 들어 가끔씩 고개를 든다. 둘 사이에 아이가 없어 애를 끓이다 양자라도 들일까 하던 생각도 부질없고 이제 와서는 오히려 다행이지 싶다.

재영이 할아버지는 도대체 어떤 사람이기에 그런 아픔을 겪고도 다시 살고 싶은 생각이 났을까. 아무래도 남편에게는 없는 무언가가 있는 게 아닌지 궁금증이 일었다.

나이아가라 폭포 근처 호텔에 묵기로 한 그들은 주차장에 차를 댄 후 차 바닥에 신문지를 깔고 앉아 저녁을 먹었다. 두 사람이 잘 것처럼 방을 하나만 잡으면서 다섯 명이 피난민처럼 보따리, 보따리 음식을 들고 줄레줄레 프런트 데스크 앞을 지나갈 수가 없어 그렇게 합의를 본 것이다.

꽤 이름이 알려진 그 호텔에 방이 있나 물어보러 들어갈 때, 옥분 씨는 재영이 할머니와 재단사에게 차 안에 가만히 앉아 있으라고 신신당부했다. 눈치 빠른 경희 엄마가 얼른 자기도 남겠다고 하면서 한 선생더러 옥분 씨와 같이 들어가도록 종용했다. 옥분 씨는 립스틱을 꺼내 바르고 머리 매무새를 고친 후 호텔 안으로 들어갔다. 프런트 데스크 직원은 그들을 흘끗 보더니 방이 하나 남았는데 아직 정리가 안 됐으니 삼십 분쯤 후에 다시 오라고 했다. 몇 명이 묵을 거냐 묻지는 않았다.

기다리는 동안 화장실에 다녀오던 옥분 씨는 질겁을 했다. 재영이 할머니와 재단사가 큰 소리로 떠들며 호텔 라운지로 들어오고 있었던 것이다. 그들은 그녀를 보자 반색을 하며 달려와 화장실이 어디냐 물었다. 옥분 씨는 할 수만 있으면 그들을 모른 척하고 싶었다. 라운지 소파에 앉아 있는 사람들 앞에서 갑자기 발가벗겨진 것 같은 느낌이었다. 그녀는 화장실 쪽으로 손가락질을 하고는 얼른 문을 열고 밖으로 나갔다.

호텔에서 폭포가 있는 공원 입구까지는 걸어서 십 분 정도 걸렸다. 해가 길어져 여섯 시가 넘었는데도 공원 안은 사람들로 흥청거렸다. 물소리만 아스라이 들릴 뿐 폭포는 아직 보이지도 않는데 아줌마는 풀밭 가운데 있는 꽃밭을 보고 사진을 찍어야겠다며 달려갔다.

"폭포 보러 왔으면 우선 거기부터 갈 일이지 흔해 빠진 꽃밭은 무슨…… 유치하게."

처음 떠나올 때보다 마음이 많이 풀어졌던 옥분 씨에게서 다시 불평이 나왔다. 꽃밭에서 독사진을 두 장이나 찍은 아줌마는 폭포를 보더니 입을 벌린 채 아무 말도 못 했다. 엄청난 양의 물이 쉴 새 없이 쏟아져 내리는 모습에 완전히 압도된 모양이었다. 한 선생도 하염없이 물만 바라보고 서 있었다.

"내가 여기 온 게 이번으로 네 번째인데 언제 봐도 좋네요."

경희 엄마 말에 옥분 씨는 말없이 고개를 끄덕였다.

폭포 바로 밑까지 간다는 배를 타기 위해 경희 엄마가 아줌마와 재영이 할머니를 데리고 간 사이 한 선생과 둘이 남은 옥분 씨는 잘됐다 싶어 조심스럽게 그림 얘기를 꺼냈다.

"그림을 그렇게 잘 그리신다면서요?"

"그냥 그렇죠, 뭐."

한 선생은 이쪽으로 고개도 돌리지 않고 앞만 주시한 채 떨떠름하게 대답했다.

"하루에 몇 장이나 그리세요?"

"네?"

"아니, 연속극 보니까 서양화와 달리 동양화는 앉은 자리에서 몇 장씩 척척 그리더라구요."

"연습을 많이 해야지요."

한 선생이 옥분 씨의 얼굴을 잠시 바라보다 새초롬하게 대답했다.

"동양화는 물감 값이 안 들어서 다행이겠더라구요. 종이하구 먹물만 있으면 되잖아요. 그림 값은 보통 얼마나 하나요?"

"그건 왜요?"

"한 두어 장……. 살 수 있을까 해서요."

차마 그냥 달라는 말은 할 수가 없어 비싸면 깎지 하는 속셈으로 물었다.

"내 작품은 아무 데나 내놓지 않아요."

한 선생은 입을 꼭 다물고 폭포 쪽으로 고개를 돌렸다.

아무 데나라니? 사람을 뭘로 보고? 차 안에 쭈그리고 앉아 흰

바지에 김치 국물 떨어질까 신경 쓰며 먹었던 밥알들이 속에서 일제히 일어서는 것 같았다. 그런데 이 여편네는 배를 만들어서 타고 오나, 왜 이렇게 늦어? 옥분 씨는 애꿎은 경희 엄마에게 속으로 욕을 해댔다.

밤 열 시가 넘어 불꽃놀이까지 보고 호텔로 돌아오는 길에 옥분 씨는 침대 두 개와 다섯 사람의 문제를 생각하지 않을 수 없었다. 그녀는 방으로 들어오는 순간 기지개를 켜는 척하며 가까이 있는 침대 위에 벌렁 누웠다. 한 선생이 그 옆에 핸드백을 내려놓으며 걸터앉았다. 경희 엄마는 가운데로 걸어 들어가더니 두 침대 사이며 발치께를 휘휘 둘러보았다. 누울 자리를 찾는 모양이었다.

"내가 여기서 잘게."

아줌마가 안락의자를 가리키며 말했다.

"안 돼요. 암만 몸집이 작다군 하지만 노인네가 거기서 주무셨다가 허리라도 아프면 어떡할라 그러세요? 내가 바닥에서 자면 돼요."

경희 엄마의 태도는 완강했다.

"아니, 괜찮아. 난 여기서 자도 충분해."

아줌마는 안락의자를 하나 더 끌어다 마주 붙여놓더니 어느새 들고 들어왔는지 차에 있던 작은 이불을 그 위에 덮었다.

"내가 거기서 자고 싶지만 보다시피 난 잠옷도 없고…… 참 미안스럽네. 이 베개라도 벼."

재영이 할머니는 뚱뚱한 몸을 웅크리며 침대에서 베개 하나를 꺼내 아줌마에게 주었다.

슬그머니 면구스러워져 잠이 든 척 가만히 있는 옥분 씨 귀에 잠시 후 두런두런 말소리가 들렸다.

"난 이가 시큰거려서 찬물 못 마셔. 젊어서 워낙 못 먹어 영양실
조로 잇몸이 상했대. 그나저나 우리 영감한테 전화를 못 해서 어쩌
지? 걱정할 텐데. 내일 아침 일찍 해야지."

아침에 눈을 뜨니 아줌마와 재영이 할머니는 이미 옷을 다 차려
입고 얌전히 앉아 있었다. 재영이 할머니는 여전히 화려한 나비 무
늬 꽃무늬의 노란 블라우스 차림이었다.

그들은 아침도 차 바닥에 앉아 어제 먹다 남은 음식을 먹었다.

"아침부터 찬밥을 먹으려니 안 넘어가네. 어디 가서 맛있는 거 사
먹지 궁상맞게 이게 뭐예요? 아침 식사는 별로 비싸지도 않은데."

옥분 씨가 한마디 하자 한 선생도 옆에서 거들었다.

"글쎄 말이에요. 간단히 도너츠나 사서 커피랑 같이 먹어도 좋
을 텐데. 돈을 아끼는 것도 좋지만 어느 정도는 써야죠."

"왜들 그러세요? 반찬이 많이 남아서 이따 낮에도 밥을 먹어야
하는데."

경희 엄마가 장난인지 진심인지 히죽거렸다.

어제 저녁 처음 폭포 봤을 때의 흥분이 가시기도 한데다 날씨가
급속도로 더워져 그들은 물가에서 오랜 시간을 보내지 않았다. 한
바퀴 쭉 둘러보고는 집으로 향했다. 경희 엄마는 여전히 유행가를
크게 틀어놓은 채 씩씩하게 운전대를 잡고 90번 도로를 달렸다.

깜빡 잠이 들었다 깬 옥분 씨는 뒤를 돌아보고 깜짝 놀랐다. 재
영이 할머니가 블라우스를 벗은 채 브래지어 바람으로 앉아 있는

것이었다.

"너무 더워서 좀 벗었어요."

쑥스러운 표정으로 재영이 할머니가 조그맣게 말했다. 옥분 씨는 얼른 에어컨을 높이며 중얼거렸다.

"더우면 덥다고 말을 하지. 잘 때 잠옷 없어 부끄럽다고 하던 양반이, 나 원 참."

"어젯밤에 내 티셔츠 빌려드렸잖아요. 그런데 가만 보니까 시계, 반지는 다 풀어놓으면서 브래지어는 안 벗고 주무시더라구요."

경희 엄마가 킬킬 웃으며 소곤거렸다. 옥분 씨는 다시 한 번 뒤를 돌아보았다. 주섬주섬 소매를 꿰는 재영이 할머니의 발그스름한 얼굴이 왠지 밉지 않았다. 주름살 없는 통통한 볼과 소복한 눈 두덩이도 징그럽지 않았다.

"그런데 한 선생은 도대체 왜 따라온 거예요?"

옥분 씨가 경희 엄마 쪽으로 얼굴을 가까이 대며 속삭였다.

"자세히는 모르는데 교수님한테 의처증 증세가 좀 있는 것 같아요. 숨이 막혀 하길래 여자들끼리 가는 여행이니 같이 가자고 내가 권했어요. 모른 척하세요."

흥, 그러면서 잘난 체하기는. 옥분 씨는 속으로 고소해하며 고개를 바짝 쳐들었다.

나이아가라를 떠나기 전에 사 먹은 아이스크림이 얼마나 컸던지 모두 점심을 안 먹겠다고 도리질을 하는 바람에 오하이오로 들어온 후에 점심 겸 저녁을 먹었다. 월요일 오후라 휴게소에는 사람들이 별로 없었다. 그들은 상수리나무 아래 피크닉 테이블에 자리를 잡

았다. 나무 밑동을 빙빙 돌며 놀던 다람쥐 두 마리가 앞다리를 쳐든
채 놀란 얼굴로 잠시 바라보다 후다닥 나무 위로 달려 올라갔다.

"아, 맛있다. 이런 데 앉아서 먹으니 밥맛이 절로 나네 그냥."

네 번째 똑같은 음식을 먹으면서 무에 그리 맛있는지 재영이
할머니가 입맛을 다셨다. 옥분 씨는 그녀의 얼굴을 물끄러미 쳐다
봤다.

"정말 고마워요. 바쁘신 양반들이 나 때문에 이렇게 먼 데까지
같이 가줘서. 한국에 돌아가서도 이번 여행은 절대로 안 잊을 거
예요."

"저도 이번에 아주 좋았는걸요. 골치 아픈 일이 있어서 머리도
식힐 겸 따라왔는데 재미있는 얘기도 듣고 기분 전환이 확실하게
됐어요."

아줌마의 손등을 토닥이며 한 선생이 말했다.

"자, 출발합시다. 재영이 할아버지가 할머니 기다리다 목 빠지시
면 안 되니까."

"경희 엄마는 꼭 아이들 데리고 소풍 나온 초등학교 선생님 같
네."

옥분 씨도 한마디 하며 웃었다.

그들이 경희네 집에 도착했을 때는 이미 해가 져 어둑어둑해지
고 있었다. 재영이 할아버지는 벌써 차를 대고 기다리고 있었다. 옥
분 씨는 차에서 내리자마자 비닐봉지 두 장을 움켜쥐고 뒤뜰로 달
려가 급히 복숭아를 따서 담기 시작했다. 잘 보이지 않아 더듬느라
가지 끝에 손등이 스쳐 쓰라렸다. 대여섯 개씩 담긴 봉지를 들고

앞쪽으로 가니 아줌마와 재영이 할머니는 이미 짐들을 다 옮겨 싣고 차에 타려 하고 있었다. 옥분 씨는 그들에게 다가가 복숭아 봉지를 내밀었다.

"어머나, 이게 뭐래? 그렇지 않아도 좀 따 가고 싶었는데…… 고마워요."

재영이 할머니가 복숭아 받을 생각은 않고 달려들어 옥분 씨를 덥석 안았다. 엉거주춤 서 있던 옥분 씨도 팔을 돌려 재영이 할머니의 등을 토닥토닥 두드렸다. 급히 드라이브 웨이를 빠져나가는 한 선생 차의 뒤꽁무니 빨간불이 왠지 불안하게 흔들리는 것 같이 보였다.

버스 안의
아이들

"바보 같은 자식, 넌 루저야."

깐죽거리는 말투였다. 나는 얼른 백미러를 올려다봤다. 버스 좌석 중간쯤에 앉은 제니가 비웃는 표정으로 머리를 뒤로 획 젖히고 있었다. 갈색 머리카락이 부챗살처럼 퍼지며 어깨 위로 내려앉았다.

"뭐라구?"

머리를 박박 밀은 스펜서가 제니 뒤에서 낮게 외쳤다. 험악한 분위기였다. 고등학생들 사이의 이런 말다툼은 몸싸움으로 번지기 마련이다.

"너희 둘 다 조용히 해!"

거울을 통해 그 아이들과 눈을 맞추며 나는 큰 소리로 말했다.

"너 실패자라구. 귀까지 먹었니?"

내 말은 아랑곳 않고 제니가 계속 깐죽거렸다.

"너뿐만이 아니야. 네 가족 전부 다 루저야. 네 엄마는 근친상간을 해서 너를 낳았음에 틀림없어. 그러니까 너 같은 바보가 태어났지.”

순간, 스펜서가 벌떡 일어나 제니의 얼굴을 향해 주먹을 날렸다. 짧게 비명을 지르며 제니가 얼굴을 감쌌다. 나는 운전을 계속할 것인지, 차를 멈추어야 할지, 잠시 망설였다. 제니가 코를 감싸 쥔 채 앞으로 나왔다.

“미시즈 한! 이거 안 보여요? 코피 나잖아요. 학교에 당장 보고하세요. 저 녀석 가만둘 거냐구요?”

먹이를 앞에 둔 살쾡이처럼 제니의 표정은 의기양양했다.

아이들이 버스 안에서 말썽을 부리면 나는 가능한 한 학교에 보고하지 않고 내 선에서 해결하려 노력한다. 학교에 알리면 사건의 경중에 따라 일, 이 주일 정도 학교 버스를 못 타게 하는 벌을 내리는데 그렇게 되면 학부모가 일을 다니거나 차가 없는 경우 아예 학교에 안 보내기 십상이다. 그렇지 않아도 공부하기 싫어하는 아이들이 학교에 못 가게 되면 집에서 무슨 짓을 할지 뻔하다. 그렇기 때문에 나는 웬만하면 말썽 피우는 아이를 앞자리에 앉힌다거나 말로 협박하는 선에서 마무리를 짓는다. 그러나 지금처럼 학생이 피를 흘리는 경우는 반드시 보고를 해야 하는 게 규칙이다.

제니와 스펜서는 트레일러 파크에 산다. 트레일러는 작은 침실 두어 개와 간단한 부엌, 화장실, 미니 샤워실 등을 갖춘 커다란 자동차다. 보통 삼사십 대 정도가 한 군데 정착하여 군락을 이루어 살고 있는데 그곳을 트레일러 파크라고 부른다. 집값보다 훨씬 싼 데다 매달 세를 내는 아파트에 비해 돈이 덜 들기 때문에 비교적 가난한 사람들이 그곳에 산다.

　그중에는 마약이나 알코올 중독자, 아니면 정신적으로 문제가 있어 직장을 가질 수 없는 사람들도 많다. 트레일러 옆의 손바닥만 한 땅에 꽃밭을 만들고 앞뒤를 예쁘게 꾸며놓은 집이 있는가 하면, 유리창 커튼이 반쯤 뜯긴 채 몇 달씩 방치된 집도 있다. 아이들의 옷은 언제 빨았는지 모르게 꼬질꼬질하기 일쑤고 어떤 때는 심한 냄새까지 난다. 개가 깔고 앉았었는지 코트에 개털이 잔뜩 붙어 있는 경우도 허다하다.

　길 하나를 가운데 두고 양쪽으로 트레일러 파크가 있다. 그 두 그룹의 아이들은 서로 앙숙이다. 어떤 때는 버스 안에서 투닥거리다 버스에서 내리는 순간 엉겨 붙어 주먹질을 하기도 한다. 그렇게 되면 패싸움으로 번지기 십상이고 사이는 점점 더 나빠지게 마련이다.

　거기서 별로 멀지 않은 부자 동네 아이들은 고급 코트와 깨끗한 장갑, 따뜻한 머플러 차림으로 신사 숙녀처럼 예의가 바르다. 버스 안에서 말썽 부리는 경우도 드물다. 한번은 초등학교 1학년짜리가 집에서 급히 뛰어나와 차 문 앞에 서서 급히 토스트를 입에 구겨 넣는 모습을 보고 웃은 적이 있다.

　"미안합니다. 하지만 이 토스트 마저 먹어야 해요. 아침에 빈속으로 학교 가면 속이 울렁거려서 공부를 못한다고 엄마가 그랬거든요."

　버스 안에서 음식을 먹지 못한다는 규칙을 어길 수 없어 추운데도 밖에 서서 먹는 녀석은 꼭 끌어안아주고 싶도록 귀여웠다. 그러나 아이들을 안아주는 것은 금지되어 있다. 성추행범으로 오해받기 쉽기 때문이다. 못되게 구는 학생들이 화를 돋울 때도 나는 두 손을 깔고 앉는다. 나도 모르는 사이에 손이 나가 멱살을 쥐거나 쥐어박기라도 한다면 그 뒷감당을 할 자신이 없어서다.

　미국 중서부의 작은 도시에 사는 나는 올해로 학교 버스를 운전한 지 십오 년이 된다. 한국에서 고등학교도 채 마치지 못한 내가 남편과 이혼한 후 구할 수 있는 직장은 많지 않았다. 초등학교에 다니는 딸을 남에게 맡기면서까지 다닐 만한 직장은 더더욱 없었다. 그러다 이웃집 여자 소개로 학교 버스를 운전하게 되었는데 수입 면으로 넉넉하지 않은 게 흠이지만 나름대로 보람도 있고 배울 점도 많았다. 무엇보다 아이와 같은 시간에 등하교를 할 수 있어서 좋았다.

　딸아이가 열 살이 되어 집에 혼자 있을 수 있게 되자 나는 부족한 생활비를 메우기 위해 잡화 가게에서 파트타임으로 일을 시작했다. 새벽에 집을 나가 학생들을 학교에 데려다 주고 나면 오전 10시부터 오후 1시까지 3시간 동안 가게에서 일을 한다. 그리고 다시 학교로 가서 아이들을 집에 데려다 주고 가게로 돌아오는 시각은 4시 반. 그때부터 또 서너 시간 일을 하는 것이다. 그렇게 다람쥐 쳇바퀴 돌듯 바쁘게 움직이다 보면 이런저런 생각을 할 틈이 없어 오히려 좋다. 하루 종일 가게에서만 일을 하면 돈은 더 벌겠지만 아이들과 정이 들어 버스 운전을 그만둘 생각은 아직 없다.

　큰 도시는 어떤지 몰라도 우리 동네는 학군별로 초등학생부터 고등학생까지 같은 버스를 타고 다닌다. 그러다 보니 학생들의 가정 사정도 어느 정도 알게 된다. 초등학생 때 내 버스를 탔던 아이들을 고등학생이 된 후에 다시 만나는 적도 많다. 반갑다고 인사하는 아이들이 대부분이지만 나쁘게 변한 아이들을 보는 경우도 종종 있다. 눈에 거슬리는 옷차림과 불량한 눈길로 욕을 뱉어내는 걸 보면 그 아이들이 앞으로 어떻게 살아갈지 대충 짐작이 되어 안타까웠다.

작년 봄, 동료 운전사 트리샤는 별일 아닌 듯싶었던 사건으로 일자리를 잃었다. 삼십 대 초반의 트리샤는 인생 경험이 적어서인지 말썽 부리는 아이들을 다루는 데 서툴렀고 툭하면 사소한 일까지 일일이 보고하며 신경질을 부렸다.

어느 날, 트리샤의 보고 때문에 이 주일이나 학교까지 걸어 다녀야 했던 남학생이 버스에 오르며 트리샤에게 얼굴을 바짝 들이댔다. 그리고 손가락으로 그녀의 목에 칼을 긋는 시늉을 하며 죽여버리겠다고 으르렁댔다. 겁이 난 트리샤는 911에 전화를 걸고 곧장 경찰서로 학교 버스를 몰고 갔다. 버스가 경찰서 앞에 멈추는 순간, 기다리고 있던 경찰들이 현행범 덮치듯 들이닥쳐서 그 남학생을 끌어내어 땅바닥에 엎드리게 하고는 온몸을 수색했다. 찾고 있던 칼은 학생의 주머니에서도, 땅바닥에 쏟아놓은 가방 속에서도 발견되지 않았다. 트리샤의 목에 난 작은 상처는 남학생의 손톱자국이었다. 버스 안에 있던 아이들은 일제히 일어나 뒤로 팔을 돌린 채 수갑을 차고 끌려가는 남학생의 모습을 바라봤다. 한 달 동안 학교를 쉬었던 트리샤는 그 후에도 학교로 돌아오지 않았다. 학교 버스만 보면 겁이 나서 밤에 잠을 제대로 잘 수가 없다고 했다.

학생들보다 학부모 다루는 일이 더 힘들 때도 있다. 그들은 툭하면 학교로 전화해서 불평을 했다. 운전기사가 커브를 너무 바짝 돌더라. 어찌나 운전을 험하게 하는지 하마터면 우리 개를 칠 뻔했다

등등. 그럴 때 학교 측에서는 거의 언제나 학부형 편을 든다. 지난 달에도 작은 사건이 하나 있었다.

초등학생을 집 앞에 내려놓을 때는 반드시 밖에 나와 기다리는 부모나 어른이 있어야 한다. 아니면 집 안에서 내다보고 있는 엄마와 눈을 맞춰야 한다. 어른이 없는 상태에서 그냥 내리게 하는 것은 절대 금지사항 중 하나다. 어른이 보이지 않으면 아이를 그냥 학교로 데려와야 한다.

그런데 어느 날, 트레일러 파크에서 조금 떨어진 고급 주택가에 사는 젊은 엄마가 운전석 쪽으로 오더니 내일부터는 자기 집 현관까지 아이를 데려와서 초인종을 누르라고 요구하는 것이었다. 그렇게 되면 시간이 너무 걸려 다른 아이들을 제시간에 데려다 줄 수 없다고 설명하는 도중, 그녀는 내 말을 자르고 안 그럴 시엔 학교에 전화하겠다며 쌩하니 돌아섰다. 학교로 돌아와 책임자에게 그 사실을 보고하자 그는 내 손을 들어주었다. 툭하면 세금을 많이 낸다는 이유로 거리낌 없이 무리한 요구를 하는 사람들에게 그도 심정이 상해 있었는지 모르겠다.

다음 날 오후, 그녀는 집 앞에 나와 있지 않았다. 빵빵 혼을 눌렀지만 창으로 내다보지도 않았다. 일부러 그러는 것임에 틀림없었다. 나는 아이를 학교로 데리고 와버렸다. 행여 뒤늦게라도 달려 나와 눈이 마주치게 될까 봐 일부러 그쪽으로는 눈길도 주지 않았다. 오랜만에 속이 시원했다.

버스에 오르는 앤디의 털모자에 머리핀이 잔뜩 꽂혀 있었다.

"앤디, 모자에 머리핀을 왜 그렇게 많이 꽂았어? 백 개도 더 되겠는데."

"딱 백 개예요. 우리 엄마랑 세 번이나 세어봤는걸요."

앤디는 쓰고 있던 모자를 훌렁 벗어 내 앞으로 내밀었다.

"오늘이 2학년으로 올라가서 백 번째로 학교 가는 날이거든요. 그래서 선생님이 뭐든 백 개를 가져오라 그랬어요."

"그랬구나. 좋은 생각이네. 찰리야, 너는 뭘 가져갈 건데?"

나는 앤디 뒤로 버스에 오르는 찰리에게 물었다.

"별 사탕이요. 그런데 두 개는 내가 조금 전에 먹었어요."

찰리는 기어들어가는 목소리로 말했다.

그러고 보니 유니스는 목에 시리얼 목걸이를 걸고 있었다.

"유니스, 색색가지 시리얼로 목걸이를 만들었구나. 이쁘다. 그런데 그게 백 개는 안 될 것 같네. 너도 몇 개 먹었니?"

"아니요. 여기 팔찌도 있잖아요. 이것까지 합해서 백 개예요."

유니스가 앞으로 팔을 쑥 내미는 바람에 팔찌에서 노란색 시리얼이 부서져버렸다. 유니스는 울상이 되었다.

"괜찮아, 괜찮아. 내가 선생님한테 잘 말씀드려줄게."

유니스를 달래는데 좌르륵 동전 떨어지는 소리가 들렸다. 급히 뛰어오던 마크가 버스에 오르면서 그만 손에 들고 있던 봉지를 놓치는 바람에 그 속에 들었던 일 전짜리 동전들이 바닥으로 쏟아진 것이다. 동전들이 또르르 여기저기로 굴러갔다. 마크는 의자 밑을 기어 다니며 동전을 줍기 시작했다. 다른 아이들도 일제히 일어나 동전을 주우며 소리를 질러댔다. 그만두고 자리에 앉으라는 말이 아이들 귀에는 전혀 들리지 않는 것 같았다. 이러다가는 학교에 늦을 테지만 어쩔 수 없었다. 할 수 없이 나도 동전 줍는 일에 동참했다. 아이들은 신이 나 한쪽에서는 줍고, 한쪽에서는 주운 동전을 큰 소리로 세기 시작했다. 아흔하나라고 외치는 소리와 아흔셋이라는 소리가 동시에 들렸다. 아이들은 서로 자기가 옳다고 우겨댔다. 나는 얼른 가방을 뒤져 동전 지갑을 꺼냈다. 일 전짜리 동전이 다섯 개밖에 없었다. 게다가 동전을 담아 왔던 비닐봉지는 한쪽이 툭 터져 있었다. 나는 마크의 양쪽 주머니에 동전들을 넣어주었다.

"마크야, 너도 내가 선생님께 잘 말씀드려 줄 테니까 그냥 학교 가자, 응?"

마크는 행여 주머니에 든 동전이 빠질세라 살살 걸어서 자기 자리로 가 앉았다.

이렇게 정신없이 하루가 시작되었다. 그런데 일이 생기는 날은 한 가지 사건으로 끝나는 경우가 별로 없다. 학교에 도착하려면 아직 십여 분쯤 더 가야 하는 지점이었다. 뒤에서 술렁거리는 소리가 들렸다. 얼른 백미러를 올려다봤다. 휠체어에 앉아 있던 메디슨의 머리가 뒤로 젖혀져 흔들거리고 있었다. 입가에 거품이 묻어 있는 것 같기도 했다. 늘 있는 일이라 면역이 될 때도 됐으련만 이런 일이 벌어지면 여전히 가슴이 벌렁거린다. 나는 얼른 차를 길옆에 세우고 911로 전화를 한 후 학교에 알렸다.

"아무래도 학교에 좀 늦을 것 같아요. 구급차를 불렀거든요. 메디슨이 또 발작을 일으켰어요."

"아, 메디슨…… 그렇지 않아도 미리 얘기를 하려고 했는데 한 발 늦었군요. 앞으로는 메디슨이 발작을 일으켜도 911로 전화하지 마세요."

"그게 무슨 소리예요?"

"그 애는 아무래도……. 어쨌든 메디슨의 발작은 이제 더 이상 응급 상황이 아니라 그냥 하나의 에피소드일 뿐이니까 그냥 내버려두라고요. 메디슨 부모의 결정이에요."

학교 사무원의 목소리는 매정할 정도로 차분했다.

"그러니까 앞으로 메디슨이 발작을 하면 그냥 두고 보기만 하라는 거예요? 발작을 하다 숨이 막혀 죽거나 말거나 모른 척하라고요? 그걸 지금 말이라고 하는 거예요?"

"글쎄 그게…… 의사도 이제는 손을 더 쓸 수 없다고 해서 내린 결정이라니 나도 할 말이 없네요. 911에는 내가 전화해서 가지 말라고 할게요."

'응급 상황이 아니고 그냥 에피소드일 뿐'이라는 사무원의 말이 귀에 쟁쟁거렸다. 다행히 메디슨은 별 탈 없이 곧 진정이 되었다. 중증 장애인이라 몸을 못 가누는 것은 물론, 밥도 입으로 먹지 못하고 목에 구멍을 뚫어 튜브로 음식을 집어넣는 메디슨이 수시로 발작을 일으키니 오래 살지 못하리라는 건 알지만 그래도 이건 아니지 싶어 화가 났다.

사건은 여기에서 끝나지 않았다. 오후에 아이들을 태우고 학교를 떠나자마자 뒤에서 비명소리가 들렸다. 백미러를 통해 열 살짜리 에이미가 얼굴을 감싸 쥐고 우는 모습이 보였다.

"미시즈 한! 제니가 에이미 얼굴을 주먹으로 때렸어요."

에이미 옆에 앉은 아이가 소리를 질렀다. 에이미와 통로를 사이에 두고 옆 좌석에 앉은 제니는 모른 척 창밖을 내다보고 있었다. 나는 차를 길옆에 세우고 제니를 앞자리로 불렀다.

"너 왜 그랬니? 에이미는 너보다 한참 어리잖아."

"쬐그만 게 따박따박 대들잖아요."

"그런다고 때려? 바로 며칠 전에 스펜서한테 얻어맞았다고 그렇게 분해하던 네가 그러면 어떡해?"

나는 운전석 옆에 꽂아둔 클립보드와 펜을 꺼냈다.

"제니 스미스, 너희 집 주소가 어떻게 되더라?"

"나 우리 집에 안 살아요. 얼마 전부터 위탁 가정집에 살아요."

"왜? 엄마는?"

"우리 엄마 지금 감옥에 있어요."

제니는 아무렇지도 않은 투로 말했다. 오히려 내가 놀라 왜 그렇게 됐느냐고 묻자 여전히 별일 아니라는 듯 주저 없이 대답이 나왔다.

"우리 엄마 창녀거든요. 다른 창녀한테 마약 팔다 걸렸어요."

나는 잠시 할 말을 잃고 차갑게 미소 짓는 제니의 얼굴만 바라봤다.

"그런 얼굴로 볼 것 없어요. 어려서부터 위탁 가정집을 하도 여러 군데 다녀서 난 아무렇지도 않다구요."

친구들이 들어도 상관없는지 제니는 하얀 이마를 찡그리며 큰 소리로 말했다. 이렇듯 부끄러움조차 없는 듯 말하는 아이에게 어떻게 반응을 해야 할지 난감했다. 제니의 얼굴이 예쁘다는 점도 마음에 걸렸다.

제니와 단짝 친구였던 미쉘은 지금 감옥에 있다. 가족 몰래 이웃집 중년 남자와 성관계를 맺으며 돈을 받아왔던 미쉘은 어느 날 그 남자 집에 휘발유를 뿌리고 불을 질러버렸다. 다행히 그때 집이 비어 있어 다친 사람은 없었다. 미쉘은 방화범으로 체포되어 소년원으로 보내졌다. 왜 그랬는지 확실한 건 모르지만, 미쉘이 임신한 상태였던 걸로 미루어보아 그 남자가 헤어지자고 했던 게 아니냐는 말이 돌았다. 미쉘처럼 소년원에 수감되는 일은 안 생긴다 할지라도 제니가 고등학교를 졸업할 확률은 그리 많아 보이지 않았다.

미쉘보다 더 내 마음을 아프게 하는 건 제이미다. 현재 고등학생인 제이미를 내가 처음 본 것은 유치원 다닐 때였다. 과잉행동 증후군이 있는 제이미는 다소 주위가 산만한 경향은 있었지만 늘 웃는 얼굴이었고 친구들을 좋아하는 아이였다. 그런데 아이들은 제이미를 끼워주지 않았다. 옆에 앉으려 하면 밀쳐내기 일쑤였다. 버스 바닥에 주저앉으면서도 하하 웃는 제이미가 안쓰러워 아이들을 야단치면 그때뿐, 여전히 제이미는 끼워주지 않는 아이들의 주위를 맴돌았다.

다른 동네 아이들을 픽업하느라 몇 년 동안 제이미를 못 보다가 지난 학기부터 다시 내 버스를 타기 시작한 제이미를 보는 순간, 나는 가슴이 먹먹해졌다. 아이가 완전히 변해 있었던 것이다. 제이미는 두루미처럼 고개를 늘인 채 땅만 보고 걸었다. 얼굴에는 웃음이 사라지고 없었다. 버스에서 내리면 다른 아이들을 피해 서둘러 길을 건넜다. 어느 날, 한 학생이 버스에서 내리며 일부러 제이미의 머리 위로 오렌지 주스 병을 기울였다. 얼굴 위로 흘러내리는 주스를 손으로 닦으며 제이미는 오히려 미안한 듯 멋쩍은 미소를 지을 뿐이었다.

  새로 온 물건들을 진열하느라 오전 내내 꼬박 서서 일한 나는 점심도 못 먹은 채 다시 학교로 향했다. 12월인데도 날이 추워지지는 않고 거의 사흘에 한 번꼴로 비가 내리더니 오늘도 잔뜩 흐린 게 금방이라도 빗방울이 떨어질 것 같았다. 차에 시동을 걸자 라디오에서 크리스마스캐럴이 흘러나왔다. 당신이 없으면 블루 크리스마스가 될 거라며 엘비스 프레슬리가 흐느적거리듯 노래를 부르고 있었다. 그렇지 않아도 바깥이 온통 회색이라 기분이 꿀꿀하구만…… 나는 라디오를 꺼버렸다.

  학교 주차장 뒤편에 차를 대고 서둘러 버스 옆으로 가던 나는 그만 놀라 멈춰 섰다. 지난 가을까지만 해도 휠체어에 앉아 남이 밀어주기만 기다리던 앤지가 양손에 목발을 잡고 내 쪽으로 천천히 걸어오고 있었던 것이다. 그 뒤에는 특수 아동 클래스를 맡은 미스 카이저가 앤지의 휠체어에 앉아 두 손으로 바퀴를 굴리며 따라오고 있었다.

  "조금만 더. 조금만 더. 앤지. 아주 잘하고 있다."

  미스 카이저는 조정 선수들의 팀장처럼 소리를 질렀다. 비틀비틀 걸어오고 있는 애가 정말 앤지인가 싶어 놀란 채 바라만 보는 내게 미스 카이저가 눈을 찡긋했다. 앤지는 한 발 한 발 힘들게 버스로 다가왔다. 내가 아이를 도와주기 위해 가까이 가자 미스 카이저가 강력하게 저지하는 눈짓을 보냈다.

  "옳지. 이제 거의 다 됐다. 앤지. 너는 할 수 있어."

미스 카이저의 독려에 앤지가 입술을 악물었다. 버스 계단에 목발을 올려놓으며 앤지가 입을 열었다.

"다아…… 와았다."

앤지가 말을 하다니. 잘못 들은 건가? 너무 놀라 아이의 입을 쳐다보던 나는 얼른 팔을 뻗어 아이를 받쳐주며 버스에 올라 앞자리에 앉혔다. 앤지는 씨익 웃기까지 했다.

미스 카이저의 머리카락은 오른쪽은 빨간색, 왼쪽은 보라색이었다. 코트 밑으로 보이는 양말도 각각 다른 색이었다. 지난 봄부터 이 학교에서 가르치는 미스 카이저는 거의 매달 머리 색깔을 바꾸는 것 같다. 처음 학교에 온 날, 그녀의 머리 색깔은 위쪽은 흰색, 아래쪽은 까만색이었다. 나와 눈이 마주치자 그녀는 활짝 웃는 얼굴로 자기 머리를 가리키며 외쳤다.

"스컹크!"

나이가 삼십 대 후반쯤 됐을까, 목소리 크고 씩씩한 그녀가 나는 첫날부터 마음에 들었다. 그 후로 어느 날은 노란색, 어느 날은 갈색, 눈에 익을 만하면 머리 색깔을 바꾸는데 그것도 왼쪽과 오른쪽을 다른 색으로 염색하기 일쑤였다. 미스 카이저가 특수 아동 클래스를 맡은 후 아이들이 눈에 띄게 변해간다는 소리를 듣기는 했지만 오늘 그 현장을 목격한 나는 입이 딱 벌어졌다.

앤지는 중증 장애아로 말 한마디 못 하고 휠체어에 고개를 숙인 채 앉아만 있던 아이였다. 말을 못 하니 아이큐가 어느 정도인지도 알 수 없었다. 그렇던 앤지가 수술을 받을 거라는 말은 들었지만 말까지 할 수 있게 될 줄은 상상도 못 했다. 들리는 말에 의하면 미스 카이저가 앤지 엄마와 담판을 지었다고 한다. 어려서부터 병원에 들락거리는 아이가 안쓰러워 매사에 손발 노릇을 하는 엄마를 못 하게 막았다는 것이다. 교실까지 따라 들어와 시중들던 엄마를 못 들어오게 했으니 엄마는 물론 다른 선생님들도 강력하게 항의했지만 그녀는 들은 척도 하지 않았다.

"뭐해요? 나 안 태울 거예요?"

그제서야 정신이 든 나는 얼른 휠체어 들어 올리는 버튼을 눌렀다. 천천히 올라오던 휠체어가 버스 안으로 들어오자 미스 카이저는 짝짝이 양말 신은 발을 앞으로 쭉 뻗으며 벌떡 일어났다. 그리고 앉아 있는 앤지의 코트를 여며주며 말했다.

"나는 이 아이들이 너무 사랑스러워요. 이 담에 혹시 내가 아이를 못 낳으면 이런 아이들을 입양해서 키우고 싶어요. 대학 졸업하고 처음 맡은 아이들이 청각 장애아 여덟 명이었는데 그 아이들은 천사였어요."

미스 카이저 같은 사람이 있는 한 블루 크리스마스를 걱정할 필요는 없을 것 같다. 오늘은 비 대신 눈이 내릴 것 같은 기분이 들었다.